LE SERVEUR DE BRICK LANE

Ajay Chowdhury est entrepreneur dans les nouvelles technologies, auteur et metteur en scène. Après une enfance entre Calcutta et Bombay et des études aux États-Unis, il s'installe à Londres où il fonde une compagnie de théâtre. Auteur d'un livre pour enfants, il signe avec *Le Serveur de Brick Lane* son premier roman, récompensé en 2019 par le Debut Crime Writing Award du festival Bloody Scotland. Moonage Pictures en a acquis les droits et une série est en cours de préparation. Ajay Chowdhury a été nommé comme l'une des cent personnes asiatiques les plus influentes et les plus puissantes du Royaume-Uni et a été sélectionné comme l'un des cent meilleurs chefs d'entreprise BAME du *Sunday Times* en 2016 au Royaume-Uni.

AJAY CHOWDHURY

Le Serveur de Brick Lane

TRADUIT DE L'ANGLAIS PAR LISE GAROND

LIANA LEVI

Titre original :

THE WAITER

Paru chez Harvill Secker, une marque de Vintage.
Vintage fait partie de Penguin Random House.

ISBN : 978-2-253-10419-3 – 1re publication LGF

À ma mère, mon père et ma sœur
– Indira, Mukul et Nandini.
Merci. Pour tout.

Dans l'obscurité de la voiture, la voix de Neha rompt le silence.

— Revenez, j'ai besoin d'aide ! Il est mort !

— Qui est mort ? s'écrie Saibal. Qu'est-ce que…

Mais elle a raccroché.

Saibal me jette un regard consterné, opère un virage à cent quatre-vingts degrés et fend la pluie battante jusqu'à Hampstead où nous arrivons en un temps record. Il pile et se retourne : sa fille somnole, ivre, sur la banquette arrière. Il fourre les clefs de la Volvo dans les mains de Maya.

— Ramène Anjoli à la maison, lui dit-il. Kamil, tu restes avec moi.

Sourd aux protestations de sa femme, Saibal la fait monter derrière le volant et regarde la voiture s'éloigner. Il s'empresse de me rejoindre sous le porche et appuie sur la sonnette, clignant des yeux pour chasser la pluie.

Arjun nous ouvre la porte, le visage figé.

— C'est vous. Je pensais que ce serait la police.

Sa veste dégouline, mais il ne semble pas s'en soucier. Est-il resté longtemps dehors pour être trempé à ce point ?

Sans attendre, Saibal s'introduit dans le hall.

— Que s'est-il passé ? demande-t-il.

— Neha a trouvé papa dans la piscine. Il est... mort. Elle a voulu absolument vous appeler. J'ai prévenu la police ; ils devraient arriver d'une minute à l'autre.

Dans le salon, Neha est en pleurs, le visage enfoui dans les mains. En entendant la voix de Saibal, elle se précipite dans ses bras et se cramponne à lui comme si elle était au bord de la noyade.

— Ça va aller, Neha, ça va aller, fait-il d'une voix émue. Dis-moi juste ce qui s'est passé.

— Rakesh... un terrible accident..., articule-t-elle entre deux sanglots.

— Allez, montre-moi, dit Saibal d'un ton décidé. *Tara tari !*

— Je... je ne me sens pas capable d'y retourner. Arjun, s'il te plaît... implore-t-elle.

Son beau-fils a un brusque hochement de tête et nous le suivons dans l'escalier carrelé menant au sous-sol. Nous sommes bientôt enveloppés d'une humidité chaude et chlorée. Par terre, au bord de la piscine, gît le corps inerte de Rakesh Sharma, cheveux et vêtements trempés.

On pourrait le croire endormi s'il n'avait pas cette vilaine blessure à la tête. Son sang forme des entrelacs pourpres sur les dalles blanches. Les traits de son visage sont paisibles ; la fureur qui les déformait la dernière fois que nos regards se sont croisés a disparu.

Une image me revient brusquement en mémoire. Le cadavre nu de l'hôtel. Son crâne, lui aussi fracassé. Mais avec plus de sang. Beaucoup plus. Un frisson me traverse. Non, il ne faut plus y penser. C'était une autre époque, un autre monde. Je ne suis plus la même personne. Je ne suis plus officier de police. Je dois faire face au présent, à ce cadavre-ci. Le passé devra attendre.

Je repense au moment où Rakesh a fait ses révélations. La confusion sur les visages. Les murmures étouffés, qui cessaient dès que je m'avançais avec mon plateau. Les indices se trouvent là, dans tout ce que j'ai vu et entendu. La police va arriver, mais moi, j'ai assisté à la soirée. J'ai senti l'atmosphère ; les tensions sous-jacentes ; l'hostilité dans l'air. J'en ai la certitude, Neha se trompe. Ce n'est pas un accident. C'est un meurtre.

Et c'est le moment de saisir ma chance.

Moi, l'invisible serveur.

Le serveur

Douze heures plus tôt. Brick Lane.
Londres. Octobre. Samedi.

Le couteau brille à en faire mal aux yeux à force de le fourbir. Je le pose, parallèle à la fourchette, de l'autre côté de la grande assiette blanche. J'essaie de plier la serviette en forme de casque, en vain, quand la silhouette d'une femme qui se promène sur le trottoir d'en face, avec deux enfants qu'elle tient par la main, me tire un instant de ma mélancolie. Tous trois vêtus de jaune canari, parapluies assortis, comme des gouttes de soleil dans cette journée morose.

Saibal s'aperçoit de mes gestes gauches et met son téléphone sur haut-parleur. M'arrachant la serviette des mains, il fait adroitement apparaître une visière, la forme d'un nez et d'un crâne.

— Trois mois et tu ne sais toujours pas faire, Kamil ? murmure-t-il. Mais c'est quoi ce serveur ? Je devrais te renvoyer, tiens !

Il plaisante, mais c'est quand même vexant. Être mis à la porte deux fois en trois mois, l'humiliation serait difficile à encaisser, même pour moi.

— Désolé, fais-je.

Au même moment, une voix perçante s'échappe du portable :

— Et tu m'assures que tes employés seront bien là à 17 heures ?

Écoutant d'une oreille, je me remets distraitement à la tâche en cherchant des yeux le trio lumineux qui remonte la rue d'un pas sautillant. Un instant, je m'évade loin du restaurant, de son papier peint aux motifs obsédants, de la douzaine de tables aux banquettes étriquées et des photos de Saibal tout sourire aux côtés de ses clients « célèbres » dont je ne connais aucun.

— Oui, Neha, répond Saibal. Quatre serveurs, deux cuisiniers et deux commis. Les meilleurs du restaurant.

— Tu peux rajouter un serveur ? Il faut que tout soit parfait.

— Un serveur de plus, d'accord. Ça sera encore mieux que parfait, Neha. Ça sera parfaitement parfait.

— OK. On refait le point sur le menu ?

J'ai une grimace de pitié pour Saibal qui porte deux doigts à sa tempe et fait mine d'appuyer sur une gâchette. Il attrape la fourchette que je viens de poser sur la table et s'en sert pour se gratter le dos avant de reprendre son calepin pour la troisième fois.

— D'accord, Neha. Alors pour commencer, les entrées…

— Les amuse-gueules, oncle Saibal, l'interrompt-elle.

— Oui, les amouse-gules. On a les beignets de pomme de terre *aloo tikki chat*, les beignets de fromage *poneer pakora*, les beignets de poissons et les brochettes de poulet *boti*.

— Tout compte fait, ajoute des côtelettes d'agneau tandoori.

— D'accord, c'est noté. En plat principal, vous aurez toutes les spécialités du chef : l'agneau *biryani*, le poulet tandoori, les pommes de terre *matar*, les brochettes *malai*, le *daal makhani* avec des *naans*. Et de la *raïta* pour la sauce. Et en dessert : *shahi tukda*, *gulab jamun* et *gajar ka halwa*…

— Très bien. Il faut que tout soit au top ; tu sais comment est Rakesh. Cent soixante-quinze personnes, nos amis les plus chers. Duggy J sera là. Je lui ai demandé de composer tout spécialement une chanson d'anniversaire surprise pour Rakesh.

— Fantastique ! Bon, alors on se voit tout à l'heure, dit Saibal qui tente de mettre un terme à la conversation.

— Et tante Maya et Anjoli seront là, bien sûr ? persiste Neha.

— Oui, nous serons là tous les trois. Sur notre trente-et-un. J'ai acheté à Maya une nouvelle robe et de beaux bijoux pour l'occasion. Importés de Dubaï ! ajoute-t-il avec une pointe de fierté.

— Génial, j'ai hâte de vous voir ! Merci, oncle Saibal. Qu'est-ce que je ferais sans toi ?

Neha raccroche enfin.

— Maya ! hurle Saibal en direction de la cuisine.

Je laisse bruyamment tomber la cuillère que j'étais en train d'essuyer.

— *Hain ? Ki ?* crie sa femme en retour.

— *Ei* Mme Sharma*'r jonyo ek* côtelettes d'agneau.

— *Thik achhé.*

Après un silence, Saibal marmonne :

— *Aaah keno na*… pourquoi pas. *Ei*, Kamil ! s'écrie-t-il.

— Oui ? fais-je en tâtonnant du pied sous la table à la recherche de la cuillère.

— J'ai besoin de toi pour la fête de ce soir.

— La fête des Sharma ?

— *Hain*. À 17 heures. (Il balaie des yeux le restaurant vide.) C'est calme aujourd'hui. Prends ton après-midi, ça va être une longue soirée. Surtout, change d'uniforme, hein ? ajoute-t-il, pointant les traces de curry sur mes manches. Tu connais Rakesh Sharma, n'est-ce pas ?

— Non, mais j'ai entendu parler de lui. Pour tout te dire, je traîne rarement avec des millionnaires.

— Oh, je croyais que tu le connaissais, dit Saibal en passant les doigts dans son épaisse chevelure grise. Je te le présenterai ce soir, c'est un vieil ami de Calcutta. On était copains à la fac, lui, ton père et moi. On a passé de bons moments ensemble. Et traversé beaucoup de choses, aussi, fait-il d'un air plus sombre. Enfin, aujourd'hui, il a soixante ans ! Je n'arrive pas à y croire. Eh *maa*, on est des vieux maintenant. Et Neha qui n'a que vingt-huit ans ! Une fille très gentille, c'est la meilleure amie d'Anjoli et je la considère comme ma seconde fille. Ça a été un peu difficile au début de la voir avec Rakesh. Mais il faut reconnaître qu'ils forment un très beau couple.

— Et puis c'est dans l'ordre des choses pour un millionnaire d'avoir une femme beaucoup plus jeune, non ? dis-je avec un petit clin d'œil.

— *Hain, eta satyi*. C'est vrai, ça ! Allez maintenant, file !

Le carillon de l'entrée retentit et Saibal me fait signe

de m'éclipser. Il se lève d'un bond pour accueillir les quatre clients qui viennent de franchir le pas de la porte et leur indique une table, armé de son sourire spécial «je suis le propriétaire de cet établissement raffiné». Puis il leur tend les menus plastifiés du restaurant: *Tandoori Knights – Curry or not curry, that is the question.*

En cuisine, Maya et les trois commis s'affairent à la préparation des plats du soir. Les oignons, l'ail et le gingembre grésillent, emplissant l'air de leurs arômes tandis que les couvercles des marmites s'ouvrent et se ferment sur un rythme hypnotique pour accueillir des poignées d'épices – curcuma orange, fenouil jaune, poudre de piment rouge, cumin, coriandre, graines de moutarde, cannelle. J'adore ces parfums, ils me transportent instantanément à Calcutta. J'ai l'impression d'être à côté de Ma préparant mes plats préférés: l'alose *ilish masher jhol* à la moutarde, bourrée d'arêtes mais moelleuse à souhait; ses légumes *shukto* mijotés dans du lait; les *luchis* frits, des petits pains soufflés, légèrement feuilletés pour saucer le jus; et les *kathi rolls*, ces succulentes galettes roulées de chez Nizam…

Je sens une pointe de nostalgie monter en moi. Et aussitôt refait surface cette amertume devenue trop familière ces derniers mois, comme un ulcère qui se réveille. Qu'est-ce que je fabrique dans ce pays morose et glacial, à faire le service dans ce restaurant au nom ridicule? Il y a trois mois, j'étais en pleine ascension. Sous-inspecteur aux homicides, chargé de l'enquête la plus médiatique d'Inde. Je travaillais aux côtés d'officiers haut gradés, j'étais en contact avec le gratin de Bollywood… Et aujourd'hui? À trente ans, au lieu de gravir les échelons, j'ai troqué mon uniforme blanc de policier contre un gilet et un nœud papillon de serveur redoutant constamment une descente de l'immigration. Le moment fort de ma semaine, désormais, consiste à servir des « amouse-gules » à des millionnaires. Difficile d'imaginer chute plus vertigineuse. Parfois je me dis que j'aurais mieux fait de rester en Inde et de fermer les yeux sur ce que j'ai découvert… Mais non, je n'aurais pas pu continuer à travailler avec ce cadavre sur ma conscience. Et maintenant, impossible d'y retourner – ce serait trop risqué. Me voilà donc coincé entre deux pays, qui l'un comme l'autre ne veulent pas de moi.

Il faudrait que j'appelle Ma et Abba. Cela fait une éternité que je ne leur ai pas parlé. Abba m'en veut sans doute toujours. Et Maliha… Maliha…

Les parfums entêtants de la cuisine, de mon passé, finissent par m'écœurer. J'ai l'impression de suffoquer. J'ai besoin d'air.

— Je sors, Maya-di, à tout à l'heure, dis-je en enfilant mon manteau.

Maya m'adresse un grand sourire depuis la cuisine.

Je remonte Brick Lane d'un pas lourd sous la bruine glacée. Tenant le col de mon manteau serré sous le menton, je me fraie un passage au milieu des parkas, burqas, *dashikis*, saris et tuniques. J'aime cette partie de Londres, elle me rappelle Free School Street et le chaos des rues de Calcutta. À mesure que je progresse dans l'étroite rue, le décor et les gens changent. Je suis toujours étonné de la transformation qui s'opère une fois franchie la frontière invisible de Hanbury Street :

à contrecœur, les supérettes, pâtisseries et prêteurs sur gages bengalis cèdent alors la place à un univers différent. Relooké, plein de touristes pendus à leurs appareils photo et d'ados en jeans skinny qui vont se faire coiffer chez Jack the Clipper et boire des verres chez Amy's Wine House ou au Cereal Killer café. J'arrive devant Beigel Bake Brick Lane et son éternelle file d'attente et je décide de soigner mon vague à l'âme avec un petit en-cas. Je n'avais jamais mangé de bagels à Calcutta et depuis quelques semaines j'en suis friand. Chauds et moelleux comme des coussins, ils sont parfaits avec une bonne tasse de thé Assam.

Abrité sous une embrasure, un intrépide musicien de rue se lance dans les aigus de *Hotel California* – un vrai massacre. J'aime bien ça, à Londres, ces musiciens un peu partout, en particulier dans le métro. À Calcutta, les gens courent dans tous les sens, ils n'ont pas le temps de rêver à des routes obscures traversant le désert.

Quand je suis arrivé il y a trois mois, dès que j'avais un jour de congé, je prenais le métro, ça m'évitait de devenir dingue à force de ressasser chaque détail des meurtres de Calcutta et de me désespérer en pensant à Maliha, seul face aux murs blancs de la chambre d'amis. J'allais au métro Bethnal Green, je fermais les yeux, pointais une destination au hasard sur la carte et je partais m'y balader quelques heures. À moi les beautés de Clapton et ses marais paisibles, de Silvertown (la vue de Thames Barrier, spectaculaire), de Balham (plutôt joli) et de Bushey (bof). Et puis c'était le retour au train-train de la vie de serveur. En temps normal j'ai horreur de la routine, mais là, j'ai besoin de régularité. N'avoir rien de plus important à faire que mémoriser les plats du jour, ça me va très bien. Mais ça ne sera qu'un intermède de courte durée, car mon visa arrive bientôt à expiration. Tôt ou tard, il va falloir que je décide ce que je veux faire de ma vie. Et à l'heure actuelle, mon avenir ressemble moins à une page blanche pleine de promesses qu'à une porte close dont la clef reste introuvable, où que je cherche.

Au moment où je sors de chez le vendeur de bagels, muni de mes douces provisions, le chanteur de rue entame le dernier couplet de sa chanson – m'invitant, très à propos, à revenir sur mes pas pour mieux trouver mon chemin.

— Plus facile à chanter qu'à faire, dis-je d'un ton acide en lançant une pièce de dix pennies dans son étui à guitare.

Puis je rentre à l'appartement au-dessus du restaurant et, alors que je tâte mes poches à la recherche de mes clefs, la porte s'ouvre. La voilà qui me fait face, visiblement surprise. Anjoli. La fille unique de Saibal et Maya et, pour l'heure, ma seule amie à Londres.

La première fois que nous avons eu une vraie conversation tous les deux, c'était il y a un mois et demi. Épuisé après mon service au restaurant, j'étais affalé sur mon lit en train de surveiller la page Facebook de Maliha, avec Beck qui me chantait que le soleil ne brille pas même en plein jour, quand Anjoli a déboulé dans ma chambre sans prendre la peine de frapper.

— Allez, debout là-dedans ! Je ne supporte plus de te voir toute la journée avec cette tête de chien battu. Ça me déprime. Ce soir, on sort.

J'ai protesté, mais elle m'a traîné de force jusqu'au

pub, et à ma grande surprise je me suis amusé, comme ça ne m'était plus arrivé depuis des mois. J'étais plutôt soulagé de ne pas avoir à faire la conversation : Anjoli avait des tas de choses à me raconter, de ses folles années d'étudiante en psycho à la boîte de marketing qui malheureusement venait de supprimer son poste, sans oublier sa relation intermittente avec un Italien. Il y avait du bruit, et quand elle m'a dit qu'il travaillait de longues heures à l'Embassy, j'ai d'abord cru que c'était un riche diplomate. Ce n'est qu'une semaine plus tard, quand elle m'a proposé de l'accompagner, que j'ai compris qu'il était serveur, comme moi : l'Embassy était le nom d'un bar. Après quelques bières, elle a quand même réussi à me faire décrocher quelques mots sur ma vie de policier. Jusqu'aux meurtres, en tout cas. Je n'étais pas prêt à évoquer toute l'affaire. Le sujet était encore trop sensible.

— Baba parle toujours de tes talents de détective. Comme Hercule Poirot. Ou Sherlock Holmes. Alors vas-y, devine à quoi je pense, monsieur le détective ?

— Je suis flic, pas médium. Et puis Holmes et son violon, Poirot et sa moustache et l'autre Anglais, là… celui avec la grosse voiture rouge qui fait des mots croisés…

— Morse ?

— Oui, l'inspecteur Morse. Toutes ces histoires de génies des devinettes, c'est des conneries ! Dans la vraie vie, personne ne résout des enquêtes comme ça. Et on ne tombe jamais sur des grands maîtres du crime qui attirent leurs victimes dans des maisons de campagne isolées où on les retrouve mystérieusement assassinées dans des pièces verrouillées de l'intérieur et sans fenêtre. C'est n'importe quoi. Le vrai travail d'enquête est ennuyeux. Il faut interroger les gens. Trouver qui ment. Assembler les pièces du puzzle, les unes après les autres. Puis arrêter le coupable. Sans réunir douze suspects dans une bibliothèque pour leur montrer quel petit malin tu fais. Et le coupable n'est jamais celui qu'on soupçonnait le moins. C'est presque toujours le plus suspect de tous. Et à la fin, il n'est même pas condamné. Il s'en tire, et ce sont des idiots comme moi qui paient les pots cassés.

Avec une pointe d'amertume, j'ai détourné les yeux et avalé le reste de ma bière. Anjoli me regardait.

— Ça va ?

— Oui, désolé, ai-je dit en m'efforçant de sourire. Si je suis devenu flic, c'est en partie parce que j'imaginais faire comme Poirot : démasquer génialement les meurtriers en frisant mes moustaches et en faisant marcher mes petites cellules grises. Je suis tombé de haut quand j'ai découvert à quel point enquêter pouvait être barbant.

Elle a hoché la tête d'un air compatissant.

— Et la psychologie ? Je pensais qu'il fallait entrer dans la tête des criminels ?

— Psychologie, chichicologie, tout ça c'est du blabla. Le mobile des crimes n'est jamais bien compliqué : le sexe, la jalousie, l'argent…

— OK, ça va, j'ai compris ! Peut-être que tu devrais breveter ta « nouvelle » manière de résoudre les enquêtes et que quelqu'un écrira un livre sur toi : *Kamil Rahman, un flic sans chichis* ! a-t-elle plaisanté avant de commander une nouvelle tournée.

Oui, cette soirée m'a changé les idées et même un peu soulagé du poids de Calcutta. Avec Anjoli, j'ai l'impression de redevenir celui que j'étais. Le Kamil Rahman d'avant le meurtre d'Asif Khan. Ou presque.

Et maintenant la voilà face à moi, sourcils froncés, en jean et cardigan rouge au-dessus d'un tee-shirt avec une noix de coco qui dit : *Dure à l'extérieur, mais tendre à l'intérieur.*

— Comment se fait-il que tu finisses si tôt un samedi ? L'immigration t'a cueilli en train de travailler avec ton visa de touriste ? Tu viens faire tes valises ?

— Ça te ferait plaisir, fais-je d'un ton un peu trop sec.

Essayant de chasser ma nervosité habituelle – ce n'est pas à mon avantage – je me faufile dans l'étroit couloir d'entrée et annonce avec toute la nonchalance possible :

— Saibal m'a donné mon après-midi. Il m'a demandé de servir à la soirée des Sharma. Et toi, comment se fait-il que tu sois à la maison à cette heure-ci ?

— J'épluche les offres d'emploi. Je sortais m'acheter un truc à manger.

— J'ignorais qu'on pouvait trouver du boulot sur le compte Instagram de Kim Kardashian, dis-je en lui mettant maladroitement le sac plastique dans les mains pour enlever mon manteau.

— Hilarant. Ooh, des bagels et du houmous ! Je meurs littéralement de faim, dit-elle en ouvrant le sac.

— Littéralement ? Je ferais mieux de prévenir tes parents si tu risques de te dépouiller de ton enveloppe mortelle.

D'abord très fier d'avoir casé la seule expression de Shakespeare que je connaisse, je me sens aussitôt ridicule.

— Oh, ça va, monsieur Clairement : « La spécialité

du chef, messieurs-dames, c'est clairement le curry de cailles. Clairement, Snapchat, c'est pour les ados. »

Le soleil perce à travers les nuages et une douce lumière automnale entre par la fenêtre. Anjoli met la bouilloire en marche et je suis des yeux le petit papillon tatoué sur son poignet, qui joue à cache-cache derrière les bracelets argentés glissant mélodieusement le long de son bras.

— Alexa, mets les Beatles, commande-t-elle à l'assistante virtuelle, et les puissants accords du sitar de *Norwegian Wood* emplissent bientôt la cuisine.

— Et toi, tu viens à la fête des Sharma ce soir ? je demande en me balançant sur ma chaise.

Anjoli grimace.

— Oui, bien obligée. Je déteste ces réceptions débiles. Ces types adipeux avec leurs femmes couvertes de bijoux en or, et Ma qui essaie de me caser avec leur « bon parti » de fils. Mais c'est l'anniversaire de mariage de Neha et l'anniversaire de Rakesh, donc impossible de ne pas y aller.

— Neha ? Tu veux dire la fille de… Rakesh ? Oh non, pardon, je veux dire sa femme, bien sûr.

— Ne sois pas méchant ! Et puis tout ça, c'est ma faute. C'est grâce à moi qu'elle a décroché ce job d'assistante d'oncle Rakesh après la fac, et qui aurait pu deviner qu'ils… ?

— Et à ton avis, qu'est-ce qui a pu lui plaire chez Rakesh Sharma, ce millionnaire qui a exactement le double de son âge ?

— Tais-toi. Elle l'aime. Il peut être charmant, drôle même. Cela dit, ajoute-t-elle en baissant la voix d'un air complice, c'est bizarre. Je veux dire, je connais oncle

Rakesh depuis toujours, et Neha depuis l'école primaire. Il a toujours été gentil avec moi, il me ramenait des *sandesh* à la rose de Calcutta, et on allait souvent chez eux à Watford. Pinky nous préparait les meilleurs samossas du monde. Et puis un jour, boum ! On apprend qu'ils divorcent. Et qu'oncle Rakesh épouse ma meilleure amie et lui offre une immense et affreuse baraque dans Bishops Avenue en cadeau de mariage. Neha est mon amie, mais elle a des goûts un peu, comment dire… quelque part entre la star de Bollywood et l'épouse de dictateur iraquien. Tante Pinky a gardé la maison de Watford.

— Et Neha ne t'a rien dit quand ils ont commencé à sortir ensemble ? dis-je avant de mordre dans mon bagel.

— Non ! Elle était gênée, je crois. Elle devait avoir peur qu'on raconte qu'elle cherchait un père de substitution, m'explique avec assurance la diplômée en psycho. Ses parents sont morts quand elle était toute petite, ajoute-t-elle en voyant mon air interrogateur. C'est sa tante qui l'a élevée. Pour Arjun non plus, ça n'a pas dû être facile de voir son père devenir littéralement le cliché du type qui quitte sa femme pour la jeune secrétaire, plus jeune que son propre fils. D'autant qu'ils continuent à travailler ensemble chez PinRak. Neha panique à l'idée de voir Pinky à la soirée. C'est elle qui a insisté pour venir, parce que c'est le soixantième anniversaire de Rakesh et personne n'a eu le courage de lui dire non. Pas impossible qu'en plus de servir des samossas tu aies du sang à éponger ce soir.

Du sang coagulé sur un tapis en soie doré dans une suite de luxe. Je chasse ce souvenir de ma mémoire.

— Je ferai en sorte de vous ravitailler constamment en cocktails et *aloo tikkis*. Ou plutôt, devrais-je dire,

« amuse-gueules ». Apparemment les beignets, ce n'est pas assez chic pour ton amie.

Nous terminons tranquillement nos bagels au houmous et nos tasses de thé, accompagnés par le ronron intermittent du lave-vaisselle et la voix de Lennon qui lui boit du vin, dans une maison en pin.

Puis Anjoli s'étire et bâille.

— Bon, je ferais mieux d'aller me pomponner, dit-elle en se levant. Je retrouve des copines aux Spaniards avant la soirée. Tu veux venir ? Je pourrais te présenter. Un charmant flic-serveur bengali. Lol.

— Charmant ? dis-je en haussant un sourcil.

Elle me regarde de haut en bas.

— Tu as raison, c'est un peu exagéré. Mais tu n'es pas si mal. Je pourrais même envisager de t'arranger le coup avec une de mes copines célibataires. Voyons… grand, belle tignasse, plutôt musclé, mais avec un poil de bedaine, non ? On n'aurait pas un peu abusé du vindaloo de Ma ?

Je rentre discrètement le ventre, légèrement vexé qu'elle ait remarqué. Mais c'est vrai… J'accumule les heures supplémentaires au restaurant, ça m'évite de tourner en rond et de ressasser, mais je suis incapable de résister aux restes. Maya cuisine tellement bien.

— Bon, bien sûr il y aurait des choses à revoir côté garde-robe. Les chemises satinées et les faux Levi's, c'est plus possible. Et il faut que tu me rases cette moustache, là.

— Ton fameux Poirot avait bien une moustache.

— Mais c'était il y a des siècles ! Et de toute façon, sa moustache ne ressemblait pas à cette espèce de chenille maigrichonne que t'as au-dessus de la bouche.

Je tâte ma moustache d'un air offensé.

— Eh bien, figure-toi que je les ai vues, tes amies, et que je ne crois pas qu'elles soient assez bien pour moi. Clairement, je suis mieux tout seul, dis-je en détournant la tête.

— Comme tu voudras ! C'est dommage, Naila serait parfaite pour toi… et elle sera là. Tu l'aimes bien, non ?

Ma tête pivote instantanément. Naila est la nièce de Salim Mian, le plus ancien serveur du Tandoori Knights. Elle passe parfois le chercher à la fin de son service, et pendant qu'il se change, elle vient me parler et me pose des questions sur le métier de policier avec son doux accent pakistanais. J'apprécie sa compagnie, et nous avons quelque chose en commun : elle est venue de Lahore faire ses études d'infirmière et elle aussi affronte une nouvelle vie à Londres.

— Mais oui, elle t'intéresse, je le savais ! s'exclame triomphalement Anjoli.

— Non, pas du tout ! De toute façon je ne peux pas puisque…

On entend tourner le verrou de la porte d'entrée. Saibal entre en hâte et jette ses clefs sur la console du vestibule, suivi de Maya qui porte trois Tupperware en équilibre précaire les uns sur les autres.

J'ai beaucoup d'affection pour les Chatterjee : ils m'ont accueilli à bras ouverts quand j'étais au plus bas et me traitent comme un membre de leur famille. Ce sont de vrais *bhadralok* – des gens bien, d'une grande générosité. Saibal croit être le chef mais c'est Maya qui commande, au restaurant comme à la maison. Elle a une volonté de fer et ne baisse jamais les bras. Ma me manque, et Maya est devenue comme une seconde mère pour moi.

Anjoli bondit, embrasse sa mère et court chercher les boîtes.

— Un thé, Ma ?

— Merci, ma chérie, dit Maya. (Elle sourit et se tourne vers moi.) Alors Kamil, tu passes un bon moment avec Anjoli ?

Quand je suis arrivé chez les Chatterjee, je me suis demandé s'ils n'étaient pas inquiets à l'idée qu'un musulman célibataire s'installe sous le même toit que leur fille, célibataire et hindoue. Mais apparemment pas. Et de toute façon, depuis Maliha, je n'ai plus goût à l'amour.

— Je suis rentré me changer, dis-je. Je vais faire le service à la soirée des Sharma.

— Ah bon ? fait Maya un peu surprise.

Elle s'assied à la table de la cuisine et enlève ses chaussures.

— *Hain*, pourquoi pas ? dit Saibal qui se laisse tomber à ses côtés. (Il défait le premier bouton de son pantalon et gémit de soulagement.) Il nous fallait un serveur de plus. Du thé pour moi aussi Anjoli, s'il te plaît.

— *Accha*. Tu vas voir comme c'est beau chez eux, Kamil, dit Maya. Beaucoup plus grand que chez nous.

— Ton appartement est très joli, Maya-di.

— Mais on est tellement à l'étroit ici, comparé à la maison de Rakesh.

Une pensée me traverse : aurais-je abusé de leur hospitalité ? Mal interprété leur générosité ?

— Je vais bientôt repartir en Inde, dis-je maladroitement.

— Oh non ! s'exclame Maya. Ce n'était pas ce que je voulais dire. Tu es ici chez toi, mon grand, dit-elle en se penchant pour me caresser la joue comme le fait ma mère. Reste aussi longtemps que tu veux, on est ravis de t'avoir avec nous. (Elle se tourne vers sa fille qui sert le thé et des biscuits Marie.) Anjoli, tu as regardé les annonces d'emploi ?

J'articule silencieusement « In-sta-gram » en regardant Anjoli qui glousse.

— Oui, Ma, mais pour l'instant il n'y a rien d'intéressant.

— Tu ne peux pas passer ta vie à hacher des oignons. Il faut que tu trouves un travail qui te plaît. Et un gentil Bengali. Oublie toutes ces histoires de mariage d'amour. L'amour, ça vient après le mariage, dit Maya qui adresse un sourire à Saibal.

— Le suicide aussi, murmure Anjoli.

— Laisse-la tranquille, Maya, dit Saibal. C'est bien pour elle de travailler dans l'entreprise familiale.

— Quelle entreprise familiale ? Il n'y a pas d'entreprise familiale, dit Maya, levant les mains en l'air. Toi et moi on peut faire tourner le restaurant. Mais Anjoli, elle va décrocher un gros poste dans la publicité, et Kamil va devenir un grand inspecteur. Après ça je pourrai mourir en paix.

— Oh, Ma, n'exagère pas ! lance Anjoli par-dessus son épaule en grimpant les escaliers qui mènent à sa chambre.

Un grand inspecteur. Tandis qu'à la fenêtre, la pluie ne cesse de tomber, les souvenirs refont surface. « Reviens, reviens, reviens à l'endroit qui est le tien », me conjure Paul McCartney. Si seulement je pouvais revenir en arrière et faire les choses différemment. Ça avait pourtant bien commencé ce lundi matin, quand j'avais reçu l'appel du commissaire adjoint : c'était ma chance de montrer au monde entier quel grand inspecteur je ferais. Quel arrogant j'avais été, si certain de tout savoir, incapable d'entrevoir dans quel bourbier j'allais bientôt patauger, le degré de criminalité et de corruption qui m'attendait. Incapable d'imaginer à quel point cette semaine de juillet allait bouleverser ma vie.

L'inspecteur

Trois mois plus tôt. Calcutta. Juillet. Lundi.

La mousson faisait rage et la pluie martelait mon parapluie, assourdissante. Je grimpai à bord de la Tata Sumo boueuse et peinais à fermer la portière, quand un scooter passa et couvrit mon pantalon d'éclaboussures marron. J'examinai mes jambes avec consternation – le commissaire adjoint allait penser que je m'étais fait dessus lorsqu'il m'avait sommé de venir. Je ne comprenais pas pourquoi un officier si haut placé souhaitait me voir en personne alors que je n'étais qu'un petit sous-inspecteur à la section des homicides. Je n'avais rien fait de mal. Pas à ma connaissance, en tout cas.

— À Lalbazar je vous prie, *tara tari* !

Mon chauffeur démarra et le 4 × 4 s'engagea au ralenti dans les rues inondées où les embouteillages du milieu de journée faisaient de leur mieux pour ralentir les quelques dizaines de milliers de personnes qui s'évertuaient comme moi à vouloir se rendre à leur travail. Je ne détestais pas la saison des pluies à Calcutta, les immeubles semblaient plus propres, l'air plus pur. Cette année, elle avait tardé à venir : ciel menaçant, atmosphère étouffante et poussiéreuse, toute la ville retenant son souffle dans l'attente du moment où la température baisserait et la pluie apporterait le soulagement tant espéré.

Quand enfin les premières grosses gouttes tombèrent et que la ville s'emplit d'un parfum de terre mouillée, la tension se dissipa et les enfants comme les adultes coururent au-dehors pour se laisser tremper par le déluge. Comme à l'accoutumée, les réseaux d'évacuation hors d'âge furent bientôt engorgés et les rues s'inondèrent, la poussière faisant place à la boue, la joie à la frustration. Et comme ils le font depuis des siècles, les habitants de Calcutta remontèrent stoïquement leurs pantalons, leurs jupes et leurs *longhis* pour contourner les grosses flaques, éclaboussant au passage leurs chaussures, *chappals* ou escarpins en jurant.

La voiture dépassa tout doucement une file d'écoliers en uniformes bleus, blottis sous des parapluies devant l'étrange meringue anglo-bengalie-musulmane du Victoria Memorial. Le marbre blanc luisait d'un éclat mystérieux contre la noirceur des nuages. Abba m'y avait amené petit, pour me faire découvrir les merveilles de l'Empire britannique. « Tu es comme ce monument, Kamil : un garçon qui a reçu une éducation anglaise, bengalie et musulmane, ne l'oublie pas », m'avait-il dit. Mon père, ancien commissaire de police aujourd'hui retraité, avait essayé de m'inculquer sa rectitude anglophile pour que je réussisse en « travaillant dur et avec honnêteté », loin de l'image habituelle du policier paresseux, je-m'en-foutiste et corrompu des forces de l'ordre de Calcutta. Ce qui, malheureusement pour moi, signifiait démarrer tout en bas de l'échelle et gravir patiemment chacun des innombrables échelons.

Je repensai à la bouffée d'optimisme qui m'avait envahi le jour de la remise des diplômes à l'école de police de Calcutta. C'était à Abba qu'on avait demandé de s'adresser solennellement aux jeunes recrues, et j'avais ressenti une immense fierté en l'entendant prononcer ces paroles : « Ce que chacun d'entre vous a choisi, c'est une vocation, pas un travail. Lorsque vous revêtez votre uniforme, vous devenez des gardiens de la paix. N'oubliez jamais que la population compte sur vous pour assurer sa protection, pour faire régner l'ordre et la justice. C'est là votre véritable raison d'être. Vous devez faire en sorte que ceux qui commettent des crimes, qui s'en prennent à des innocents et les font souffrir, soient punis et que leurs victimes obtiennent justice. Ainsi seulement notre société peut fonctionner. Vous êtes ce mince rempart qui sépare l'ordre du chaos. Ne l'oubliez jamais. »

Je quittai l'école avec la volonté ardente d'aider ceux qui avaient besoin de moi… et passai les trois années suivantes à régler la circulation. Je finissais par me demander en quoi le fait de coller des amendes aux rickshaws de Sealdah qui grillaient les feux rouges contribuait à rendre le monde meilleur. J'avais suggéré à Abba de glisser un mot en ma faveur, mais il tenait à ce que je fasse mes preuves tout seul. J'avais donc pris mon mal en patience, et de sous-inspecteur adjoint j'étais laborieusement parvenu à mon poste actuel de sous-inspecteur à la section des homicides, où j'avais enfin le sentiment de pouvoir me rendre utile.

Le 4 × 4 passa le long de panneaux publicitaires qui affichaient en caractères de cinq ou six mètres de haut :

MÉTRO DE CALCUTTA : LE SYSTÈME DE TRANSPORT LE PLUS SOPHISTIQUÉ DU MONDE BIENTÔT EN FONCTIONNEMENT GRÂCE À PINRAK INDUSTRIES.

Je trouvais un certain charme à ces apostrophes fantaisistes. Les affiches des candidats aux prochaines élections constellaient les panneaux, créant un patchwork désordonné de logos et slogans politiques :

CHOISISSEZ VOS AMIS, PAS VOS ENNEMIS – VOTEZ RANJIT SANYAL, UNITED PARTY.

STOP AUX RÉFUGIÉS MUSULMANS – VOTEZ KARTHIK SEN, PEOPLE'S PARTY.

J'espérais que le scrutin serait plus paisible que l'année passée, où il avait fallu s'interposer entre deux bandes d'électeurs se jetant des pierres et des bouteilles en verre à la figure. Maliha n'avait pas été particulièrement impressionnée par mes bleus et mes coupures. « Arrête de jouer les héros et fais-toi nommer à un vrai poste dans un bureau, je ne veux pas d'un fiancé mort », avait-elle dit en appliquant du mercurochrome sur mes blessures, indifférente à mes grimaces.

Enfin je parvins au commissariat central de Lalbazar, et un agent vint m'avertir que le commissaire adjoint allait me recevoir sans délai. C'était inattendu. Avec mon petit grade, je m'étais préparé à une longue attente.

L'agent m'escorta jusqu'à une gigantesque pièce où il faisait un froid de canard – je ne comptai pas moins de quatre climatiseurs simultanément allumés.

Je frissonnai, d'autant que ma chemise était encore trempée par la pluie. Au fond de la pièce, le commissaire adjoint avait l'air minuscule derrière son immense bureau. Celui-ci était simplement orné d'une plaque à son nom, *CA Shri Amitav Ghosh – Indian Police Service*, d'une réplique d'un pilier d'Ashoka et d'une photo de sa famille souriante. Une chemise cartonnée marron était ouverte devant lui.

Je m'avançai et lui adressai un salut guindé, le souffle court. J'essayai tant bien que mal de masquer ma nervosité mais elle se décupla lorsque je reconnus ma tête sur la photo dans le dossier. Je ne m'étais jamais trouvé seul à seul avec le commissaire adjoint. Et maintenant voilà qu'il m'étudiait des pieds à la tête avec ses lunettes en écaille, ses cheveux clairsemés gominés, son uniforme kaki impeccable et les trois étoiles sur son épaulette, témoins de son noble grade. Il inclina la tête, d'un côté puis de l'autre, comme s'il cherchait des arguments pour négocier un rabais sur un tapis de New Market. Son regard s'arrêta sur les éclaboussures qui maculaient mon pantalon. Cinquante pour cent de réduction. Au moins.

Et puis, tel le soleil perçant à travers les nuages, un grand sourire éclaira son visage.

— Rahman ! Vous voilà, mon garçon. Un café ? Asseyez-vous.

Il me serra vigoureusement la main, attrapa mon dossier et me guida vers le canapé à l'autre bout de la pièce.

Je laissai échapper un discret soupir de soulagement.

— Merci, monsieur le commissaire adjoint. Non merci, monsieur le commissaire adjoint.

Je m'assis, raide comme un piquet, au bord du canapé.

— Vous êtes donc le brillant sous-inspecteur dont on

m'a tant parlé, dit-il en soulevant ses lunettes, le regard pénétrant.

— Ah ?

Il remit ses lunettes et ouvrit le dossier.

— Vous avez fait un travail remarquable sur le meurtre de ce commerçant de Gariahat le mois dernier, votre inspecteur-chef a recommandé une distinction.

— J'ai simplement eu de la chance, monsieur le commissaire adjoint, dis-je en essayant de me montrer aussi humble que possible.

— La chance, c'est la rencontre du bon moment et du talent, dit-il comme s'il récitait un vieil adage.

Je hochai la tête en signe de révérence devant sa sagesse.

Il ferma le dossier et se pencha vers moi.

— Rahman, j'ai une affaire à résoudre. Une affaire très délicate, ajouta-t-il sur le ton de la confidence. Qui concerne des personnes très connues. Il faut une discrétion absolue. Je voudrais que vous vous en chargiez personnellement. Dites-moi, est-ce que je peux compter sur vous ?

Qu'est-ce que j'étais censé répondre ? Le commissaire adjoint n'était pas quelqu'un à qui on pouvait se permettre de dire non. Ou même de demander à quoi on disait oui.

— Absolument, monsieur le commissaire adjoint. Je ferai tout mon possible pour vous aider.

— Parfait ! répondit-il en s'appuyant contre le dossier du canapé, mains croisées derrière la tête. Connaissez-vous Asif Khan ?

— La star de Bollywood, monsieur le commissaire adjoint ?

— Exactement. L'acteur. C'est terrible, mais il a été tué hier soir dans sa suite du Grand Hôtel. Je veux que ce soit vous qui preniez en charge cette affaire, dit-il en se penchant, l'index pointé vers moi. C'est une enquête de la plus haute importance. Il me faut un travail soigné et bouclé dans les plus brefs délais. Mettez tout le reste de côté.

Asif Khan était mort ? Et c'était moi qui enquêterais sur son meurtre ! Bien que mon cœur fût sur le point d'exploser, il fallait que je reste calme, que je garde une attitude professionnelle.

— Merci, monsieur le commissaire adjoint, réussis-je à articuler.

— C'est à moi que vous ferez directement vos rapports. Entendu ? Maintenant, notez bien ce que je vais vous dire.

J'attrapai mon calepin et griffonnai d'une main tremblante. C'était une occasion inespérée de faire mes preuves. J'allais pouvoir montrer que j'étais un « vrai » policier, un homme en quête inlassable de justice, pas un simple sous-fifre. Le commissaire adjoint m'apprit que deux heures plus tôt, le gérant de l'hôtel avait composé le numéro d'urgence de la police. Le poste de contrôle avait alors alerté le commissariat de secteur, à New Market, qui à son tour avait prévenu le commissaire adjoint, auquel toutes les affaires sensibles devaient être immédiatement signalées. Je me dépêchai de tout noter. Je ne pouvais pas me permettre de manquer le moindre détail.

— Allez tout de suite à l'hôtel, Rahman. Bonne chance, fit-il en repartant s'asseoir à son bureau.

Je me levai et lui adressai un salut. Sur le point de sortir, j'hésitai puis demandai :

— Puis-je vous poser une question, monsieur le commissaire adjoint ?

— Allez-y.

— Pourquoi moi, monsieur le commissaire adjoint ?

Il considéra un instant ma question, puis tapota mon dossier.

— Vous n'êtes pas sûr d'être la bonne personne pour cette affaire, Rahman ? Est-ce que je ferais mieux de chercher quelqu'un d'autre ?

— Oui, enfin je veux dire, oh non, bien sûr, monsieur le commissaire adjoint…

Il sourit.

— Détendez-vous, jeune homme ! Ça fait un bout de temps que je vous observe. Comme je vous l'ai dit, vous avez fait du bon travail sur votre dernière enquête et d'après votre inspecteur-chef, vous êtes prêt à passer à la vitesse supérieure.

— Merci, monsieur le commissaire adjoint. Je ne vous décevrai pas.

Je saluai de nouveau, et au moment de refermer la porte derrière moi, je l'entendis dire :

— Vous passerez le bonjour à votre père de ma part.

Nous y voilà. J'avais cru ne devoir tout cela qu'à mon mérite, mais c'était l'influence de mon père qui avait joué en ma faveur. Tant pis, me dis-je. Le petit coup de pouce s'était bien fait attendre. Et moi, j'avais rendez-vous avec une étoile du grand écran qui venait de s'éteindre.

Le serveur

Londres. Octobre. Samedi.

En route pour la soirée des Sharma, j'essaie de calmer le flot de mes pensées et de balayer ces souvenirs qui ne cessent de refaire surface. Ce frisson d'excitation dans le bureau du commissaire adjoint… comment tout cela a-t-il pu virer si vite à la catastrophe ? Mais qu'importe. Une éternité s'est écoulée depuis cet après-midi pluvieux à Calcutta. Mon passé dans la police est maintenant révolu et il faut que je me reconstruise petit à petit une nouvelle vie.

Nous voilà donc serrés comme des sardines à l'arrière de la camionnette du restaurant avec les quatre autres serveurs, les deux commis, les deux cuisiniers, la nourriture, les assiettes, les marmites et les casseroles : plus qu'une fête d'anniversaire, de quoi assurer cinq jours de festivités nuptiales. J'ai été bête de perdre une demi-heure à repasser mon uniforme. Après un trajet poussif sur l'A1 à bord d'un véhicule qui vit probablement ses dernières heures, nous entrons enfin dans Bishops Avenue.

Je m'y suis déjà aventuré en visitant Londres, curieux de voir la fameuse « allée des milliardaires ». Une grande rue arborée menant au parc de Hampstead Heath qui, aux dires de Saibal, attirait les oligarques russes, les cheikhs arabes et les businessmen indiens. Chacun de ces magnats des affaires étant prêt à débourser plusieurs dizaines de millions de livres pour racheter à l'un de ses semblables une luxueuse demeure de douze pièces qui, aussitôt démolie, serait remplacée par un palace plus immense encore, plus opulent, avec plus de gadgets high-tech et plus de marbre. Mais au lieu du nirvana futuriste que j'imaginais, j'ai trouvé une rue déserte qui n'avait pas franchement fière allure. Cachées derrière de grandes palissades et des grilles cadenassées, la moitié des maisons étaient dans un état avancé de délabrement. Comme si les milliardaires avaient dû prendre la fuite, chassés par une révolte populaire. Et c'est là que Rakesh Sharma a fait construire une maison pour sa nouvelle femme ? Mieux vaut toujours se méfier de ce qui se cache sous les paillettes.

Je glisse un doigt sous mon nœud papillon qui me serre le cou. Je déteste cet uniforme. Je n'adorais pas non plus mon habit blanc de sous-inspecteur, mais au moins il me donnait une certaine autorité. Ce costume de pingouin revient constamment me rappeler l'ampleur de mes échecs, comme un mal de dents chronique.

— Ridicule cet uniforme, pas vrai ? dit Salim Mian qui me jette un regard de côté. J'ai essayé d'expliquer à Saibal que c'était démodé, mais…

— « C'est dans les vieilles marmites qu'on fait les meilleurs currys », terminent les autres en chœur, et nous nous bidonnons à l'arrière de la camionnette.

J'aime bien Salim Mian. Gros et diabétique, il se promène toujours dans le restaurant l'air absorbé, comme s'il avait des choses très importantes à résoudre, pendant que nous faisons l'essentiel du travail. Aux côtés de Saibal et Maya depuis le début, il joue un peu le rôle de patriarche du Tandoori Knights et quand je suis arrivé, il m'a aussitôt pris sous son aile en m'enseignant les règles de base du service. Ce qui, à bien des titres, s'est avéré plus compliqué que le métier de policier.

Il est 16 h 55 et nous n'avons toujours pas trouvé la maison. Saibal nous a décrit le blason des Sharma, un tigre et un éléphant perchés sur leurs pattes arrière. Alors que nous sommes sur le point d'abandonner et de lui téléphoner, la chose surgit, hideuse, étincelante, au sommet d'un grand portail métallique. Celui-ci s'ouvre en grinçant et nous remontons tout doucement l'allée.

La propriété des Sharma est une immense construction avec une imposante façade de style néo-classique au centre de laquelle un architecte zélé a collé un portique. Flanqué de quatre colonnes blanches, il est surmonté d'un fronton triangulaire orné de bas-reliefs de dieux et de déesses hindous folâtrant dans des états plus ou moins avancés de nudité. Sur une plaque est gravé le nom de la demeure : « Manoir Sharma ». Un mélange anglo-gréco-bolly-mégalo qui n'a pas son pareil.

Nous nous garons derrière la maison et nous dépêchons de décharger le contenu de la camionnette dans la cuisine. Elle est si moderne et rutilante qu'elle semble n'avoir encore jamais servi. Le majordome des Sharma, vêtu d'une queue de pie d'un autre âge, nous surveille de près. J'ai la vague impression de me retrouver dans une parodie de *Downton Abbey*. Tout autour de nous, des éviers immaculés, des plaques de cuisson et des fours étincelants, des réfrigérateurs et des caves à vin, des micro-ondes et quantité d'autres gadgets ultra-sophistiqués dont je serais incapable de me servir.

— Comment on va faire pour utiliser tous ces trucs ? dis-je en empilant mon manteau sur ceux des autres dans un coin de la pièce. Il nous faudrait un ingénieur !

— Pas de panique, sourit le chef cuisinier.

Il sort de la camionnette quatre vieux réchauds qu'il installe sur le plan de travail en granit brillant, et met les énormes marmites à chauffer dessus.

La porte s'ouvre et une grande femme entre dans la cuisine. Du haut de ses talons de quinze centimètres, elle nous domine tous. Vêtue d'une longue robe fourreau pailletée d'argent, les cheveux châtain clair relevés en chignon, les ongles rouge vif, elle semble tout droit sortie d'une somptueuse scène bollywoodienne. Je devine qu'il s'agit de Neha, la nouvelle épouse de Rakesh Sharma, son ex-secrétaire et l'amie d'enfance d'Anjoli. J'ai beau essayer, j'ai du mal à imaginer ce qu'elles peuvent avoir en commun.

— Ah, très bien, vous êtes là, dit-elle sans se préoccuper de la fumée noire qui s'échappe des réchauds. Où est sahib Saibal ?

— Il arrive, madame, dit le chef.

— Faites en sorte que tout soit prêt pour l'arrivée des invités. Vous trois, suivez-moi, ordonne-t-elle d'un geste.

Avec deux autres serveurs, nous la suivons à la queue leu leu jusqu'au salon. Qui est assez gigantesque pour contenir l'appartement de Saibal tout entier. Les murs sont tapissés d'un velours rouge piqué de petits clous en cristal, comme une sorte de luxueuse cellule de prison capitonnée. D'énormes canapés violets sont disposés au milieu de la pièce, avec à leurs pieds des tapis pelucheux dans lesquels je manque de me prendre les pieds. Ébloui par les lumières du lustre réfléchies dans les nombreux diamants qui ornent le cou, les oreilles et les doigts de Neha, je détourne les yeux et remarque plusieurs tableaux de peintres indiens dont je reconnais le style célèbre : Husain, Shaikh, Raza.

— C'est beau, n'est-ce pas ? C'est moi qui ai fait la déco, dit Neha.

— C'est magnifique, madame, dis-je en retenant une grimace.

— Vous aimez Bikash ? demande-t-elle en voyant que je m'attarde devant le portrait d'une jeune femme dont le regard m'implore, semble-t-il, de l'aider à fuir cet antre de pacha cauchemardesque. Il a coûté cent cinquante mille livres, ajoute Neha. Un cadeau de Rakesh pour mon anniversaire.

Elle nous conduit vers le bar qui occupe le fond de la pièce.

— Vous préparerez les cocktails ici. Servez le whisky Black Label. Le Blue Label, c'est pour mon mari. Le bar est ouvert ! annonce-t-elle en appuyant sur un interrupteur, et une myriade de bouteilles bariolées s'illumine.

La métaphore visuelle d'une migraine.

J'ai la tête qui tourne. Je n'ai qu'une envie : arracher ce nœud papillon ridicule et m'enfuir loin de ces gens riches et timbrés. Retrouver Calcutta, mon appartement, mon lit et ma fiancée. Qui n'est plus ma fiancée. Et donc, comme ce n'est pas possible, je me contente de réajuster ma veste en tirant sur les manches et je me mets à essuyer les verres, réservant mes critiques acerbes de la déco à mes collègues.

Lorsque vers 18 h 30 la sonnette retentit, je n'ai déjà plus rien à faire et me meurs d'ennui. Neha a insisté pour que nous soyons cinq serveurs, mais trois auraient amplement suffi. Curieux de voir quel genre de convives fréquente ce genre de soirées, je me glisse furtivement derrière la queue de pie du majordome qui file vers le hall d'entrée.

Derrière la porte, ce n'est autre que Saibal, vêtu d'un beau costume, ses cheveux gris pour une fois soigneusement peignés, suivi de Maya, resplendissante dans un ensemble rose *salwar kameez* sous une veste rouge. Son nouveau pendentif papillon de Dubaï étincelle sous l'énorme lustre en cristal. À son front un *bindi* rouge, que fait ressortir sa chevelure teintée de noir.

— Hello, Kamil, dit-elle en me voyant.

— Maya-di, tu es magnifique ! Anjoli n'est pas avec vous ?

— Quel flatteur tu fais ! Elle avait dit qu'elle nous retrouverait ici, elle n'est pas encore là ?

— Tout se passe bien ? demande Saibal qui jette des coups d'œil anxieux autour de lui en confiant son manteau au majordome.

— Oui, chef. Les cuistots ont tout préparé.

— Vous voilà enfin ! Je me demandais où vous étiez passés. (Neha s'avance d'un pas vacillant pour embrasser chaleureusement Maya et Saibal.) Qu'est-ce que vous faites ici, vous ? m'interroge-t-elle sèchement. Retournez au bar, je vous prie.

— Oh, Neha, s'interpose Saibal, on ne t'a pas encore présenté Kamil ? C'est le fils d'un grand ami à moi, le commissaire de police Adil Rahman. Il est chez nous en ce moment. Je lui ai demandé de nous donner un petit coup de main pour ce soir.

Neha me regarde pour la première fois comme un être humain.

— C'était un grand inspecteur de police à Calcutta, il a résolu plein d'affaires, hein, Kamil ? Des meurtres, des braquages, des vols. Avec lui, on est sûr qu'aucun invité ne repartira avec tes bijoux ce soir !

— Mes invités sont tous des amis proches, oncle Saibal. Les bijoux, ce n'est pas ça qui leur manque, alors je ne me fais aucun souci de ce côté-là. Nous n'avons pas besoin d'un agent de sécurité, merci beaucoup. Enfin, soyez le bienvenu, monsieur l'inspecteur, Anj m'a parlé de vous. Mais maintenant, servez-nous à boire, je vous prie. Rakesh va rentrer du travail d'une minute à l'autre.

Je manque de lui faire un salut militaire et commence à m'éloigner quand la sonnette retentit de nouveau. C'est Anjoli, superbe dans sa robe de soirée bleue, une étole sur les épaules et une chaîne en or toute simple avec un pendentif en A au ras du cou.

Je devine qu'elle a déjà bu quelques verres. Elle pousse des petits cris en voyant Neha qui l'imite et les deux amies tombent dans les bras l'une de l'autre.

— Je vais prendre un Negroni s'il vous plaît, garçon, fait Anjoli en m'adressant un clin d'œil. Je meurs littéralement de soif. Un whisky pour Baba et un verre de vin blanc pour Ma.

— À votre service, chère madame.

La sonnette retentit encore et je me retourne pour jeter un coup d'œil aux nouveaux arrivants : une dame bien en chair dans un sari en soie rose, les cheveux parsemés de petits diamants ; et un beau jeune homme, grand, la trentaine, la barbe bien taillée, vêtu d'un élégant costume-cravate.

— Bienvenue. Soyez les bienvenus chez moi, articule Neha, le visage crispé.

— Tante Pinky, Arjun ! s'écrie Anjoli en se précipitant vers eux.

— Hello, Anjoli, tu es tellement belle, dit Pinky en ignorant Neha. Comment vas-tu, ma chérie ? Pas de fiancé à l'horizon ?

— Cette fille n'en fait qu'à sa tête, intervient Maya en embrassant Pinky et Arjun. J'ai dû demander à ma sœur de Calcutta de commencer à lui chercher un mari là-bas, parce qu'elle, elle s'en fiche.

Anjoli regarde Neha et lève les yeux au ciel tandis que Pinky s'avance à l'intérieur.

— Alors voilà le fameux château Sharma ! C'est très… moderne.

— Le manoir Sharma, murmure Neha en implorant Anjoli du regard.

— Oh, mais je reconnais cette table, continue Pinky qui prend Saibal et Maya à témoin. Elle était dans la cuisine de notre ancienne maison.

Arjun les suit dans le salon l'air las, indifférent aux tensions qui l'entourent, les yeux rivés sur son téléphone.

— Des murs en velours, commente Pinky. Comme c'est… joli. On pourrait rebondir dessus. Oh ! Des diamants ! Ah non, ce ne sont que des Swarovski. Quel magnifique salon, Neha. Vous l'avez décoré vous-même ?

— Oui, dit Neha.

— Quel talent ! Il faudra absolument que vous me fassiez visiter le reste quand Rakesh sera là. Il travaille toujours aussi tard ? Il n'a jamais été ponctuel. J'espère qu'il n'est pas avec sa secrétaire. Qui peut savoir ce qu'il a derrière la tête, celui-là. Enfin, profitez bien de tout ça. Tant que c'est là.

Elle se met à rire, la tête renversée en arrière. Arjun détache les yeux de son téléphone.

— Ma ! lâche-t-il agacé, mais Pinky l'ignore.

J'observe le spectacle, debout dans un coin, jusqu'à ce que Pinky remarque ma présence et me rappelle que je suis là pour faire le service.

— Serveur, champagne. Dom Pri-gnon, pas le pipi de chat bas de gamme, ordonne-t-elle.

— Whisky, Black Label, ajoute Arjun en se laissant choir sur un canapé.

En revenant servir les boissons, je vois Neha donner un coup de coude à Anjoli. Elles s'éclipsent vers la cuisine et je les imite, laissant les Chatterjee et les Sharma bavarder dans le salon.

En cuisine, tout le monde s'affaire : le chef ajoute les dernières touches à ses plats pendant que les serveurs essuient les verres et alignent les bouteilles de whisky sur l'îlot en granit.

— Quelle connasse ! éclate Neha à peine entrée. « J'espère qu'il n'est pas avec sa secrétaire. » Non mais tu le crois ? Et Arjun. Moi qui croyais qu'il m'avait enfin acceptée !

— T'en fais pas, Neha, la console Anjoli. (J'attrape un verre et commence à l'essuyer en restant suffisamment près pour entendre.) Tante Pinky est… tante

Pinky. Et Arjun est un con. Une fois que tout le monde sera là, ça ira mieux.

— Je ne sais pas, Anj, soupire Neha. Rakesh s'est montré tellement distant ces deux derniers mois, je ne sais pas ce qui se passe. J'essaie d'être patiente et compréhensive mais…

Elle semble sur le point d'éclater en sanglots.

— Tu as fait la connaissance de Kamil ? l'interroge Anjoli pour changer de sujet. Il est chez nous en ce moment.

Je lève instinctivement les yeux puis essaie de faire comme si je ne venais pas d'entendre tout ce qu'elles viennent de se raconter. Neha me toise.

— C'est ce que ton père m'a dit. Vous êtes réellement policier ou est-ce qu'oncle Saibal blaguait ? Je ne comprends pas toujours son humour.

— Oui, enfin, disons que je l'étais. J'ai passé sept ans dans la police.

— Alors comment se fait-il que vous soyez serveur ?

Je déteste cette question et, comme d'habitude, j'élude.

— C'est une longue histoire. Je peux vous servir quelque chose à boire ? Je suis là pour ça après tout.

— Champagne, répond-elle avant de se tourner vers Anjoli. Je regrette qu'on se soit si peu vues ces derniers mois, Anj. Toi et tes parents, vous êtes mes seuls vrais amis, et je vous ai laissés en plan trop longtemps.

Je repars à la cuisine avec la coupe de champagne de Neha lorsqu'un gros bonhomme me passe devant. Chauve, vêtu d'un beau costume duquel sortent des doigts potelés comme des saucisses, il ressemble à un éléphant de mer en Savile Row.

— Neha ! mugit-il.

— Rakesh ! Enfin ! s'écrie Neha.

Elle saisit la coupe de champagne sur mon plateau avec un léger hochement de tête et trottine vers son mari.

— Hello, Anjoli, dit Rakesh. (Il tend le cou vers Neha qui se baisse légèrement pour recevoir son baiser sur la joue.) Pourquoi te caches-tu, ma chérie ? Nos invités arrivent.

Voilà donc le fameux millionnaire, me dis-je en les observant. Preuve vivante que l'argent achète l'amour.

— Rakesh, dit Neha, ce monsieur est un ami d'oncle Saibal. C'était un grand inspecteur de police, mais ce soir il donne un coup de main à Saibal pour le service. Il s'appelle Kamil Rahman.

Je m'efforce de sourire et tends la main. Rakesh se tourne brusquement vers moi. Il me transperce du regard, et son sourire indifférent se transforme en ce qui semble bien être un rictus de colère. Au bout d'un moment, il lance :

— Ah oui, le petit agent de police. En effet, Saibal m'a dit que vous logiez chez lui. Je ne savais pas qu'il vous amènerait ici. Whisky. Blue Label.

Déconcerté, je retire la main qu'il n'a pas serrée.

— Je m'en occupe, dit Neha. (Elle attrape une bouteille toute neuve de Johnnie Walker Ghost & Rare, défait l'opercule et lui sert un verre.) Rakesh, mon chéri, ajoute-t-elle d'une voix de petite fille, Pinky est horrible avec moi. Pourquoi l'as-tu invitée ?

Rakesh détache enfin son regard de moi.

— C'est mon soixantième anniversaire, ma chérie. Arjun tenait à ce qu'elle soit là. Ne t'inquiète pas. Ce soir, c'est toi la reine de la soirée.

Il lui prend la bouteille et le verre des mains et se verse une généreuse rasade.

— Mais c'est aussi notre anniversaire de mariage, Rakesh, insiste-t-elle d'un ton boudeur en le suivant hors de la cuisine.

— Oui, ma chérie, mais attends de voir la surprise que je te réserve.

— Waouh ! s'exclame Anjoli en les regardant s'éloigner. Qu'est-ce que tu lui as fait, Kamil ? Il a l'air de te détester ! Je croyais que tu ne le connaissais pas ?

— Non. C'est bizarre. Peut-être qu'il était mécontent de me trouver à côté de sa femme, misérable serveur que je suis.

— Je ne comprends pas, il a toujours été gentil avec moi, s'étonne-t-elle en lissant ses cheveux. Bon, allez, c'est l'heure d'entrer en piste ! À tout à l'heure, misérable serveur.

J'essaie de me concentrer sur le travail qui m'attend plutôt que sur l'étrange attitude de Rakesh Sharma, mais je n'arrive pas à me sortir de la tête son regard furieux.

Quelques heures plus tard, la soirée bat son plein. Je m'active pour installer le buffet et servir les boissons en prenant soin d'éviter le maître des lieux. Saibal et Maya bavardent avec de vieilles connaissances ; Pinky et Neha paradent telles deux châtelaines du manoir Sharma ; Rakesh quant à lui se dandine d'un groupe à l'autre en distillant son charme et de coûteux effluves d'eau de Cologne. Il multiplie les poignées de main (« Monsieur le ministre, comment va Layla ? J'ai entendu dire qu'elle s'inscrivait en sciences politiques à Durham ? Elle marche dans les pas de son père, ma parole ! ») ;

les accolades (« Mukesh ! C'est tellement gentil d'être venus ! Toi et Tia avez bien reçu les douceurs qu'on vous a envoyées pour la fête de Diwali ? ») ; et les bises (« Eva, comme toujours d'une élégance ! Mais comment fais-tu pour garder une si belle silhouette ? »).

Un peu à l'écart, Anjoli, qui n'a cessé d'enchaîner les cocktails Negroni, me montre du doigt les célébrités indiennes de seconde zone qu'elle repère dans l'assemblée : deux politiciens tombés en disgrâce (« des rapaces, des corrompus ») ; un présentateur radio (« il se fait envoyer des bouquets dans sa loge ») ; et des acteurs de télé-réalité (« le tournage s'est arrêté dès la première saison »). Les cent soixante-quinze amis intimes de Rakesh Sharma offrent ample matière à commérages. Où que mes yeux se posent, ce ne sont que diamants et robes à paillettes. Et des mains aux ongles vernis qui me fourrent sous le nez leurs verres vides.

Duggy J s'est installé avec ses musiciens dans la salle de bal. Une vingtaine d'invités y dépensent déjà les calories de leur dîner en se trémoussant les bras en l'air. Au grand embarras d'Anjoli, Saibal escorte galamment Maya jusqu'à la piste de danse. Il essaie de la faire tournoyer et se cogne à d'autres danseurs en riant. Puis je remarque une personne dont le visage me dit quelque chose. La femme qui danse avec Rakesh, éblouissante dans sa robe noire à sequins géants qui réfléchissent les lumières de la boule à facettes. Mais d'où est-ce que je la connais ? Tout à coup, deux mondes se télescopent et une sensation de vertige m'envahit. Je me retrouve projeté à Lalbazar, où le sergent Hazra me chuchote à l'oreille : « Cette Taania Raazia, chef, elle est *mirchi hot.* » Je me fige sur place : l'affaire Asif Khan et la soirée donnée par la production du film me reviennent brusquement en mémoire.

— Monsieur, s'il vous plaît ?

Une main impatiente me ramène à la réalité, agitant sous mes yeux une flûte à champagne vide. Il n'y a en soi rien d'étonnant à ce que Taania Raazia, star de Bollywood, se trouve en ce moment à Londres en train de faire la fête avec d'autres célébrités. Et pourtant, quelque chose me perturbe.

À 23 h 30, Duggy J interrompt son show. Il baisse la tête et inspire profondément, comme s'il entrait dans une phase de méditation. La musique change et il annonce :

— Et maintenant, une chanson très spéciale pour quelqu'un de très spécial, MONSIEUR RAKESH SHARMA !!!

Silence dans la salle. Le pianiste adresse un signe de tête aux deux serveurs qui attendent dans un coin avec un chariot à desserts. Dessus, un gâteau à cinq étages. Le chariot s'avance et les bougies magiques s'embrasent, illuminant les visages ébahis et les tissus pailletés tandis que Duggy J entame un « happy birthday » version bhangra. Les invités y vont aussi de leurs voix discordantes. Je suppose qu'il s'agit du fameux morceau écrit « tout spécialement » pour Rakesh. C'est le moment que je déteste le plus au restaurant, quand les serveurs doivent pousser la chansonnette en apportant un *halwa* à la carotte et sa bougie aux clients qui fêtent leur anniversaire et qui sont généralement déjà à moitié saouls. Le chariot à desserts finit sa course sur le « you » final en contournant élégamment Rakesh qui, sourire extatique et yeux rougis, se fait tirer le portrait par un photographe professionnel.

— Attendez ! Attendez ! C'est pas le bon côté ! s'écrie Neha en faisant signe aux serveurs de tourner le chariot pour que le devant du gâteau apparaisse sur la photo, décoré d'un élégant chiffre 60 et d'un *Happy Birthday My Darling Rakesh*.

Le photographe réussit tant bien que mal à prendre un dernier cliché avant que les bougies ne rendent l'âme.

Le micro dans une main, un verre de whisky dans l'autre, Rakesh fait face à son parterre d'invités.

— Mes amis, mes chers, très chers amis, braille-t-il d'une voix pâteuse. (Il se reprend et tente de masquer son ébriété par un timbre plus grave dans une piètre imitation d'Amitabh Bachchan.) Merci à tous pour votre présence et pour cette merveilleuse réception. Je suis maintenant un petit jeune de soixante ans ! (Il marque une pause le temps qu'on l'applaudisse et lève son verre en aspergeant le tapis de whisky.) Qui aurait cru qu'un gamin des bidonvilles de Basanti se tiendrait un jour devant vous, dans cette magnifique maison de Bishops Avenue, aux côtés de sa merveilleuse épouse et de son talentueux fils ?

Il enserre de son gros bras la taille de Neha et l'attire à lui. D'abord déstabilisée, celle-ci retrouve son équilibre et savoure ce moment de grâce et de reconnaissance publique.

— Viens là, mon fils, allez viens !

Arjun affiche un sourire figé et se fraie un passage au milieu de la foule.

— Neha et Arjun, reprend Rakesh, vous êtes mes deux piliers. Sans vous, je ne serais rien.

Les invités lèvent leurs verres et Arjun s'éloigne pour laisser Neha et Rakesh trôner ensemble, mains enlacées.

Anjoli secoue la tête d'un air désapprobateur.

— C'est tante Pinky qui l'a tiré du ghetto, me chuchote-t-elle à l'oreille en montant sur la pointe des pieds. Il ne l'a même pas mentionnée ! Et Neha qui est obligée d'endurer ça, regarde !

Je suis le regard d'Anjoli : à droite de la pièce, les yeux de Pinky lancent des flèches empoisonnées à son ex-mari et à l'ex-secrétaire de celui-ci.

— Allez, viens, on va explorer le reste de la maison ! commande Anjoli.

— Je ne peux pas m'en aller, je dois assurer le service, dis-je en pointant le plateau vide sous mon bras. Ça fait une éternité que je suis là à discuter avec toi. Ton père va finir par s'en rendre compte.

— Oh, ne sois pas si rabat-joie. Personne ne remarquera ton absence. Ça ne fait que cinq minutes que tu es en Angleterre, tu ne fais pas encore partie intégrante de l'équipe.

Elle m'attrape par le bras et tente de m'entraîner hors de la pièce, mais Rakesh poursuit son discours :

— J'ai quelque chose d'important à vous annoncer. À soixante ans, j'ai décidé d'entamer une nouvelle étape de ma vie. De mener une existence plus simple. (Neha se décompose sous nos yeux.) J'ai décidé de lever le pied et de passer plus de temps avec ma superrrbe femme, poursuit-il en l'embrassant. Et donc je vais vendre PinRak Industries et toutes les entreprises qui lui sont associées.

J'entends quelques exclamations étouffées. Pinky et Arjun restent cois. Saibal se fige, Maya semble abasourdie. Neha, sourcils froncés, grimace en s'efforçant de garder le sourire. Un peu à l'écart, Taania Raazia contemple Rakesh d'un air admiratif.

— Oui, ajoute Rakesh, je vais vendre toutes ces entreprises. C'est aussi notre premier anniversaire de mariage aujourd'hui, alors, en guise de cadeau à ma chère épouse, j'ai créé la fondation Neha Sharma. Si Dieu le veut, nous passerons les trente prochaines années de notre vie à distribuer notre argent et à faire le bien autour de nous. Et je vais commencer par les bidonvilles de Basanti à Calcutta. Pour que dix, vingt, cinquante autres Rakesh Sharma puissent eux aussi partir à la conquête du monde.

Un tonnerre d'applaudissements retentit et Rakesh embrasse Neha, visiblement sonnée. Il se rapproche du chariot à desserts et pose sa grosse poigne velue sur la main de son épouse, plongeant le couteau dans le gâteau. Avec les doigts, il attrape une grosse part qu'il enfourne dans la bouche de Neha.

— Et Neha qui espérait un Birkin ! rit Anjoli. Si je m'attendais à ça ! Une fondation caritative ? Oncle Rakesh ? J'y crois pas une seconde. Il vit littéralement pour faire de l'argent. Pauvre Neha. Maintenant elle va devoir se le coltiner H24.

— On dirait que personne ne s'y attendait, dis-je, pensif. C'est quoi, un Birking ?

— Un Birkin, pas un Birking. Peu importe, oublie ça. Allez, viens ! J'ai pas vu le reste de la maison.

Nous nous attardons encore un peu car je vois que Saibal me surveille du coin de l'œil. Quand ça se calme et qu'il y a moins à faire (ou à donner l'impression de faire), nous nous éclipsons vers le vestibule et grimpons d'un côté du spectaculaire escalier double dont chaque marche est soulignée par une rangée de LED.

Sur le palier, Anjoli chuchote « par là », et nous arrivons devant une porte en teck richement sculptée et incrustée de nacre avec une poignée en cuivre ouvragée. Elle s'ouvre sur une chambre à coucher avec de grandes fenêtres donnant sur le jardin et un énorme lit rond. Ici aussi, les murs sont tapissés de velours rouge et un lustre pend du plafond.

— Ooh, ça doit être la chambre des époux ! Waouh. Ça fait mal aux yeux. Bon, à moi le dressing de Neha !

Elle entre dans une petite pièce attenante remplie de rangées de vêtements. Dans un coin, une coiffeuse couverte de bijoux et de produits de beauté. Je reste dans la chambre, un peu gêné par notre intrusion tandis qu'Anjoli fouille dans les affaires de Neha en criant des noms qui ne m'évoquent rien.

— Des Louboutin ! Stella McCartney ! Et ça, annonce-t-elle triomphalement en émergeant du dressing avec une chose rouge et brillante, c'est un Birkin ! Il fallait bien qu'elle en ait au moins un ! glousse-t-elle avant de disparaître à nouveau.

Je n'ai pas la moindre idée de ce que sont les Louboutin, mais ça ne m'intéresse pas assez pour lui poser la question. En attendant je jette un œil indifférent aux gadgets qui jonchent la pièce. J'ouvre une fenêtre pour avaler un peu d'air frais, quand deux voix me parviennent de la terrasse en dessous. Je me penche : à la lueur orangée d'une lanterne, je discerne deux silhouettes, celles de Saibal et de Rakesh.

— Ça suffit ! lance Rakesh en agitant la bouteille de whisky qu'il n'a pas lâchée de la soirée. Tu me fais ça à moi, dans ma maison, et tu voudrais que je te remercie ? Tu voudrais que j'aie de la compassion pour toi ? Tu ne peux t'en prendre qu'à toi-même.

Saibal murmure quelque chose que je n'arrive pas à entendre.

— Non, on n'est pas comme des frères, Saibal ! reprend Rakesh. Écoute, quand je dis non, c'est non, et si tu en avais quelque chose à faire de notre amitié, tu ne me mettrais pas dans cette situation. Je n'arrive pas à croire que tu aies osé me faire ça. À ma propre fête d'anniversaire ! C'est ton problème, et c'est à toi de le résoudre. Et moi, je ferai ce que j'ai à faire. Maintenant je retourne profiter de ma soirée.

Il fait volte-face et rentre dans la maison. Saibal tire sur sa cigarette, pensif, puis il laisse tomber le mégot et l'écrase.

Je referme la fenêtre aussi doucement que possible. Anjoli émerge du dressing chaussée d'escarpins rouges trop grands et d'une robe rose trop longue.

— Waouh ! je m'exclame. *Fatafati*, Anjoli ! Clairement magnifique !

Elle tourne sur elle-même, faisant virevolter la robe.

— Il y a des avantages à épouser un millionnaire. Je devrais peut-être aller voir si l'un des amis intimes de Rakesh ne voudrait pas devenir mon millionnaire personnel ?

— Et ton copain ?

— Oh, fait-elle en se passant la main dans les cheveux, je peux le garder à côté. Le millionnaire les lundis, mercredis et vendredis. Le barman italien le week-end.

— Et les mardis et jeudis ?

— Une femme doit avoir du temps pour elle, répond-elle en caressant sa robe. Non mais c'est une merveille ce truc ! Neha a peut-être un goût un peu spécial pour la déco, mais elle a toujours su s'habiller. Et en un an, elle est passée de Primark à Prada !

— Allez viens, on y va, dis-je. Je ferais mieux de regagner mon poste.

Je ne lui parle pas de ce que j'ai entendu à la fenêtre – je ne sais pas ce que ça signifie, ni si Saibal voudrait nous en faire part.

— OK, OK, monsieur Rabat-joie. Tourne-toi pendant que je remets ma robe de chez Primark.

Il est 1 heure du matin et la fête touche à sa fin. Le personnel du Tandoori Knights et le majordome ont tous été libérés sauf moi. Je suis le dernier « domestique » encore debout et je n'ai qu'une envie : rentrer dormir. J'essaie d'attirer l'attention d'Anjoli en débarrassant les derniers verres laissés dans le salon, mais elle est en pleine discussion avec Neha. Celle-ci évoque un tête-à-tête rapproché qu'elle aurait surpris entre Rakesh et Taania Raazia, si rapproché que leurs genoux se touchaient. À l'autre bout de la pièce, Saibal et Maya bavardent avec Pinky et Arjun et ne font pas non plus attention à moi.

Je retourne à la cuisine terminer la vaisselle, quand Anjoli entre d'un pas chancelant, une assiette à dessert à la main.

— Il me faut quelque chose à boire pour faire passer ce délicieux *shaki tukda*. Versez-moi une petite coupe de champagne, je vous prie !

Je lui sers une coupe de Dom Pérignon. Elle s'assied et savoure son dessert de pain frit au lait pendant que je range les assiettes, sans oublier de me servir un peu de ce whisky dont une seule gorgée vaut plus que toute une journée de pourboires. Anjoli pousse un soupir de satisfaction, lave son assiette, l'essuie et me la tend. Elle m'observe un instant puis me demande :

— Alors, comment s'est passée ta première expérience des hautes sphères londoniennes ?

— Très impressionnant. Neha n'a pas perdu le nord en épousant Rakesh. Toi, par contre, tu vas finir par tomber de ta chaise si tu continues à boire comme ça.

— Ça, on peut dire que Neha sait y faire. Non que ça soit mon style, mais il faut reconnaître que ça en jette.

— Et ton barman alors, il n'a pas de manoir ? L'Embassy ne le paie pas assez ?

— Même s'il en avait un, je ne crois pas que je pourrais un jour le présenter à Ma et Baba. (Elle avale une gorgée d'un air morose, appuyée contre l'évier.) Bienvenue dans ma vie. Je n'imaginais pas que ça craindrait à ce point. Faire la boniche dans un restaurant, devoir me cacher pour voir mon copain. Je suis un pur cliché de l'Indienne de deuxième génération. J'ai un Master, bordel de merde. Et j'avais un super boulot, jusqu'à ce que ces connards me licencient. Pourquoi je me laisse culpabiliser par ma mère sous prétexte que je ne suis pas encore mariée ? Je te jure que si on me présente encore ne serait-ce qu'un seul « bon parti », je lui vomis littéralement dessus.

— C'est comme ça les mères indiennes, Anjoli. La mienne est pareille, dis-je avec un petit pincement au cœur en repensant à l'affection de Ma pour Maliha. Dis-moi Anjoli, combien faut-il de mères indiennes pour changer une ampoule ?

— Je sais pas, combien ?

— Oh, ne t'inquiète pas pour moi, je peux très bien rester assise toute seule dans le noir toute la journée, fais-je en dodelinant de la tête.

Anjoli se bidonne.

— Mais tu sais que t'es drôle ! C'est sympa de t'avoir à la maison, et d'avoir quelqu'un à qui parler. Même si toi, tu ne me racontes jamais rien !

— Pourquoi tu dis ça ?

— Quelque chose a bien dû se passer pour que t'abandonnes ton boulot, ta fiancée, tes parents et que tu viennes travailler ici, dans le restaurant de Baba. Mais tu n'en parles jamais. Jamais sérieusement, en tout cas.

Mon estomac se noue.

— Oui, eh bien… une autre fois. Quand tu ne seras pas complètement bourrée.

— Tu vois ? Comme d'habitude, tu te défiles. Raconte-moi un truc qui t'est arrivé à Calcutta. Allez !

— Tout ça, c'est du passé, dis-je, et à mon grand soulagement, la porte de la cuisine s'ouvre avant qu'elle ait le temps de revenir à la charge.

Saibal entre, son manteau sur le bras, suivi de Maya.

— Anjoli, Kamil, on rentre. La soirée est terminée. Il est tard et on travaille demain.

— Je vais aller dire au revoir à oncle Rakesh et Neha, marmonne Anjoli qui détache enfin ses yeux de moi.

— Eh *maa*, regarde dans quel état tu t'es mise, la sermonne Saibal. Kamil, va l'aider à monter dans la voiture, et toi, Anjoli, évite de vomir avant qu'on soit sortis.

Dans le salon, Neha est à présent assise face à Arjun et Pinky, les poings fermés, le visage pâle. À l'évidence, Pinky vient de lui lancer une nouvelle vacherie.

— Neha, qu'est-ce qu'il y a ? demande Anjoli en ramassant son étole sur le canapé.

Neha ouvre la bouche, mais s'arrête face au regard intense que lui jette Arjun.

— Rien, ça va, fait-elle d'une voix monocorde. Merci d'être venus, Anj. Oncle Saibal, tante Maya, on se voit bientôt.

Le téléphone d'Arjun émet un signal. Il regarde l'écran, tape une brève réponse et se tourne vers sa mère.

— C'est papa, dit-il.

— Où est oncle Rakesh ? s'enquiert Anjoli. Il faut que j'aille lui dire au revoir.

— Je ne sais pas, répond distraitement Neha. Il s'est probablement écroulé quelque part. (Arjun secoue la tête en agitant son téléphone vers elle, mais elle n'en tient pas compte.) C'est pas grave, Anj, rentre à la maison, tu as l'air fatiguée. On s'appelle demain.

— *Ami Aaschi*, murmure Saibal, et nous sortons.

« Ami Aaschi » est l'une de mes expressions bengalies préférées. Équivalente d'« au revoir », elle signifie littéralement le contraire : « J'arrive. » Cela sous-entend que l'on sera bientôt de retour. Ce sont les derniers mots que Maliha m'a adressés, mais je suis bien conscient à présent qu'elle ne me reviendra jamais.

Dehors, il fait un froid glacial et il pleut des cordes. Emmitouflés dans nos manteaux, nous courons jusqu'à la vieille Volvo de Saibal qui semble totalement incongrue ici. Juste à côté se trouve une Daimler flambant neuve, immatriculée « R4IESH ».

— Ooh, j'ai la tête qui tourne, marmonne Anjoli.

— Maya, monte à l'arrière avec Anjoli au cas où elle serait malade, dit Saibal en déverrouillant la voiture.

— Tu es sûr que ça va pour conduire, Saibal-da ? dis-je en sentant une forte odeur de whisky. Je peux prendre le volant.

Mais je ne suis pas vraiment convaincu d'être dans un meilleur état que lui.

— Ça va. Je n'ai pas bu grand-chose. Mets Waze, s'il te plaît, ajoute-t-il en me tendant son téléphone.

Saibal démarre et j'ouvre l'application. Sur la banquette arrière, Anjoli ronfle déjà.

— *Thik achhé ?* Tout va bien, Maya ? demande Saibal en jetant un coup d'œil à sa femme dans le rétroviseur.

Maya hoche la tête en caressant les cheveux d'Anjoli, et Saibal s'engage dans la rue.

— Kamil, comment va faire cette fille pour trouver un mari ? Dis-le-moi. Se mettre dans cet état… grommelle Saibal.

— Oh ça, je ne sais pas, dis-je. Elle est assez à part.

Le téléphone de Saibal émet un bip amplifié par les haut-parleurs de la voiture.

— Qu'est-ce que c'est ? Kamil, regarde s'il te plaît.

J'ouvre le bandeau des notifications WhatsApp.

— C'est Rakesh Sharma.

— Ah ? Qu'est-ce qu'il dit ?

— Euh… « Je suis désolé. Les choses sont allées trop loin, mon frère. J'ai pris beaucoup de mauvaises décisions dans ma vie et peut-être que celle-ci en fait partie. Mais je ne sais pas quoi faire d'autre. Je crois que personne ne peut m'aider. »

Je repense à leur conversation dans le jardin. De quoi parle-t-il exactement ?

— Il est saoul. Quelle andouille, dit Saibal.

— Tu veux que je l'appelle ?

Saibal réfléchit un instant puis secoue la tête.

— Il est tard, laisse. C'est impossible de parler avec lui quand il est dans cet état. Réponds que je lui téléphonerai demain.

— Encore combien de temps jusqu'à la maison, Saibal ? Anjoli n'est vraiment pas bien, s'inquiète Maya tandis que j'envoie le message.

— Une demi-heure, dit Saibal qui accélère sous la pluie battante.

Le rythme des essuie-glaces et la fatigue me font piquer du nez. Vingt minutes plus tard, la sonnerie du téléphone de Saibal me tire brusquement de mon sommeil. J'ouvre les yeux : « Neha portable » s'affiche sur l'écran.

— Quoi encore ? grimace Saibal en décrochant. Allô ? crie-t-il.

Dans l'obscurité de la voiture, la voix de Neha rompt le silence.

— Revenez, j'ai besoin d'aide ! Il est mort !

Je me revois tout à coup traversant Calcutta à bord de cette voiture pleine de policiers, fonçant vers les lieux du meurtre qui allait anéantir ma carrière.

L'inspecteur

Calcutta. Juillet. Lundi.

Nous sortîmes à la hâte de la Tata Sumo et déboulâmes en nage dans le vestibule climatisé du Grand Hôtel.

— Où est-il ? aboyai-je pour montrer à mon équipe que je savais incarner la brutalité légendaire des policiers de Calcutta.

— Enfin, vous voilà ! Je suis Abhijit Mitra, le gérant de l'hôtel, dit l'homme sans se formaliser de mon manque de manières. Qu'une chose pareille arrive au Grand Hôtel ! La femme de chambre qui l'a trouvé est encore sous le choc. Si vous avez besoin de quoi que ce soit, dites-le-moi. Nous pouvons compter sur votre discrétion, n'est-ce pas ?

La plus grande star du pays venait d'être retrouvée morte, je ne pouvais rien promettre.

— Inspecteur Rahman, dis-je en omettant sciemment le « sous ». (Il fallait qu'on me prenne au sérieux en cette première journée d'enquête.) Conduisez-moi à la chambre.

— Bien sûr, inspecteur. Asif occupe… occupait notre suite présidentielle. Il descend toujours chez nous quand il tourne à Calcutta. Suivez-moi, je vous prie.

Mitra ouvrit la porte de la suite et attendit à l'extérieur

pendant que les agents de la police scientifique relevaient les empreintes, équipés de blouses et de gants en latex. Le chariot du ménage avait été abandonné dans le couloir de l'entrée, à côté d'une console en acajou supportant un lourd vase de lys roses. Les baies vitrées inondaient le salon d'une lumière particulière, entre soleil et pluie, donnant à la pièce une atmosphère étrangement cinématographique. Au-dehors s'étendait Calcutta, propre et verte tel un tableau impressionniste. Un tapis en soie du Cachemire dans les tons rouge et or couvrait le parquet. En plein milieu, comme pour bénéficier du meilleur éclairage, gisait le cadavre d'un homme nu, allongé sur le dos.

J'eus un haut-le-cœur. C'était la première fois que je me retrouvais seul à la tête d'une enquête pour homicide, et il fallait que je me montre d'un professionnalisme irréprochable. Vomir au pied du cadavre n'aurait pas été un bon début. Je me repris et m'approchai de ce qui restait d'Asif Khan.

Musclé, les pectoraux bien dessinés, l'homme faisait un peu plus d'un mètre quatre-vingts. Ses yeux vitreux fixaient le ventilateur en bois ouvragé qui tournait paresseusement au plafond. Son crâne à moitié enfoncé n'était plus qu'un fouillis poisseux et du sang coagulé se mêlait à ses boucles noires. Je m'efforçai de rester calme malgré mon cœur qui tambourinait.

Visiblement, quelqu'un l'avait poussé et il s'était écroulé sur la table basse. Le sol autour de lui était jonché d'éclats de verre et de grosses gouttes de sang s'étalaient sur le canapé en velours crème. Deux verres en cristal gisaient par terre avec une bouteille de whisky Chivas Regal dont le contenu formait une flaque ambrée sur le parquet. En approchant, plusieurs odeurs vinrent frapper mes narines : le parfum des lys mêlé à celui plus âcre de l'alcool et à l'odeur fétide et métallique du sang. Je me couvris le nez.

— *Bo-ka-cho-da !* jura le sergent Hazra, les yeux écarquillés. Mais c'est Asif Khan !

Le reste de l'équipe restait muet face au corps. Un agent sortit son téléphone pour prendre une photo.

— Eh, vous là, arrêtez ! criai-je en le fusillant du regard. C'est une enquête de la plus haute importance et c'est à moi que le commissaire adjoint Ghosh l'a confiée. C'est confidentiel ! Rien ne doit fuiter, compris ?

Hazra lui adressa le même regard furieux pour montrer qu'il me soutenait. Avec ses dents rougies par la mastication des feuilles de *paan* et son uniforme blanc prêt à s'ouvrir sous la pression de son ample bedaine, il avait l'allure typique du policier de Calcutta, jamais pressé, toujours en train de grignoter quelque chose de gras. Mais c'était aussi un homme d'expérience, intelligent et loyal. Un bon élément dans une équipe.

Essayant d'éviter les morceaux de verre, je m'avançai un peu plus vers le cadavre. La scène avait quelque chose de surréaliste : la star que j'avais admirée quelques semaines plus tôt sur le gigantesque écran du cinéma PVR, réglant courageusement leur compte à de méchants bandits, gisait maintenant à mes pieds, héros déchu de sa propre histoire.

Une montre en or Patek Philippe brillait à son poignet. La deuxième aiguille avançait encore. Si seulement la mécanique avait pu s'arrêter net au moment du meurtre et nous offrir notre premier indice – mais rien ne marchait jamais comme dans les romans d'Agatha Christie. Dans la vraie vie, les policiers devaient se coltiner du sang et des bouts de cervelle écrabouillée sans vomir leur petit déjeuner.

— Vous avez trouvé l'arme du crime ? demandai-je à Hazra.

— Pas encore, chef. On dirait qu'il a été frappé plusieurs fois. Et violemment, remarqua-t-il en cherchant à se rendre utile.

— Excellent travail, Hazra, je n'aurais jamais deviné. Regardez cette montre de luxe. Ce n'était pas un cambriolage, sinon c'est ce qui aurait disparu en premier. Allez demander à Mitra si quelque chose manque dans la chambre.

Je me redressai pour examiner le reste de la suite, soulagé de ne plus avoir le cadavre sous les yeux.

Une minute plus tard, Hazra réapparut, accompagné de Mitra.

— Il devrait y avoir une statuette de Kali, sur la table à côté du canapé, dit ce dernier.

Il balaya la pièce du regard en évitant soigneusement le corps en plein milieu.

— Lourde, cette statuette ?

— Très, répondit-il.

Tué par Kali, me dis-je. La déesse de la destruction. Macabre, mais dans l'ordre des choses.

— Partons du principe qu'il s'agit de l'arme du crime et que le meurtrier est reparti avec, me risquai-je. La table basse a dû faire énormément de bruit en se cassant. Hazra, quand vous aurez terminé les relevés, allez interroger les clients des chambres attenantes pour savoir s'ils ont vu ou entendu quelque chose.

— Mais ça va faire un scandale, sahib, protesta Mitra. Nos clients tiennent beaucoup à ce qu'on respecte leur intimité.

— Il s'agit d'une enquête pour meurtre. Il faudra bien qu'ils s'en accommodent. Vous avez des caméras de surveillance ?

— Dans les espaces communs, oui. Je vais vous donner les vidéos.

— Merci, faites aussi vite que possible. Y a-t-il d'autres membres de l'équipe de tournage parmi la clientèle ?

— Il n'y avait que M. Khan. Mais une grande fête a eu lieu hier soir à l'hôtel. Beaucoup de gens du cinéma étaient présents. Mme Khan aussi.

— Sabina Khan ? demandai-je, immédiatement intéressé.

Première règle d'une enquête pour homicide, le mari ou la femme de la victime est probablement coupable. Le mariage du roi et de la reine de Bollywood avait fait la une des journaux quelques années plus tôt : *Le bourreau des cœurs a trouvé chaussure à son pied.*

— Ils étaient donc tous les deux dans cette suite ?

— Non, il était seul.

— Elle logeait où, alors ?

— La production a donné une adresse à Lake Gardens en faisant la réservation d'Asif. Elle est peut-être là-bas ?

Pourquoi Asif Khan avait-il pris une chambre d'hôtel s'il disposait d'un appartement à Calcutta ?

— Merci. J'aurais besoin d'interroger l'employée qui a découvert le corps. Pourriez-vous me l'amener, je vous prie ?

Il se hâta d'aller la chercher pendant que j'entrais dans

la chambre à coucher de la suite où se trouvait un lit à baldaquin, draps défaits, entouré de voilages. L'équipe scientifique photographiait les caleçons Calvin Klein, les chaussettes et les chaussures éparpillés sur la moquette. Une valise débordante de vêtements était ouverte sur l'ottomane près du lit. Quelque chose de brillant attira mon regard : il s'agissait de deux emballages de préservatifs usagés. Kohinoor Xtra Time… Du temps, Asif Khan n'en avait plus, désormais.

— Deux fois dans la même nuit, chef ! Un sacré étalon cet Asif Khan !

Hazra me décocha un clin d'œil en mettant les deux emballages sous plastique.

— Hazra, un peu de sérieux, rétorquai-je sèchement.

C'est donc pour cette raison qu'il était à l'hôtel plutôt que chez lui : il était avec quelqu'un d'autre.

Avec ma torche, je regardai sous le lit. Le faisceau parsemé de poussières s'arrêta sur ce qui ressemblait à un livre de poche. Je m'en saisis à l'aide d'un gant, découvrant le visage souriant de Gandhi : une liasse toute neuve de cent billets de deux mille roupies.

— Deux *lakhs* ! sifflai-je. Elle a dû échapper au meurtrier. Le sexe et l'argent, Hazra : ce sont les premières pistes à suivre dans une enquête. Procédez au relevé des empreintes. Et quand tout sera bouclé ici, faites porter le corps chez le médecin légiste.

On frappa à la porte et Mitra apparut, suivi d'une jeune femme.

— Inspecteur, voici Edha, la femme de chambre qui a trouvé le corps.

Elle se tenait dans le vestibule, les mains jointes, les yeux baissés.

— Sa mère est ma sœur, ajouta Mitra, comme si cela expliquait tout. Parle à l'inspecteur, dis-lui ce que tu as vu. N'aie pas peur.

— Oui, oncle Mitra, murmura-t-elle.

Je les fis ressortir tous les deux dans le couloir : il était évident que le fait de revenir dans la pièce la rendait nerveuse, et je préférais éviter de contaminer davantage la scène de crime.

— Dites-moi comment vous avez découvert le corps.

— Je suis venue faire le ménage à 11 heures, monsieur. Il n'y avait pas de pancarte « ne pas déranger » sur la porte, alors j'ai frappé. Puis je suis entrée et… et…

Elle tremblait et se tordait les mains.

— Ça va aller, expliquez-moi juste ce que vous avez vu.

— Il était par terre, monsieur. Sans vêtements. Les yeux ouverts. Et le sang… tellement de sang… Quelqu'un lui a fermé les paupières ? demanda la jeune femme dont la respiration s'accélérait à mesure qu'elle revivait la scène.

Je comprenais ce qu'elle voulait dire. Ce regard fixe continuait de me glacer moi aussi.

— Ne vous inquiétez pas pour ça. Qu'est-ce que vous avez fait ensuite ?

— J'ai crié et j'ai couru prévenir mon oncle. Il m'a dit d'attendre et…

— Vous êtes entré dans la chambre ? demandai-je à Mitra.

— Oui, répondit-il. Je n'ai rien touché. J'ai appelé le 100 et ils m'ont dit que quelqu'un allait venir tout de suite. Mais ça fait déjà plusieurs heures qu'on attend ! fit-il d'un air accusateur.

Nous étions pourtant allés aussi vite que les embouteillages nous l'avaient permis.

— À quelle heure avez-vous appelé ?

— Vers 11 heures.

Je regardai ma montre. 14 h 13. Il avait raison. C'était beaucoup trop long. A fortiori pour une enquête censée être prioritaire.

— Vous avez dit qu'il s'agissait d'Asif Khan ?

— Non, j'ai seulement expliqué qu'un de nos clients avait été tué.

Ça aussi, c'était étrange. Un meurtre au Grand Hôtel aurait dû attirer les policiers de New Market comme des mouches. Le commissariat de Lalbazar prenait en charge les enquêtes impliquant des VIP, mais comment le poste de contrôle avait-il su qu'il s'agissait d'une célébrité si Mitra n'avait pas mentionné le nom d'Asif Khan ? Les meurtres survenant dans un endroit comme le Grand Hôtel étaient-ils automatiquement classés dans la catégorie prioritaire ?

Des larmes se mirent à couler sur les joues de la femme de chambre. Mitra lui prêta son mouchoir.

— Elle peut se retirer maintenant, inspecteur ?

Je hochai la tête et envoyai un message au CA Ghosh : *L'enquête avance. Je récupère les vidéos de surveillance puis je vais interroger la femme du défunt.*

Il fallait que je voie Sabina Khan : icône indienne, l'épouse d'Asif Khan était-elle aussi sa meurtrière ?

« Madame, je suis au regret de vous annoncer que Shri Asif Khan est mort. »

« Madame Khan, je suis au regret de vous dire qu'on a assassiné votre mari. »

« Madame, je suis au regret de vous dire que quelqu'un a fracassé le crâne de votre mari avec une statuette de Kali pendant qu'il s'envoyait en l'air dans sa chambre d'hôtel. » Mieux vaut éviter la dernière formulation, songeai-je dans la voiture qui m'emmenait chez Sabina Khan. Ce n'était pas évident de trouver la phrase adéquate pour annoncer une telle nouvelle, et c'était une première pour moi. Bien sûr, si elle l'avait tué, ce ne serait pas une nouvelle. Il n'était pas impossible qu'elle ait surpris Asif en compagnie de quelqu'un d'autre après la fête et que dans un accès de rage, elle l'ait frappé. Il allait falloir agir avec doigté et être attentif aux moindres fausses notes.

En arrivant devant l'appartement de Sabina Khan, je reçus un SMS d'Abba. Je lui avais envoyé un message, bref mais plein d'émotion : *On m'a confié une enquête prioritaire. Pour l'instant c'est top secret. Le CA Ghosh a voulu que ce soit moi qui m'en occupe !*

La réponse d'Abba tenait en trois mots : *Félicitations mon fils !*

J'en aurais sauté de joie tant les louanges d'Abba étaient chose rare. Puis je me dis que c'était ridicule : un homme de trente ans ne devrait pas attacher autant d'importance à ce que son père pense de lui.

Mais je dus faire un effort pour gommer mon sourire face au gardien de l'immeuble qui m'escorta jusqu'à l'appartement d'Asif Khan. Il sonna, et à ma grande surprise ce fut Sabina Khan en personne qui vint nous ouvrir : l'immense star qui, depuis des années, faisait battre le cœur de centaines de millions d'Indiens (y compris le mien) se tenait face à moi, élégante avec ses cheveux noirs coupés courts et sa *kurta* sur un pantalon bleu. J'ouvris la bouche mais les mots refusèrent de sortir et je restai coi, comme un adolescent éperdu d'amour devant son idole.

Habituée à susciter ce genre de réactions, elle haussa un sourcil parfaitement dessiné.

— Oui ?

Je me ressaisis du mieux possible, sortis gauchement mon badge de ma poche et m'éclaircis la gorge.

— Euh… Madame Khan ? Je suis le sous-inspecteur Kamil Rahman. Je suis navré de venir vous déranger à votre domicile, mais… Je dois vous faire part de quelque chose de délicat. Avez-vous quelqu'un à vos côtés ?

— De quoi s'agit-il ? demanda-t-elle en examinant mon badge.

— Puis-je entrer un instant ?

Elle me considéra brièvement puis, décidant que j'étais inoffensif, s'écarta pour me laisser passer.

L'intérieur du loft était un savant mélange d'antiquités orientales et de luxe discret à l'occidentale. Des tapis persans soyeux, des coffres de Bikaner et des paravents en bois d'Hyderabad côtoyaient de luxueux canapés italiens et des tables suédoises.

Sabina me conduisit au salon qui donnait sur le lac de Rabindra Sarovar. Je m'approchai de la baie vitrée pour recouvrer mes esprits avant de lui annoncer la nouvelle. La pluie avait repris de plus belle. Les eaux ondulaient sous les nuages, bas et menaçants, dans un camaïeu gris-vert. Au pied de l'immeuble, les voitures remontaient doucement la route, les lumières des phares noyées sous le déluge tandis que sur les trottoirs les parapluies formaient de minuscules taches dansantes.

Elle toussota et je m'arrachai à regret à cette vision

de Calcutta dans sa plus grande beauté. Les mots qui allaient sortir de ma bouche bouleverseraient sa vie à jamais. Bientôt il y aurait un «avant la mort d'Asif» et un «après». La responsabilité qui pesait sur mes épaules était presque insupportable. Elle me fit signe de m'asseoir et but une gorgée de thé.

Je pris une profonde inspiration et me lançai.

— J'ai malheureusement une terrible nouvelle à vous annoncer, madame Khan.

— Quoi donc ? fit-elle d'un ton méfiant.

J'avais envie de fermer les yeux pour ne pas voir l'effet de mes paroles. Mais il fallait que j'observe sa réaction. Je m'efforçai de la regarder droit dans les yeux.

— J'ai le regret de vous annoncer que votre mari, M. Asif Khan, a été retrouvé mort.

Elle reposa sa tasse en cognant la soucoupe, les yeux écarquillés.

— Que… qu'est-ce que vous dites ? murmura-t-elle.

— Une femme de chambre a retrouvé son corps au Grand Hôtel. Nous pensons qu'il est mort cette nuit.

Elle porta une main à sa bouche.

— Mort ! Cette nuit ? Mais c'est impossible. Je l'ai vu hier soir.

— Je suis vraiment désolé, madame. Toutes mes condoléances.

Son émotion semblait bien réelle. Mais elle était actrice. Une excellente actrice.

Elle se leva, clignant des yeux pour retenir ses larmes. Je lui tendis un mouchoir dont elle se saisit, fixant la baie vitrée d'un air interdit.

— Qu'est-ce qui lui est arrivé ? Une crise cardiaque ? demanda-t-elle d'une voix étouffée.

— Ce n'était pas une crise cardiaque, madame Khan.

Elle hocha la tête. Je m'en voulais de lui infliger tant de peine.

— C'était quoi, alors ? insista-t-elle en se tournant vers moi, les yeux rougis.

— Tout semble indiquer qu'il s'agit d'un meurtre.

Le mot était lâché. Il restait en suspens, presque palpable dans la pièce assombrie par les nuages.

— Un meurtre ? murmura-t-elle.

Elle resta quelques secondes interdite puis s'assit, les mains posées sur les genoux. À son doigt brillait une magnifique alliance.

— Nous allons faire tout ce qui est en notre pouvoir pour trouver ce qui est arrivé à votre mari. Je suis vraiment navré de vous demander ça à un moment aussi pénible, mais serait-il possible de vous poser quelques questions ?

Elle hocha la tête.

— Merci, dis-je. Savez-vous quand votre mari est descendu à l'hôtel ?

Elle était au bord des larmes, mais parvint à se retenir.

— Asif et moi sommes arrivés de Mumbai hier. Il venait tourner son nouveau film.

— Vous en faites partie ? demandai-je en tentant de l'amener en terrain neutre.

— Non. Je ne tourne plus. Je jouais quand j'ai rencontré Asif, c'était sur le tournage de *Saavdhan*. On est tombés amoureux et on s'est mariés. Après le mariage j'ai arrêté les tournages, à sa demande.

Tout le pays était au courant, mais je hochai la tête avec intérêt, espérant l'encourager à s'ouvrir davantage.

— J'ai vu *Saavdhan*, vous étiez extraordinaire.

— Merci.

Elle termina son thé et se versa une autre tasse d'une main tremblante.

— Depuis combien de temps étiez-vous mariés ?

— Deux ans.

Je notai l'information dans mon carnet.

— Comment décririez-vous votre relation ?

Silence. Je levai les yeux de mon calepin.

— Je suis désolé, madame Khan, ce sont des questions très personnelles, mais je dois vous les poser.

Elle laissa échapper un soupir.

— Notre relation était… normale. Nous avions des hauts et des bas, comme tout le monde.

Je repensai aux préservatifs retrouvés dans la suite, et à ce qu'ils laissaient entendre.

— Madame Khan, il me semble qu'il y avait une réception au Grand Hôtel pour fêter le début du tournage hier au soir. Puis-je vous demander pourquoi votre mari a pris une chambre à l'hôtel plutôt que de dormir ici, chez lui ?

Nouveau silence. Sabina tourna la tête.

— Asif aimait avoir sa liberté quand il était sur un tournage. Ses horaires étaient imprévisibles. Il ne voulait pas me réveiller à n'importe quelle heure.

— Et vous êtes allée dans sa suite à l'hôtel ?

— Non.

— Je vois. Cela ne vous ennuie pas que l'on prenne vos empreintes, par simple souci d'élimination ? Je peux charger mon sergent de venir à votre domicile pour plus de discrétion.

Elle haussa les épaules et hocha légèrement la tête.

— Puis-je vous demander ce que vous avez fait hier soir, madame Khan ?

Elle reposa sa tasse et se leva, puis fit quelques pas jusqu'à un petit bureau où elle réarrangea des stylos dans un pot. Cherchait-elle à gagner du temps pour mettre au point sa réponse ? Je n'arrivais pas à imaginer cette femme calme et gracieuse soulever une lourde statuette métallique et l'écraser sur la tête de son mari. Mais mon manque d'imagination ne signifiait pas qu'elle était innocente.

— J'étais à la fête, mais j'ai dû m'en aller vers… (son regard dévia du côté gauche, ce qui d'après Abba était le signe que la personne disait la vérité, mais j'attendais de voir) vers minuit. J'étais fatiguée et je n'avais pas envie de m'éterniser. Mais en tant que star du film, Asif devait rester.

— Et il était comment lorsque vous êtes partie ?

— Il avait beaucoup bu. Je lui ai dit d'arrêter, mais c'est… c'était impossible de… d'empêcher Asif de faire quoi que ce soit.

— A-t-il passé du temps en compagnie de quelqu'un de particulier durant la soirée ?

— Pas que je sache. Mais il y avait un caméraman qui filmait la soirée. La production pourra sûrement vous donner la vidéo.

— Y a-t-il quelqu'un à qui il aurait pu proposer de l'accompagner dans sa chambre ? Nous pensons qu'il… n'était pas seul.

— Je ne sais pas, répondit-elle, impassible, comme si cela lui était indifférent.

Il était temps d'aller droit au but.

— Je suis désolé de vous poser cette question,

madame Khan, mais nous savons qu'il y avait bien quelqu'un d'autre avec lui dans sa chambre. Avait-il une liaison ?

Maintenant que le mot était prononcé, impossible de revenir en arrière. Elle baissa les yeux. J'attendis quelques instants. Il allait falloir être encore plus explicite.

— Nous avons retrouvé des emballages de préservatifs sur la scène du crime.

Toujours aucune réaction. Elle détourna la tête.

— Ce que fait Asif ne me concerne pas. Comme je vous l'ai dit, je lui laissais sa liberté.

Ces questions ne menaient visiblement à rien, mieux valait changer de tactique.

— Nous avons aussi trouvé une assez grosse somme d'argent dans la chambre. Est-ce qu'il avait l'habitude de se déplacer avec beaucoup de liquide ?

Sa tête pivota.

— Combien ? demanda-t-elle.

— Je ne peux pas vous donner plus de détails, mais c'était une somme conséquente.

Cette révélation semblait l'intéresser davantage que l'éventualité d'une liaison.

— Je ne vois pas d'où peut provenir cet argent, déclara-t-elle. Qu'en avez-vous fait ?

— C'est une pièce à conviction. Nous vous le rendrons dès que l'enquête sera bouclée.

Elle eut un brusque hochement de tête. Tout à coup, l'émotion la submergea.

— Je ne me sens pas capable de continuer à répondre à vos questions. S'il vous plaît… laissez-moi maintenant.

Elle se détourna, tête baissée, essayant de retenir ses larmes. J'avais envie de poser la main sur son épaule, de la consoler, de lui dire que ça allait passer, mais le policier en moi préféra s'abstenir. Et… c'était tout de même Sabina Khan.

Je lui dis à voix basse que je la tiendrais informée et regagnai la sortie en fermant la porte derrière moi le plus doucement possible. Dans l'ascenseur, je repensai à son attitude. Elle avait semblé sincèrement choquée d'apprendre la mort d'Asif, mais quelque chose me taraudait. Son absence de réaction lorsque j'avais suggéré que son mari la trompait, l'intérêt qu'elle avait manifesté à propos de l'argent. En savait-elle plus qu'elle ne le laissait paraître ? Et que faire maintenant ? Il fallait récupérer les vidéos de surveillance pour vérifier qu'elle avait bien quitté la fête à minuit. Et s'assurer qu'elle n'était pas revenue ensuite.

Le serveur

Londres. Octobre. Dimanche.

Après la pluie glacée, la chaleur paraît étouffante au bord de la piscine. J'inspire lentement l'air chargé de chlore. Saibal s'approche en tremblant du corps de son ami. Il respire fort et murmure quelque chose. Je pose une main sur son dos pour le réconforter mais il la chasse d'un revers d'épaule.

— Il ne peut pas être mort. Pas Rakesh.

Il s'accroupit devant le corps trempé et passe sa main sous la veste à la recherche d'un battement de cœur. Les yeux fermés, il récite tout bas une prière. Puis, essuyant une larme du revers de sa manche, il pose la paume de sa main sur la joue de Rakesh et lui ferme les paupières. Il se relève, plus calme.

— Rakesh n'est plus de ce monde. Qu'est-ce qui a bien pu se passer ?

Je retrouve mes réflexes de policier et m'accroupis pour examiner les lacérations du crâne et le sang qui s'en écoule. Je remarque d'autres traces de sang sur le rebord de la piscine.

— On dirait qu'il s'est cogné la tête contre le rebord en tombant. Qui l'a sorti de l'eau ?

— C'est moi, dit Arjun qui frotte les taches de sang

sur sa manche trempée en frissonnant. C'est Neha qui l'a trouvé. J'ai accouru en entendant ses cris. Il était dans l'eau, allongé sur le dos. Je l'ai sorti de la piscine, j'ai essayé de le ranimer.

Ça explique pourquoi la veste d'Arjun est trempée. Il a l'air plutôt sportif, mais ça n'a pas dû être facile de sortir le corps de l'eau. Des petits filets de sang ruissellent du rebord de la piscine, formant des tourbillons mauves dans l'eau bleue qui, comme à peu près tout dans ce palais du kitch, est illuminée par des LED. Soudain, je repère quelque chose dans le fond.

Il s'agit d'un escarpin et d'une bouteille de whisky cassée. Je recule d'un pas et entends un crissement sous mon talon : des fragments de verre. Je n'aurais pas dû m'avancer, je suis en train de contaminer la scène de crime. Si, comme je le soupçonne, nous sommes bien face à un homicide. Le second escarpin, avec sa semelle rouge vif, est entouré de bris de verre au bord du bassin.

— La bouteille, dit Saibal en suivant mon regard. Cet idiot de Rakesh était saoul. C'est pour ça qu'il est tombé. Mais qu'est-ce qu'il fabriquait ici ? Il m'a envoyé un message il n'y a pas si longtemps que ça.

— Quand ? demande Arjun.

— Ça doit faire trente, quarante minutes ? Juste après notre départ.

— Qu'est-ce qu'il disait ? J'en ai reçu un aussi, juste avant que vous partiez.

Je me souviens qu'Arjun l'avait mentionné. On était en train de dire au revoir à Neha. Saibal lit son message à voix haute.

— Est-ce qu'il pourrait s'agir d'un suicide ? Eh *maa* ! Après ce qui s'est passé ? murmure Saibal.

— Ça m'étonnerait, dis-je en faisant le tour du bassin. Personne ne se suicide en se jetant dans une piscine. Il y a peu de chances d'en mourir.

Arjun se tourne vers moi et m'examine de la tête aux pieds avec mon uniforme de serveur.

— Vous êtes qui, vous ?

— Je suis un ami de Saibal-da.

— Vous êtes serveur, c'est ça ? Ou alors tout à coup, vous êtes aussi détective ?

— Je suis… enfin j'étais… inspecteur de police. À Calcutta. Section des homicides, dis-je en enlevant mon nœud papillon pour le faire disparaître dans ma poche.

Arjun me lance un regard aigre avant de se tourner vers Saibal :

— Il doit être mort juste après avoir envoyé les messages.

— Que disait celui que tu as reçu ? lui demande Saibal.

— À peu près pareil. Qu'il était désolé. Je ne voyais pas très bien ce qu'il voulait dire, mais maintenant c'est trop tard pour lui poser la question, lâche-t-il d'une voix brisée.

Je demande si quelqu'un a vu le téléphone de Rakesh. Arjun secoue la tête.

— Y a-t-il d'autres accès à la piscine ?

La sonnette de l'entrée retentit.

— Je ne réponds plus à vos questions, lance Arjun. Voilà les vrais policiers.

Arjun et Saibal partent leur ouvrir. Je commence à remonter les escaliers, puis je m'immobilise. Et si c'était ma chance ? L'occasion de montrer ce que je sais faire ? Je connais ces gens, j'ai assisté à la fête. J'ai sans doute vu ou entendu quelque chose qui pourrait aider à trouver le meurtrier. Mais il va falloir me dépêcher avant que la « vraie police » ne boucle le périmètre. Ils ne partageront certainement pas leurs informations avec moi, alors c'est maintenant ou jamais.

Trouver qui a tué Rakesh, ça pourrait être l'occasion de me racheter après ce qui est arrivé à Calcutta. Et c'est exactement ce qu'il me faut pour me sortir du cafard où je m'enlise depuis trois mois.

C'est décidé. Je sors mon smartphone et photographie la bouteille de whisky cassée au fond de l'eau, les escarpins, les éclats de verre au bord de la piscine et les traces de sang. Je crois deviner quelque chose sous une serviette étalée sur l'une des chaises longues. Je soulève un coin du tissu avec mon téléphone et découvre un petit disque en métal noir et brillant d'à peu près deux centimètres et demi de diamètre, percé d'un trou. Je ne sais pas ce que c'est, mais je le prends en photo puis me tourne vers le cadavre de Rakesh.

Je dirige la torche de mon téléphone vers sa blessure à la tête : des éclats de verre scintillent. Mon instinct ne m'a pas trompé. Ce n'est pas un accident : quelqu'un l'a frappé avec la bouteille. Son poing droit est fermé. Si on était dans un roman policier, un indice serait dissimulé dans sa main, me dis-je en souriant intérieurement. Je jette un coup d'œil vers les escaliers pour vérifier que personne ne descend, puis je déplie ses doigts en essayant de réfréner le dégoût que j'éprouve au contact du corps. Heureusement la rigidité cadavérique ne s'est pas encore installée. Et, à mon grand étonnement, voilà que dans sa paume apparaît une bague en or sertie d'une pierre bleue étincelante. Parfois la vraie vie ressemble bel et bien à un roman policier. Je prends vite une photo et referme le poing du cadavre autour de la bague.

J'attrape une petite serviette et l'enroule autour de ma main pour tâter le corps. Il y a quelque chose de rigide dans la poche intérieure de la veste. Je sors délicatement l'iPhone que je cherchais en le tenant par les bords pour ne pas contaminer les autres empreintes. Devant l'écran noir et humide, je repense aux étranges messages que Rakesh a envoyés à Saibal et à Arjun. A-t-il appelé quelqu'un d'autre, envoyé d'autres messages ? Ce téléphone renferme peut-être la clef du meurtre. Je sais que je ne devrais pas, mais… tant pis. Je dois recueillir le maximum d'indices avant l'arrivée de la police.

Contre toute prudence, je laisse tomber la serviette et j'appuie sur le bouton latéral : la photo de Neha apparaît sur l'écran verrouillé. Je tape les quatre chiffres de la date d'hier, au cas peu probable où Rakesh aurait utilisé ses jour et mois d'anniversaire comme mot de passe… mais non. Ç'aurait été trop simple. Je réfléchis une seconde, soustrais soixante à l'année en cours et tape l'année de naissance de Rakesh. Bingo ! L'écran se déverrouille et je tombe aussitôt sur la liste des messages WhatsApp : le dernier a été envoyé à Saibal à 2 h 12, suivi une minute plus tard par la réponse que j'ai écrite à sa place. Deux coches bleues montrent que le message a bien été lu. Dix minutes plus tôt, Rakesh a envoyé à Arjun un bref *désolé pour toute cette pagaille*, marqué comme lu, auquel Arjun a répondu par un simple émoji « pouce levé ».

J'entends des voix qui se rapprochent. Je regrette mon imprudence : mes empreintes sont maintenant partout sur le téléphone, et je vais devoir en informer la police. Trois mois à peine se sont écoulés depuis que j'ai quitté les forces de l'ordre, et je commence déjà à perdre les réflexes les plus élémentaires.

En remettant le téléphone où je l'ai trouvé, mon bras effleure l'arrière du crâne de Rakesh. J'ai du sang sur mon uniforme, maintenant. Génial. Je passe de l'imprudence à la bêtise. Mes empreintes sur le téléphone, du sang sur ma manche et du verre sous mes semelles – le suspect idéal. Heureusement que je n'étais pas là au moment du meurtre.

Deux officiers de police descendent les escaliers à la suite d'Arjun et s'immobilisent en m'apercevant à côté du corps.

— Qu'est-ce que vous foutez encore là ? s'écrie Arjun.

— On s'en occupe, monsieur. Vous êtes… ? m'interroge la policière chargée de l'enquête.

— Kamil Rahman, dis-je en lui serrant la main. (Je suis presque certain qu'elle a remarqué le sang sur ma manche.) J'ai été officier de police. Je voulais avoir un aperçu de la scène de crime.

— Je vois, dit-elle. Je suis l'inspectrice Campbell et voici l'agent Harris du commissariat de Kentish Town. Dans quelle unité étiez-vous ?

— Je faisais partie de la police de Calcutta. Je suis ici en vacances, dis-je.

Mieux vaut éviter de mentionner que je fais le service dans un restaurant sans visa de travail.

Elle hésite une seconde puis hoche la tête.

— Merci, monsieur. À présent, veuillez vous écarter.

J'observe Harris enfiler une paire de gants chirurgicaux, chercher un pouls, puis effectuer les premiers gestes de réanimation en appuyant sur la poitrine de Rakesh et en soufflant de l'air dans sa bouche. Arjun détourne les yeux, retenant ses larmes. Harris regarde Campbell et fait non de la tête. Rakesh est manifestement mort mais ça doit faire partie de la procédure officielle, me dis-je.

Harris murmure dans sa radio :

— Individu de sexe masculin, soixante ans, aucun signe de vie, 3 h 16. Manoir Sharma, Bishops Avenue. Veuillez dépêcher une ambulance, la police scientifique et prévenir l'inspectrice Campbell de la police criminelle.

— Allô, le poste de contrôle, dit celle-ci dans sa radio, c'est l'inspectrice Campbell, j'ai eu l'info, je suis sur les lieux.

Je suis de plus en plus intrigué. Pourquoi Harris demande-t-il au poste de contrôle d'avertir Campbell alors que celle-ci se trouve à ses côtés ? Je suppose que ça leur permet de maintenir un compte précis des effectifs dispatchés. Pas le genre de précautions avec lesquelles on se serait embêté à Calcutta.

Nous remontons dans le salon, où les policiers vont probablement vouloir nous interroger.

Arjun fait les cent pas devant sa mère, assise sur un fauteuil, qui tortille nerveusement un bout de son sari. Les jambes repliées sur le canapé, appuyée contre l'épaule de Saibal, Neha renifle dans un mouchoir. Elle a le talon gauche recouvert d'un gros Elastoplast. L'inspectrice Campbell rompt le silence :

— Nous savons que c'est un moment difficile pour vous.

Harris entre dans le salon et informe sa supérieure que le « périmètre est sécurisé ».

— J'ai toujours dit que ces dalles étaient dangereuses, déplore Arjun. Mais Neha tenait absolument à avoir des dalles italiennes et...

— Oui, c'est vrai, semble réaliser Neha d'un air horrifié. C'est ma faute ! C'est moi qui voulais cette piscine.

— Excusez-moi, inspectrice, l'interrompt Pinky, mais est-ce qu'on peut y aller, maintenant ? Je n'habite pas ici. Mon fils et moi ne sommes venus que pour la fête.

— Je crains que non. Nous devons interroger chacune des personnes présentes.

— Bon. Alors je vais vous dire ce que j'en pense, fulmine Pinky. Je suis certaine que ce n'est pas un accident. Notez bien ce que je vous dis. Ce n'est pas un accident. Tout à coup il donne tout son argent, il devient un grand *bhakt* ? Un grand saint ? Et il crée une fondation à son nom à elle ? La chose la plus charitable qu'il ait jamais faite, c'est de l'épouser. C'était juste une secrétaire. Et nulle, avec ça. Elle se trompait tout le temps dans ses rendez-vous. Il me l'a dit. Tout ce qu'elle savait faire, c'était se pencher en avant avec ses décolletés plongeants pour lui donner son courrier. Elle lui a fait perdre la boule ! Et voilà qu'il veut divorcer. Et qu'il lui achète cette horrible maison. Honnêtement inspectrice, vous avez déjà vu quelque chose de plus laid ? C'est pour son argent qu'elle l'a épousé, il n'y a que ça qui l'intéresse.

Ayant dégainé son calepin juste à temps pour ne rien perdre des paroles fielleuses de Pinky, Campbell tente à présent de l'interrompre :

— S'il vous plaît, madame, essayez de garder votre

calme, nous allons prendre votre déposition officielle tout à l'heure.

Mais Pinky est lancée et se fiche de savoir qui peut l'entendre. J'ai de la peine pour Neha, recroquevillée dans un coin à côté de Saibal, forcée d'écouter cette ignoble tirade.

— Son père était un petit commerçant. Vous croyez qu'elle est capable de tenir une maison pareille ? Toute la journée en bikini au bord de la piscine, c'est tout ce qu'elle sait faire. Mais Rakesh, lui, c'était un homme extraordinaire. Il s'est laissé manipuler par elle. Il adorait son fils. Et moi. Tôt ou tard il se serait lassé d'elle et aurait compris que la famille, la vraie, il n'y a que ça qui compte. Et il l'aurait laissée sans rien. PinRak, notre entreprise, c'était moi et Rakesh, pas elle !

Elle baisse légèrement la voix, pensant probablement chuchoter alors qu'elle a simplement cessé de hurler.

— Je vous rappelle que c'est elle qui a trouvé le corps. Quand il a fait son discours, elle a compris que c'était fini. Alors elle l'a poussé dans la piscine. D'ailleurs, elle vient d'admettre que c'est sa faute s'il est mort. Faites votre enquête, inspectrice. Vérifiez bien tout ce que je vous ai dit. Et maintenant, je rentre chez moi !

Arjun sur ses talons, elle sort de la pièce d'un air martial, mais Harris leur court après :

— Attendez, madame. Nous devons interroger votre fils…

Neha éclate en sanglots, et je repense à ce que Pinky vient de dire. Oui, Neha pourrait avoir un mobile, mais qu'en est-il d'Arjun et de sa mère ? Le mariage avec Neha a dû entamer la fortune de Rakesh, et s'il avait vendu PinRak et mis tout son argent dans sa fondation, cela aurait certainement eu des conséquences sur l'héritage de son fils.

L'inspectrice interrompt le fil de mes pensées en se tournant vers moi et Saibal.

— Excusez-moi, mais étiez-vous ici au moment du décès ?

— Non, on était déjà partis. Neha m'a téléphoné et on est revenus, explique Saibal.

— Alors il est préférable que vous rentriez chez vous. Veuillez donner vos coordonnées à mon collègue et nous vous recontacterons pour prendre votre déposition.

Je ne peux pas remettre à plus tard. Il faut que je dise à l'inspectrice ce que j'ai vu.

— Puis-je vous parler deux minutes, inspectrice ? (Celle-ci hoche la tête.) Comme je vous l'ai dit, j'ai été policier, et j'ai retrouvé mes vieux réflexes quand je suis arrivé sur les lieux. J'ai repéré des morceaux de verre dans la plaie de Rakesh et un étrange objet brillant sur une chaise longue. J'ai aussi trouvé une bague dans sa main et son téléphone dans la poche intérieure de sa veste. J'ai touché le téléphone et bien sûr je suis prêt à vous fournir mes empreintes. Je ne crois pas que ce soit un accident. Il y avait quelqu'un d'autre avec lui.

— Taania Raazia… lâche Neha dans un murmure.

Je la regarde en plissant les yeux : vient-elle involontairement de laisser échapper ce qui serait un mobile ? Comme si elle prenait conscience de ce qu'elle vient de dire, elle détourne brusquement la tête. Je reprends :

— C'était son soixantième anniversaire, il y avait beaucoup d'invités. Dites-moi si je peux faire quoi que ce soit pour vous aider.

L'inspectrice me dévisage sévèrement et je me sens soudain mal à l'aise avec mon uniforme de serveur.

— Si vous étiez dans la police, comme vous le dites, vous devriez savoir qu'il ne faut pas interférer avec une scène de crime. Vous avez causé assez de dégâts comme ça, et vous aurez de la chance si on n'engage pas de poursuites contre vous. Vous pouvez y aller, maintenant.

Elle a raison. Je me suis comporté comme un vulgaire débutant. Le cadavre est encore tout frais que je compromets déjà l'enquête. Et en plus de ça, si Campbell engage des poursuites contre moi, je suis fait. Je suis bon pour l'expulsion pure et simple. Mon imprudence me rend malade. Et tout ça pour quoi ? Pour me racheter aux yeux de qui ? Mais qu'est-ce qui m'est passé par la tête ?

J'entends à peine l'inspectrice s'adresser à Neha :

— Madame Sharma, votre domicile est-il équipé de caméras de surveillance ?

Et me voilà de nouveau projeté au Grand Hôtel, où Mitra venait de nous annoncer que les vidéos de surveillance avaient disparu.

L'inspecteur

Calcutta. Juillet. Lundi.

— Mitra, faire obstruction à la police, c'est un crime. Je peux vous faire arrêter pour ça, grondai-je. Donnez-les-nous immédiatement !

— Inspecteur, inspecteur, gémit Mitra qui essayait de faire bonne figure face aux clients intrigués par notre présence dans le hall de l'hôtel. Je suis désolé, mais je ne les retrouve plus. Nous venons juste de nous rendre compte du problème.

— Faites-moi voir ça.

Je ne croyais pas aux coïncidences. À Calcutta, les coïncidences dans les affaires criminelles étaient invariablement le fait d'agissements souterrains, et la disparition « mystérieuse » des vidéos de surveillance de l'hôtel n'y faisait certainement pas exception. Mitra nous conduisit de l'opulent vestibule à un petit bureau situé derrière le comptoir de l'accueil. Il poussa une pile de dossiers, déverrouilla l'écran de l'ordinateur et fit défiler une longue liste de fichiers.

— Vous voyez, inspecteur ? Le système de surveillance enregistre en continu et sauvegarde automatiquement chaque vidéo. (Il cliqua sur un des fichiers au hasard.) Samedi 8 juillet, 1 heure du matin. Caméra numéro 3, dans l'ascenseur. (Vue plongeante sur un homme qui se grattait le nez en fixant les portes de l'ascenseur d'un œil éteint.) Mais les enregistrements s'interrompent dimanche soir. Le 9 juillet. Regardez, inspecteur.

Je me penchai vers l'écran, attrapai la souris et cliquai sur le dernier fichier de la liste : deux clients buvant un verre dans le hall de l'hôtel.

— Qu'est-ce qui s'est passé ? demandai-je d'un ton incrédule.

Il détourna les yeux.

— Le système a cessé d'enregistrer à minuit. Le disque dur devait être surchargé, quelque chose comme ça. Je ne suis pas expert en informatique. Mais parfois ça arrive.

Je n'en croyais pas un mot. L'homme efficace et serviable qui nous avait accueillis en milieu de journée s'était métamorphosé en un individu insaisissable au regard fuyant. Il cachait quelque chose, j'en étais persuadé.

— Vous me dites la vérité ?

Il acquiesça en dodelinant frénétiquement de la tête.

— Mitra, si je découvre que vous avez quelque chose à voir avec ça, je vous envoie illico derrière les barreaux. Mentir à la police, c'est très grave. Qui d'autre a accès à cet ordinateur ?

— Tout le monde, inspecteur. Il n'y a pas toujours quelqu'un pour surveiller.

Je donnai un coup sur la table.

— Très bien. Je saisis votre disque dur ! Hazra, débranchez l'ordinateur et occupez-vous des formulaires.

— Sahib, je ne peux pas vous laisser faire ça, protesta Mitra. C'est interdit ! Je vais appeler le technicien pour qu'il résolve le problème, mais le système de surveillance doit marcher vingt-quatre heures sur vingt-quatre.

— Quel système de surveillance, Mitra ? fis-je en pointant le doigt vers lui. Quelqu'un assassine une superstar dans votre suite présidentielle, et comme par hasard, au même moment, vos caméras cessent de fonctionner ? J'embarque ce disque dur pour le faire analyser. Si vous voulez continuer à protester, vous pouvez le faire au commissariat. C'est clair ? Donnez-moi le mot de passe.

Il semblait sur le point d'émettre une objection, mais se ravisa. Baissant la tête, il murmura :

— Motdepasse, tout attaché, puis quitta la pièce.

Hazra attendit qu'il s'éloigne, débrancha le disque dur et se tourna vers moi :

— Je viens d'avoir les premiers résultats de l'autopsie. Asif Khan est mort d'un arrêt cardiaque, annonça-t-il.

— Un arrêt cardiaque ? m'étonnai-je.

Il gloussa.

— Tout le monde meurt quand le cœur cesse de battre, chef ! (Je grommelai – comment avais-je pu me laisser avoir par une blague aussi éculée ?) La vraie cause du décès : coups et blessures avec un objet métallique puis arrêt cardiaque, mais ils n'ont pas encore terminé les analyses. Je leur ai dit de se dépêcher, s'empressa-t-il d'ajouter en voyant mon air contrarié. Et on a les résultats des relevés d'empreintes : beaucoup d'empreintes différentes, mais rien d'étonnant dans un hôtel. Aucune sur les verres à whisky et la bouteille, donc ça veut dire que quelqu'un les a essuyés. Mais deux types d'empreintes sur la liasse de billets : celles d'Asif et d'une autre personne, qu'on retrouve sur les emballages de préservatif. Une prostituée, peut-être ? Mais on n'a pas retrouvé les préservatifs usagés. Probablement jetés dans les toilettes. Et chef, ajouta-t-il sans pouvoir masquer son excitation, il y avait de la cocaïne sur les débris de la table basse ! Et j'ai récupéré le film tourné pendant la fête, dit-il en sortant triomphalement de sa sacoche une clef USB.

Une deuxième paire d'empreintes, c'était déjà un début. Mais pour la énième fois je déplorai l'absence de fichier génétique à l'échelle nationale. Le nombre d'échantillons ADN conservés par la police de Calcutta étant ridiculement bas, les analyses génétiques étaient pour ainsi dire inutiles.

— Très bien, Hazra. Maintenant, j'ai besoin que vous me releviez les empreintes de Mitra et de Sabina Khan, au moins par souci d'élimination. (Le visage de mon adjoint s'illumina au nom de l'actrice.) Et vous avez interrogé les autres clients de l'hôtel ?

— Oui, chef. Celui à côté de la suite présidentielle a entendu des cris et un bruit d'objets brisés vers 1 h 45 du matin. Il a failli appeler la réception, mais finalement il ne l'a pas fait. Ça devait être le bruit de la table basse. Personne d'autre n'a rien vu ou entendu et le réceptionniste de nuit n'a remarqué personne sortant de l'hôtel. Et pour ce qui est de la statuette de Kali, les fouilles n'ont rien donné, chef.

Hazra me regardait tel un toutou attendant sa récompense. Je lui donnai une petite tape sur l'épaule.

— Excellent travail, Hazra. C'est un homme ou une femme que ce client a entendu crier ?

— Il ne sait pas, chef. C'étaient des voix étouffées, il a dit.

Ç'aurait été beaucoup trop simple. Après la fête, quelqu'un avait suivi Asif dans sa chambre. Mais qui ? Sabina avait dit que ce n'était pas elle, et elle n'avait pas semblé particulièrement émue à l'idée que son mari la trompe. Était-ce simplement par pudeur ou parce qu'elle était déjà au courant de ses infidélités et s'était même vengée en le tuant ? Je tâtai la clef USB dans ma poche ; elle renfermait peut-être un indice important.

De retour au commissariat de Lalbazar, nous nous rendîmes directement à l'antenne de lutte contre la cybercriminalité où notre analyste Ashutosh, vêtu d'un de ses tee-shirts Metallica couvrant à peine son ventre, tapait furieusement sur son clavier, d'imposants écouteurs sur les oreilles. Complètement dans sa bulle, il sursauta quand Hazra posa le disque dur sur son bureau.

— Hello Ash, dis-je avec entrain. La clim s'est encore arrêtée ?

— Surcharge des circuits. Générateur trop faible. Ça craint pour mon matos, marmonna-t-il en faisant glisser son casque sur sa nuque humide sans détacher les yeux de l'écran. Qu'est-ce que je peux faire pour toi, mon pote ?

Ashutosh était l'un des rares copains que j'avais dans la police. Nous avions sympathisé au cours d'une formation deux ans plus tôt, en buvant des bières et en nous découvrant une passion commune pour U2 et Kanye West. Nous avions scellé notre amitié en nous égosillant sur *Where the Streets Have No Name* lors d'une soirée karaoké bien arrosée au Veronica's bar (où nous n'avions jamais remis les pieds). Heureusement, je n'avais besoin que des compétences informatiques d'Ashutosh et pas de ses effroyables qualités vocales.

Je m'assis au coin de son bureau et attrapai un numéro écorné de *Raga to Rock* pour m'éventer. Hazra s'écroula dans un fauteuil, essuyant son front dégoulinant avec un mouchoir crasseux.

— J'ai besoin d'un service urgent, Ash. Le commissaire adjoint m'a chargé de l'enquête sur le meurtre d'Asif Khan. (Décidément, je ne me lassais pas de prononcer cette phrase.) Ce disque dur devrait contenir les vidéos de surveillance du soir du meurtre, mais le gérant de l'hôtel prétend qu'il y a eu un dysfonctionnement juste avant. La coïncidence est un peu trop énorme. Tu pourrais vérifier si les fichiers ont été endommagés ou si quelqu'un les a effacés ? Tant que j'y suis, il faut que je visionne un film sur cette clef, ajoutai-je en l'agitant sous ses yeux.

Ashutosh m'arracha des mains son précieux magazine et me tendit un ordinateur portable avant de commencer à examiner le contenu du disque dur. Je branchai la clef USB et m'assis à côté d'Hazra pour regarder les images de la soirée. Le montage n'avait pas encore été fait et de longs rushs se succédaient. Il y en avait pour plusieurs heures, le vidéaste avait bien travaillé.

— Accélérez jusqu'à ce qu'on tombe sur Asif, dis-je à Hazra qui se débrouillait étonnamment bien en informatique pour quelqu'un que j'imaginais perdu devant une calculatrice.

Asif ne tarda pas à apparaître sur la piste de danse, vêtu d'une chemise à carreaux et d'un jean.

— Stop, dis-je. (L'image se figea sur Asif en pleine torsion.) On a retrouvé ce jean et cette chemise dans la chambre ?

Hazra relut l'inventaire qu'il avait dressé dans son calepin.

— Non, chef, il n'y a rien qui ressemble à ça.

— Bizarre. Le tueur a dû les emporter, sans doute pour éliminer les preuves. OK, continuons.

Sabina Khan apparut à son tour dans une robe rose, coupe de champagne à la main.

— Quand vous irez chez elle, pour les empreintes, demandez à voir cette robe. Si c'est elle qui l'a tué, il pourrait rester des traces.

Nous poursuivîmes le visionnage, Hazra plus efficace pour repérer les stars que les comportements suspects.

— Cette Taania Raazia, chef, elle est *mirchi hot* ! s'exclama-t-il.

Puis soudain, quelque chose capta mon attention.

— Attendez, dis-je, revenez en arrière.

À une table à l'écart de la piste de danse, la caméra avait saisi pendant une dizaine de secondes le profil d'Asif en pleine conversation avec un autre homme. Celui-ci pointait un doigt vers le visage d'Asif, la main posée sur son bras. Ses traits me disaient quelque chose, mais je n'arrivais pas à mettre un nom dessus. J'appuyai sur pause.

— Qui est-ce ?

— Je sais pas, chef.

— Il n'a pas l'air content. On dirait qu'ils sont en train de se disputer. Essayez de monter le son pour voir si…

Ashutosh m'interrompit.

— Le disque dur fonctionne normalement, Kamil. Rien n'a été endommagé. Quelqu'un a simplement supprimé les fichiers.

Enfin quelque chose de concret.

— Tu peux les récupérer ?

— Je pense que oui, mais ça va prendre un peu de temps.

— Pour un génie de l'informatique comme toi, Ash ? Moi qui croyais que tu t'y connaissais…

— Ouais, c'est ça, retourne t'occuper de la circulation, va, dit-il sans cesser de pianoter à toute vitesse sur son clavier.

Le meurtrier devait apparaître sur les vidéos de surveillance, sinon pourquoi aurait-on cherché à les effacer ? J'étais ravi : à peine quelques heures après le début de l'enquête, j'avais un élément tangible à présenter à Ghosh.

— C'est urgent, Ash. Il y a de grandes chances que l'assassin d'Asif Khan se trouve sur ces images. S'il te plaît, récupère les fichiers et préviens-moi quand c'est fait. Hazra, faites-moi la liste de tous les gens qu'on voit danser ou parler avec Asif dans la vidéo. Il faut qu'on les interroge. Et qu'on trouve qui l'a vu en dernier. Je pars faire mon rapport.

Ghosh affichait une mine fatiguée lorsque j'arrivai dans son bureau.

— Ah, Rahman, très bien, vous voilà. Il y a du nouveau ?

Je le tins au courant de nos progrès et des vidéos de surveillance effacées, que j'espérais très vite récupérer grâce à Ash.

— Excellent travail, dit-il en hochant la tête. Des suspects ?

— La prochaine étape sera de trouver qui a suivi Asif Khan dans sa chambre. Le gérant de l'hôtel ne m'inspire pas confiance. Je le soupçonne d'avoir lui-même supprimé les fichiers vidéo, mais pour le moment je ne vois pas quel serait son mobile. Rien n'a été volé dans la suite et a priori il n'y a pas de liens particuliers entre Mitra et Asif Khan. Par ailleurs… (j'hésitai, pesant chacun de mes mots) il y a des choses qui me paraissent un peu étranges dans le comportement de la femme de M. Khan.

— Rappelez-vous qu'elle est en deuil, répondit Ghosh. N'en tirez pas nécessairement des conclusions. Mais bon travail. Il faut faire vite, Rahman. Mes supérieurs me mettent la pression pour que l'enquête soit bouclée avant que les médias ne se jettent dessus et commencent à relayer toutes sortes de spéculations. Dites-moi ce dont vous avez besoin, je ferai en sorte de vous aider au mieux : du personnel supplémentaire, du matériel…

Une fois sorti de son bureau, je bâillai et regardai ma montre. La journée avait été longue et j'étais en retard pour mon dîner avec Maliha. J'envoyai un SMS à Hazra pour lui dire de me prévenir s'il y avait du nouveau et allai rejoindre ma fiancée. J'avais hâte de lui raconter comment ma carrière venait de décoller pour filer tout droit vers les sommets.

Le serveur

Londres. Octobre. Dimanche.

Mes pensées vont à cent à l'heure. Je suis un peu dans le même état d'excitation qu'au démarrage de l'affaire Asif Khan : le frisson des premiers indices et des premières pièces du puzzle qui s'assemblent… Mais le meurtre de Rakesh Sharma a quelque chose d'inédit. Cette fois-ci, je ne suis plus officier de police, je n'ai plus aucune autorité pour interroger les gens. Et si quelqu'un acceptait de répondre à mes questions, pas sûr que Saibal puisse me libérer assez de temps pour mener une véritable enquête.

J'ai quelques indices sur lesquels m'appuyer. Mais Campbell m'a demandé de ne pas interférer avec son enquête et, dans ma situation, ce n'est pas le moment de me mettre la police à dos.

Cela dit, l'inspectrice ne peut m'empêcher d'émettre des hypothèses. D'après moi, il y a eu une dispute. Rakesh a reçu un coup sur la tête, il a arraché la bague de la main de la personne qui l'a frappé, puis il est tombé dans la piscine. La personne en question serait donc une femme. Les révélations de Rakesh à la soirée ont donné à Neha comme à Pinky un mobile. Mais il n'y a qu'un intervalle de dix minutes entre le message que Rakesh a envoyé à Saibal et le moment où Neha a trouvé le corps : donc soit la meurtrière a eu beaucoup de chance, soit elle est très douée.

Et où se trouvait Taania Raazia quand Rakesh est mort ? Quelque chose chez elle me fait tiquer. La dernière fois que je l'ai vue, c'était peu de temps avant la mort d'Asif Khan : on la voyait danser à son bras sur les images tournées au Grand Hôtel. Simple coïncidence ? Je n'aime pas les coïncidences. Les hommes riches et puissants semblent tomber comme des mouches autour d'elle. Mais quel pourrait être son mobile ? Neha a laissé entendre que Taania était descendue à la piscine avec Rakesh. Et lui qui annonce vouloir faire don de sa fortune… qu'est-ce qui se cache derrière cette décision ? Qui devait hériter des millions de Rakesh avant qu'il ne décide d'en faire don aux bonnes œuvres ? Arjun ? Neha ? Est-ce pour cela qu'il a été tué ?

Je sombre dans un sommeil agité. Je me réveille à 9 heures, mort de soif. Les événements de la soirée tournent toujours en boucle dans ma tête, comme un hamster dans sa roue. Je me lève péniblement pour aller dans la cuisine. Anjoli est assise à la table, la tête dans les mains, marmonnant quelque chose d'inaudible. *Je sais que je le vaux bien !* lis-je sur son tee-shirt froissé. En fond sonore, Alexa diffuse une petite musique apaisante.

— Comment ça va, la tête ? dis-je.

— Mmmmgh, gémit-elle.

— À ce point-là ? Eh bien, ça t'apprendra. Où est ta mère ?

— Sais pas.

— Et ton père, tu l'as vu ?

Elle secoue la tête et pousse un grognement. À l'évidence, elle n'est pas au courant de ce qui s'est passé. Je ne peux pas faire comme si de rien n'était. Mais comment lui annoncer pareille nouvelle, dans l'état où elle est ? Rakesh faisait pratiquement partie de sa famille, elle le connaît depuis toujours.

— Je sais ce qu'il te faut. Tiens, bois ça, dis-je en lui tendant un verre d'eau et deux ibuprofènes.

J'en prends un, moi aussi, pour me remettre les idées au clair.

— Café, articule-t-elle.

— Un café, et mon traitement spécial pour lendemains de cuite.

Je lui sers une tasse de café (avec une goutte de lait et un sucre, comme elle l'aime) et m'attelle à la préparation du petit déjeuner.

Je bats quatre œufs dans un saladier (« Pas si fort, s'il te plaît ! » gémit-elle), j'ajoute du sel et du poivre puis je fais revenir des oignons, du gingembre, des piments verts, de la coriandre et des tomates dans du beurre. J'assaisonne avec du curcuma et du cumin, je laisse frire le tout dans la poêle puis je rajoute les œufs. Quelques coups de spatule et je sers deux assiettes, accompagnées d'une grosse tranche de pain blanc beurré. C'est une recette que ma mère me préparait quand j'étais malade. À chaque fois ces parfums me ramènent à elle. À ces lieux, cette vie que j'ai laissée derrière moi.

— Et voilà ! *Ekoori*. C'est un plat parsi. *Fatafati !* fais-je en glissant une assiette sous le nez d'Anjoli.

Il va bien falloir que je lui dise ce que je sais.

— Beurk, j'en veux pas.

— Allez mange, ma grande, dis-je en imitant la voix

de sa mère. (Je lui mets une fourchette dans la main.) C'est quand même mieux que tes trucs frits tout gras. Goûte au moins. Si c'est pas bon, je rembourse.

Elle lève les yeux, grimace et avale une petite bouchée. Puis une autre, plus grosse.

— Hmm, pas mauvais. Les piments ne vont pas mal avec le café, ajoute-t-elle prudemment.

Je lui décoche un clin d'œil.

— Tu vas retrouver en un rien de temps ton humour sarcastique.

— Alexa, moins fort, grommelle Anjoli en terminant son plat.

Nous restons un moment silencieux, bercés par la voix d'Enya qui met les voiles dans son *Orinoco Flow*. Puis je me décide à lui annoncer le sordide décès.

— Anjoli, j'ai une terrible nouvelle, je…

— Ça ne peut pas être pire que cette gueule de bois.

— Non, je suis sérieux.

Elle lève péniblement la tête vers moi, le regard trouble.

— Hier soir après la fête, Neha a appelé ton père pour dire que Rakesh… Rakesh s'en est allé.

Elle me regarde, hébétée.

— S'en est allé ? Comment ça ?

Il faut que je sois plus direct.

— Je suis désolé, Anjoli, mais hier soir, après notre départ, Neha l'a retrouvé mort. Dans la piscine.

Le souffle coupé, elle me dévisage.

— Il s'est cogné la tête, me crois-je obligé de préciser, comme si ça pouvait rendre la nouvelle plus facile à encaisser.

Elle met la main devant sa bouche, horrifiée.

— Oh mon Dieu, pauvre Neha ! Et tante Pinky, et Arjun ! Comment va Neha ? Quelqu'un est avec elle ? Il faut que j'aille la voir.

— Ça ne va pas très bien, dis-je. Et, enfin… (Il faut bien que je lui dise la vérité.) Je ne crois pas que c'était accidentel.

Le trouble remplace la stupeur.

— Quelqu'un l'a frappé. Avec une bouteille de whisky.

— Non ! Tu crois qu'oncle Rakesh a été… assassiné ? murmure-t-elle.

J'acquiesce et lui fais part de mes soupçons.

— Je n'arrive pas à y croire. Tu penses vraiment que c'est une femme qui l'a tué ?

— Oui, au vu de la bague, dis-je en haussant les épaules.

Elle considère brièvement l'idée, puis secoue la tête :

— Non, je ne vois pas Neha ou Pinky tuer quelqu'un. Elles en seraient incapables. Ça doit être cette femme-là, cette Taania. Il faut que je parle à Neha.

Se relevant un peu trop vite, elle chancelle et se tient la tête des deux mains. Des pas rapides résonnent dans les escaliers et Saibal entre dans la cuisine.

— Kamil ! s'écrie-t-il avec la même voix que lorsque je fais quelque chose de travers au restaurant. Kamil, j'ai besoin de toi ! La police a embarqué Neha. On dirait qu'ils la soupçonnent de l'avoir tué. Il faut faire quelque chose !

Anjoli et Saibal me regardent d'un air suppliant. Mon cœur bat d'une excitation mêlée d'appréhension. Cette fois-ci, je n'ai pas droit à l'erreur.

Saibal n'a pas eu besoin de beaucoup insister pour me convaincre d'enquêter sur le meurtre de son ami. Mais il semble persuadé qu'il s'agit d'un accident et ne comprend pas pourquoi la police en fait toute une affaire. J'accepte sa demande, mais je me garde bien de faire des promesses. Pour être honnête, je partage le point de vue de la police : bien souvent, l'assassin se cache au sein même du couple.

La simple idée d'exercer à nouveau mon métier me rend euphorique. Mais avec mon visa touristique, il va falloir être discret. La police britannique n'apprécierait guère que je fourre mon nez dans son enquête. Anjoli, qui tout à coup semble avoir retrouvé son énergie, se propose de me servir d'acolyte : Neha, Arjun et Pinky, trois des personnes que je dois interroger, s'ouvriront plus facilement en sa présence. Le restaurant, un endroit suffisamment neutre, nous servira de QG pour nos interrogatoires. J'ai envie de commencer tout de suite, mais dans un coin de ma tête, une petite voix me turlupine : suis-je capable de me lancer là-dedans, après Calcutta, après tout ce qui est arrivé sous ma responsabilité ? Je sors faire un tour.

En marchant au hasard dans les rues de Shoreditch baignées d'une lumière argentée, j'arrive devant cet endroit au nom extraordinaire : le « musée du Bonheur », que j'aime à imaginer plein de souvenirs euphoriques à l'abri du temps qui passe. On enfilerait un casque neuronal et on serait instantanément replongé au cœur des moments les plus heureux de sa vie. Quel est le mien ? Je le sais aussitôt. Maliha, au Jardin botanique de Calcutta. Elle est allongée sous le grand banian, les yeux clos, la tête sur mes genoux, et je la regarde en lui caressant les cheveux. Et puis tout à coup, ça m'échappe : « Je t'aime. » Silence. Je voudrais ravaler mes mots. Mais un sourire se dessine lentement sur son visage.

Un petit coup de poignard me transperce le cœur. C'est le problème avec les bons souvenirs : ce sont souvent ceux qui reviennent le plus vous tourmenter. Le musée du Bonheur devrait avoir une annexe : ça s'appellerait le musée du Malheur, et le contenu serait exactement le même.

Je sors de ma rêverie quand mes yeux se posent sur le long *lehnga* d'une passante, orné de perles et de sequins métalliques qui brillent à la lumière du jour.

Deux pièces s'assemblent dans ma tête : Taania ! Ce mystérieux disque métallique que j'ai trouvé sur la chaise longue au bord de la piscine… Je sors mon téléphone et retrouve la photo que j'en ai prise. J'essaie de me rappeler avec précision la tenue de Taania : une robe noire et pailletée. Mais oui, c'était un sequin de sa robe ! Et donc, si Taania est bien allée au sous-sol avec Rakesh, comme Neha l'affirmait, cela ouvre de nouvelles pistes et allonge la liste des suspects. Il va falloir que je l'interroge. Et peut-être que j'en parle à la police.

Ragaillardi, je poursuis mon chemin entre les galeries d'art, les graffiti colorés et les cafés. J'aperçois un serveur qu'Anjoli m'a décrit comme un « hipster » : il porte une chemise blanche, des bretelles et un nœud papillon, et arbore une barbe bien fournie qui se termine par une petite queue. Il est en train de servir un jeune musulman vêtu d'une *thobe* blanche, et dont la barbe est de la même longueur que la sienne – on dirait deux frères de mères différentes.

« On n'est pas comme des frères, Saibal ! » La dispute surprise entre Rakesh et Saibal dans le jardin me revient. De quoi s'agissait-il ? Et pourquoi Rakesh m'a-t-il lancé ce regard haineux dans la cuisine ? Est-ce justement parce qu'il était en colère contre Saibal, dont je suis l'ami ? Un mystère de plus à résoudre.

La très branchée Great Eastern Street fait place à la crasseuse Commercial Street, puis c'est le marché aux puces et Brick Lane où les noms des rues sont en anglais et en bengali, où tout le monde ou presque parle bengali et où l'on trouve ces petites douceurs de Calcutta que j'adore. Je remarque la caméra de surveillance au-dessus de chez Modhubon Sweets, son œil constamment braqué sur les passants. J'envoie un message à Anjoli, mon nouvel Hazra : *Tu crois que tu pourrais récupérer les vidéos de surveillance de chez Neha ? Il faut qu'on retrace la chronologie de la soirée.*

De retour au restaurant, je constate qu'Anjoli est sortie, et je reprends mon boulot de serveur. Le cuistot est occupé à ranger la vaisselle ramenée de la fête.

— Rakesh *thik achhé* ? *Shunechi ou kichu ekta hoyechilo ?* demande-t-il.

— Malheureusement, j'ai une très mauvaise nouvelle, dis-je. M. Sharma est mort hier soir.

— *Ya* Allah ! *Ki holo ?*

— La police a ouvert une enquête.

— C'est toi qui l'as empoisonné avec ton *pakora* de poisson, chef ? blague Salim Mian depuis l'autre bout de la cuisine. Ils vont te mettre en prison et comme ça nos clients vont arrêter de tomber comme des mouches.

Il est en train d'empaqueter les restes que Saibal

tient à donner chaque semaine au foyer de sans-abri du quartier.

— Ti-toi, réplique le cuistot. *Saibal aaj asché*?

— Je ne sais pas quand il va arriver, alors on ferait mieux de commencer à préparer le déjeuner, dis-je. Au fait, vous n'avez rien remarqué d'étrange hier soir? Quelque chose de bizarre dans le comportement de Rakesh?

— Il se comporte toujours bizarrement celui-là, répond Salim Mian. Quand il arrive au restaurant, il fait comme s'il était en mission secrète. Et il se dispute avec Saibal. Il se prend pour quelqu'un de très, très important, mais quand il s'agit de laisser des pourboires… y a plus personne!

Des disputes? D'où provient cette animosité entre Rakesh et Saibal? Saibal m'a pourtant dit qu'ils étaient amis.

Je passe quelques minutes à interroger les collègues présents à la fête pour m'assurer qu'ils sont tous repartis en même temps, ce qu'ils me confirment: ils ont repris la camionnette au moment où le majordome rentrait chez lui. Ils n'ont rien remarqué d'inhabituel, donc ça ne m'apporte pas grand-chose, mais bon, le travail d'enquête consiste autant à ouvrir des pistes qu'à en fermer.

Je commence à dresser les tables pour le service du midi. Le dimanche à Brick Lane, il y a souvent du monde: les gens viennent des quatre coins de Londres pour nos currys. Les serveurs se postent devant leurs restaurants (tous «primés») et essaient de les appâter. La concurrence est rude, et j'ai déjà entendu ceux du Jolly Rajah voisin glisser en douce à des clients qui s'approchaient de chez nous que nos cuisines étaient infestées de rats et qu'ils risquaient leur vie ne serait-ce qu'en lisant le menu du Tandoori Knights.

Une étrange armure de chevalier se trouve à l'entrée du restaurant (d'après Saibal, ça illustre bien le nom de l'établissement), ainsi que le portrait d'un Indien : de la main gauche, celui-ci tient un mouchoir de dandy et porte une redingote noire avec un col de chemise qui lui remonte jusqu'au menton. Sous la photo du tableau trône une bouteille de shampoing Head & Shoulders. Quand j'ai demandé à Saibal ce que ça venait faire là, il a fièrement répondu :

— Ah, mon garçon. Il s'agit de cheikh Din Mohammed, un musulman bengali, comme toi. Il a ouvert le premier restaurant indien de ce pays en 1800 ou 1700… C'était le premier tandoori *knight* ! Et en plus de ça, il a aussi fait découvrir le shampoing aux Anglais, et il a été le premier Indien à écrire un livre en anglais. Avant lui ces *Angrez* avaient les cheveux sales, ils mangeaient une nourriture insipide et lisaient des livres ennuyeux. Nous avons inventé toutes ces splendeurs : le shampoing et le savon et le zéro et le jeu d'échecs et…

Petit à petit, la salle s'emplit du brouhaha du dimanche midi et nous reprenons nos rôles habituels. La plupart des ingrédients sont préparés à l'avance et n'ont plus qu'à être combinés à la demande, sauf lorsque les clients commandent à la carte des plats moins souvent choisis : le succulent *rezala* que Maya prépare avec du cou d'agneau mijoté dans du lait, ou ses grosses crevettes *malaikiri* au lait de coco. La cuisine s'anime comme une ruche et chacun s'affaire à sa tâche. Il règne entre nous une camaraderie que je n'ai jamais connue dans la police. Je ne cesse de courir de la salle à la cuisine en servant les plats et prenant les commandes, tout ça avec le sourire. Et je souris, je sers les plats, je prends les commandes, ne m'arrêtant que lorsqu'un client me salue parce qu'il me connaît, ce à quoi je réponds généralement en prétendant le reconnaître. Ce n'est pas ma faute si tous ces Blancs avec leurs anneaux dans le nez et leurs tatouages se ressemblent. Et je continue d'aller et venir, de la salle à la cuisine et de la cuisine à la salle tandis que sous mes pas, insensiblement, l'épaisseur du tapis s'amenuise.

Enfin, je pousse un soupir de soulagement : les derniers clients nous quittent. Probablement pour aller tromper la pluie dans les boutiques vintage des alentours où on peut essayer des vêtements ayant appartenu à des morts et s'extasier devant des vieux vinyles. Après le vacarme du service, je savoure le retour au calme. Le doux cliquetis des couverts lavés dans l'évier m'évoque la mélodie d'un carillon à vent. Je n'ai pas beaucoup dormi la nuit dernière, et j'ai presque envie de m'éclipser à l'étage pour faire une petite sieste. Mais la porte du restaurant s'ouvre : voilà Anjoli (*Le premier Brexit date de 1947*, proclame son tee-shirt) suivie de Neha, Maya et Saibal. La sieste devra attendre.

Anjoli paraît un peu nerveuse. Elle fait asseoir Neha sur l'une de nos meilleures banquettes avant de me prendre à part :

— Écoute, Kamil, chuchote-t-elle. On est allés chercher Neha au commissariat. Ils ont été très agressifs avec elle. Elle est persuadée qu'ils vont l'arrêter s'ils trouvent des preuves à charge. Ils ont retourné toute la maison, pris les vidéos de surveillance, tout. Mais Neha m'a donné accès aux fichiers sur le Cloud.

J'approuve de la tête.

— Tu crois qu'elle voudra bien répondre à mes questions, après l'interrogatoire qu'elle a subi ?

— Oui, elle veut que tu l'aides. Mais elle n'a pas dormi de la nuit, alors vas-y mollo.

Je regarde autour de moi. Le restaurant est pratiquement vide. Je m'assieds à côté de Saibal et Maya, face à Anjoli et Neha. C'est la première fois que j'interroge quelqu'un en compagnie d'autant de personnes. Neha semble épuisée, complètement différente de l'élégante jeune femme qui recevait chez elle hier au soir.

— Vous… Tu veux bien m'aider, Kamil ? demande-t-elle d'une petite voix.

— Bien sûr qu'il va t'aider, répond Saibal à ma place. Kamil est un grand détective. Et tu es innocente.

Maya acquiesce vigoureusement.

— Raconte-moi ce qui s'est passé, dis-je. Que t'ont dit les policiers ?

— Ils sont restés à la maison toute la nuit, répond Neha en se frottant les yeux. Ils voulaient tout savoir dans les moindres détails. Ils n'arrêtaient pas de me demander pourquoi j'étais descendue à la piscine, comment j'avais trouvé le corps, ce que je faisais juste avant… Et ils m'ont fait essayer une bague.

— Et elle t'allait ?

— Oui, elle m'allait mais ce n'est pas la mienne, je le jure ! Ça doit être celle de Pinky, c'est le genre de mochetés qu'elle porte. Un truc en saphir bon marché. Et ce matin ils m'ont emmenée au commissariat pour continuer à m'interroger. J'ai pas fermé l'œil… achève-t-elle d'une voix presque inaudible.

Maya et Saibal échangent un regard désolé.

— Ils ont découvert que…

— Dis-lui, Neha, l'encourage doucement Saibal.

— Hier soir, Pinky m'a dit que la fondation était bidon. Rakesh a tout perdu. On est ruinés. Il n'y a plus rien ! éclate Neha. Arjun l'a dit à la police, et maintenant ils me soupçonnent ! Ils pensent que je l'ai tué quand je l'ai appris.

Rakesh Sharma en faillite ? C'est difficile à croire. Rien d'étonnant à ce que sa mort soit liée à une histoire d'argent, mais ça ? Rakesh Sharma, l'un des plus célèbres hommes d'affaires indiens, plumé ? Je lui pose la question.

— Comment a-t-il pu soudainement tout perdre ? Ça n'a pas de sens.

— Je savais qu'il avait des soucis, dit Saibal, le visage sombre. Mais j'étais loin de me douter que c'était à ce point-là.

— Je ne sais pas, dit Neha. J'étais complètement sous le choc. Et Arjun n'a pas voulu me dire comment c'est arrivé.

Salim Mian s'approche pour prendre nos commandes. Anjoli l'arrête d'un geste de la main mais Neha s'interpose :

— Je suis vidée après la nuit que j'ai passée, Anjoli. Je tuerais pour une tasse de thé et un samossa.

Tout le monde se tait en prenant conscience de ce qu'elle vient de dire. Puis Saibal éclate d'un grand rire et la tension retombe.

Neha esquisse un léger sourire.

— Pinky m'a appris la nouvelle quand tous les invités étaient partis, reprend-elle. Toi et moi on discutait dans le salon, tu te souviens, Anjoli ? Puis tu es partie dans la cuisine chercher à boire, alors je me suis rapprochée de Saibal et Maya. Ils étaient en train de parler avec Arjun et Pinky. Rakesh, lui, est allé raccompagner Taania. Il n'avait pas arrêté de danser avec elle et de lui souffler des choses à l'oreille toute la soirée. Je me sentais très mal. C'est pour ça qu'après coup j'ai pensé qu'il devait être au bord de la piscine avec elle.

Salim Mian revient avec le thé, des samossas et des *bhajis* d'oignons. Neha prend une gorgée de thé et une petite bouchée de samossa.

— Pinky m'a dit que j'allais tout perdre, poursuit-elle d'un ton amer. La maison, tout, parce que Rakesh était ruiné et que les huissiers allaient tout saisir. Je suis sûre qu'elle et Arjun ont fait exprès d'attendre la fête pour me l'annoncer. Je ne la croyais pas au début, je pensais qu'elle voulait juste me faire du mal comme d'habitude, mais elle a continué. Et Arjun a confirmé que l'entreprise avait de gros problèmes et ne s'en remettrait pas. Il a dit que Rakesh avait donné cette fête pour pouvoir se faire mousser une dernière fois. Pinky jubilait. Tout l'argent qu'elle a récupéré après le divorce est en sécurité. Et moi, je n'ai plus rien. Mon Rakesh est mort… Et je suis veuve à vingt-huit ans.

Elle enfouit sa tête dans ses mains. Nous la regardons sans savoir comment réagir. Je me souviens de sa pâleur lorsque nous avons quitté la fête et de la tension palpable entre elle, Pinky et Arjun. C'était donc ça.

— Je comprends mieux pourquoi Pinky est venue, murmure Anjoli en caressant les cheveux de Neha.

Je me tourne vers Saibal et Maya :

— Vous aussi, vous avez assisté à la conversation ?

— Non, répond Saibal. On est venus vous chercher

dans la cuisine. Tu te souviens ? C'est à ce moment-là qu'ils ont dû lui dire. Mais Rakesh m'avait déjà confié que les choses n'allaient pas fort.

J'hésite à évoquer leur dispute, mais je me dis que ce n'est pas le bon moment.

— Et ensuite, que s'est-il passé ? dis-je. Quand as-tu trouvé Rakesh ?

— Je ne me sens pas capable de revenir là-dessus, gémit Neha en relevant la tête, implorant Anjoli du regard.

Celle-ci passe le bras autour de ses épaules et nous attendons qu'elle s'apaise.

Puis elle nous explique qu'après notre départ, elle est partie chercher Rakesh pour lui demander des comptes. Elle a parcouru toute la maison avant de descendre à la piscine où elle a trouvé son corps. Elle a crié à l'aide et Arjun et Pinky ont accouru. Arjun a eu du mal à le sortir de l'eau… La voix de Neha se brise à l'évocation du cadavre de son mari. Tandis qu'elle s'essuie les yeux avec une serviette de table, Saibal se penche vers moi :

— J'étais persuadé que c'était un accident ou un suicide, me chuchote-t-il à l'oreille. Mais la police semble penser que non.

— Ils n'ont pas arrêté de me demander à quel moment j'étais descendue à la piscine et combien de temps j'y étais restée, reprend Neha. Je leur ai répété que ça n'avait duré que quelques minutes. Mais Pinky leur a dit que j'étais restée une éternité.

— Comment t'es-tu coupé le pied, Neha ?

Elle me regarde droit dans les yeux.

— Quand j'ai vu Rakesh dans la piscine, j'ai crié et avant que les autres n'arrivent, j'ai voulu le sortir de l'eau moi-même, figure-toi. J'ai enlevé mes escarpins et je me suis agenouillée au bord du bassin. C'est là qu'une de mes chaussures a dû tomber à l'eau. Puis Arjun est arrivé, je me suis relevée et quelque chose de pointu s'est planté dans mon pied. J'ai crié de douleur mais personne n'a fait attention à moi. Arjun a sorti le corps de l'eau. La police a emporté mon autre chaussure parce qu'il y avait des éclats de verre dans la semelle. Je ne sais pas d'où venait tout ce verre. Mais c'est ça qui m'a coupée.

— Y avait-il quelqu'un d'autre dans la maison à ce moment-là ?

— Je ne crois pas. À part Pinky, Arjun et vous quatre, la dernière à partir était Taania.

— Tu l'as vue s'en aller ?

— Non, c'est Rakesh qui l'a raccompagnée.

— Quand ?

— Je ne sais pas. Quarante, cinquante minutes avant votre départ ? Je n'ai pas revu Rakesh après ça.

Elle fond en larmes.

— Et Pinky et Arjun sont-ils sortis du salon quand tu étais avec eux ?

Anjoli la regarde, pleine d'espoir.

— Non, répond Neha, ils étaient trop contents de pouvoir m'expliquer que j'étais devenue pauvre.

J'essaie de me représenter l'enchaînement des événements. Nous avons pris congé peu après 2 heures du matin. Rakesh a raccompagné Taania vers 1 h 20. En tout cas, c'est ce qu'il a dit qu'il faisait. Parce que Taania n'est pas repartie tout de suite. Rakesh l'a bien emmenée au sous-sol. Peut-être que là, les choses ont dérapé et qu'elle lui a fracassé la tête avec la bouteille avant de s'enfuir. Il faut que je vérifie l'heure à laquelle elle est partie de la maison sur les vidéos de surveillance.

— Il ne s'agit pas d'un accident, Neha, dis-je. Il s'agit d'un meurtre. Quelqu'un a frappé Rakesh avec une bouteille. Probablement une femme, si on prend en compte la bague. Donc si ce n'est pas toi…

— Mais ce n'est pas moi ! s'écrie Neha.

— Mais bien sûr que ce n'est pas elle ! s'écrie simultanément Anjoli.

— Si ce n'est pas toi, poursuis-je, c'est donc Pinky ou Taania. Il faut qu'on les interroge. Et… je pense que tu as raison. Taania est bien descendue à la piscine avec Rakesh. J'ai retrouvé sur place un sequin de sa robe.

Neha semble choquée.

— Alors il l'a emmenée à la piscine ! Pourquoi ?

Inutile de verbaliser l'évidence.

Anjoli essaie de réconforter son amie.

— Ne t'inquiète pas Neha, on te croit. Je te promets qu'on va te sortir de là.

— S'il te plaît, ramène-moi à la maison maintenant, oncle Saibal. Non, pas à la maison, je ne peux pas y retourner. Chez tatie, à Southall.

J'ai le cœur serré en la voyant si secouée. Elle me fait penser à Sabina Khan, elle aussi devenue soudainement veuve après un meurtre violent.

Saibal se lève pour la raccompagner, et je retourne à ma tâche de serveur.

Le samedi et le dimanche, le restaurant reste ouvert non-stop entre le déjeuner et le dîner, parce qu'à toute heure des touristes s'arrêtent manger en déambulant dans Brick Lane. Une table venant de se libérer, je la débarrasse aussitôt et change la nappe pour dresser un nouveau couvert. Anjoli me fait signe depuis un coin de la salle : avec son ordinateur portable, elle vient de se connecter au Cloud où sont conservées les vidéos de surveillance de chez Neha. Je m'assieds à côté d'elle pour regarder les images, nos têtes se touchant presque face à l'écran. Je prends des notes : la camionnette repart avec mes collègues du restaurant à 0 h 46, suivie par un véhicule plus petit, sans doute celui du majordome. Puis nous quittons les lieux à 2 h 08 dans la voiture de Saibal. Neuf minutes plus tard, une autre voiture entre par le portail et prend à son bord une personne cachée sous un parapluie.

— Qui est-ce ? demande Anjoli, une pointe d'excitation dans la voix.

— Je ne sais pas, je croyais qu'on avait été les derniers à partir. Bizarre.

— On ne voit personne sortir de la maison au moment où Rakesh était censé l'avoir raccompagnée, donc ça doit être Taania ! C'est elle qui l'a tué !

— Pas si vite, capitaine Hastings ! Il y a peut-être une autre explication. D'abord je finis mon service, après on reconstitue la chronologie exacte de la soirée.

Je repars à la cuisine. Maya me fait signe : elle veut me donner la liste des plats du jour qu'elle a décidé de préparer avec ce qu'elle a acheté ce matin chez Bangla Town Cash & Carry (*Un seul endroit pour tous vos achats*). À voir son teint blême, je me dis qu'elle doit encore être sous le choc. Quand elle m'explique qu'elle a trouvé une excellente viande de chèvre et qu'elle va préparer un curry *paya* à base de pieds de chèvre, et du *haleem*, un plat de lentilles et viande hachée qui mijote pendant des heures, mon estomac se met à gargouiller. Je pose une main sur l'épaule de Maya en priant à voix haute pour que tous les clients ne commandent pas ces deux plats ; ils font partie de mes préférés. Elle sourit et promet de m'en garder un peu. Après avoir terminé de dresser les tables, j'attrape deux samossas pour apaiser ma fringale et sors dans la rue accompagné d'Anjoli.

Nous trouvons un banc libre devant la mosquée de Brick Lane, pratiquement déserte en cette fin d'après-midi. Un sans-abri s'assied à l'autre bout, alors je lui offre un samossa et Anjoli et moi nous serrons un peu plus l'un contre l'autre. Elle ne semble pas perturbée par notre proximité, mais au contact de sa cuisse contre la mienne, malgré le froid, je sens ma peau devenir un peu moite. Je lui propose le second et dernier samossa et j'avoue que je suis soulagé quand elle dit non. Je n'en fais qu'une bouchée et sors mon calepin, puis je commence à lister ce que j'ai vu au fil de la soirée. Anjoli se penche vers moi et lit à voix haute :

17 heures : Kamil arrive au manoir Sharma.
17 h 15 : Neha entre dans la cuisine.
18 h 30 : Arrivée des Chatterjee.
18 h 35 : Arrivée de Pinky et Arjun.
19 heures : Rakesh voit Kamil dans la cuisine (pourquoi est-il en colère ?).
23 h 30 : Rakesh fait son discours.
23 h 50 : Kamil entend Saibal et Rakesh se disputer.

— Comment ça, se disputer ? demande Anjoli en balayant une miette de samossa de mon manteau.

Je me rends compte que je ne lui en ai pas parlé, et lui résume ce que j'ai entendu. Contrairement à son habitude, elle reste perplexe. Nous continuons :

0 h 46 : Départ des employés du TK et du majordome.

0 h – 1 h : Salon. Anjoli parle avec Neha. Saibal et Maya avec Pinky et Arjun. Rakesh avec Taania.

1 h 15 : Anjoli va dans la cuisine voir Kamil.

1 h 20 : Rakesh sort du salon pour raccompagner Taania (ou pas). (Quand part Taania ? Sequin retrouvé sur chaise longue.) Neha, Pinky, Arjun, Saibal et Maya au salon.

2 heures : Saibal et Maya viennent nous chercher dans la cuisine.

2 h 05 : Neha dans le salon avec Pinky et Arjun. Neha apprend la faillite de PinRak. Les Chatterjee et Kamil disent au revoir. Arjun reçoit un message de Rakesh.

— Je dois avouer que je ne me souviens pas bien de notre départ, je devais avoir la tête ailleurs, dit Anjoli.

— C'est surtout que t'étais complètement ivre ! Tes parents n'étaient pas contents.

2 h 08 : Neha nous raccompagne et va chercher Rakesh.

2 h 12 : Saibal reçoit un message de Rakesh.

2 h 17 : Quelqu'un part en voiture du manoir Sharma (Taania ? Uber ?).

2 h 25 : Neha trouve le corps. Se coupe le pied, fait tomber sa chaussure dans la piscine.

2 h 35 : Neha appelle Saibal, Arjun appelle la police. Il a du sang sur sa manche mouillée.

2 h 50 : Nous revenons au manoir Sharma.
3 h 10 : La police arrive.

Je montre à Anjoli les photos que j'ai prises sur la scène du crime. Son visage se fige à la vue du cadavre de Rakesh, mais elle ne dit rien.

— Essayons d'être méthodiques, dis-je en fixant les taches de sang avec l'espoir qu'un nouvel indice me saute aux yeux. Nous avons quatre suspects : Neha, Arjun, Pinky et Taania. Les seules personnes encore sur les lieux au moment du meurtre. Malheureusement, Neha est pour le moment la plus suspecte. La bague lui va. (Je balaie l'écran jusqu'à la photo de la bague dans la main de Rakesh.) Elle avait un mobile : la faillite de PinRak et le comportement de Rakesh avec Taania. Et elle a eu l'occasion de passer à l'acte : c'est elle qui a découvert son corps au bord de la piscine, et elle aurait pu le frapper juste avant avec la bouteille. Visiblement, le crime n'était pas prémédité : l'assassin s'est servi de ce qu'il y avait à portée de main. Mettons que Neha cherche Rakesh : elle finit par le trouver en train de se rhabiller après ses ébats avec Taania. Furieuse, elle le frappe avec la bouteille. En voulant se retenir à elle, il lui arrache sa bague, tombe à la renverse et se cogne la tête contre le rebord de la piscine.

Anjoli réfléchit un instant, puis déclare avec certitude :

— Neha n'a rien à voir avec sa mort, Kamil. Je la connais. Elle n'est pas plus capable de commettre un meurtre que moi.

Je comprends Anjoli ; moi aussi j'ai envie de croire Neha. Mais les faits sont là.

— Ensuite nous avons Pin…

— J'ai une idée ! s'exclame Anjoli en réveillant notre voisin de banc qui s'était assoupi. Taania aussi a eu la possibilité de commettre le crime, poursuit-elle tout bas. Et elle pourrait très bien avoir un mobile. Regarde : Rakesh fait des avances à Taania dans le salon (on l'a vu faire). Puis il dit qu'il la raccompagne, mais en fait il l'emmène discrètement à la piscine. Là, il se jette sur elle et elle le frappe avec la bouteille pour se dégager. Il agrippe sa bague, tombe dans la piscine, et elle prend la fuite en cachette ! Et ensuite, Neha trouve le corps.

L'excitation colore son visage. Je considère un moment son hypothèse, puis demande :

— Mais s'il l'a agressée et qu'elle l'a frappé, quand est-ce qu'il a pu envoyer les messages ? Il y a un truc qui cloche. Elle était bien avec lui, on le sait grâce au sequin de sa robe. Mais Rakesh n'a probablement pas envoyé les messages en sa présence. À mon avis, elle est repartie de la piscine avant 2 heures du matin : c'est juste après, dans un accès de remords, que Rakesh a envoyé son premier SMS. La personne qu'on voit monter dans une voiture à 2 h 17, c'est sans doute elle. Qu'est-ce qu'elle a fait pendant ces dix-sept minutes en revanche, je ne sais pas. Et nous ne l'avons pas croisée en partant. Il va falloir qu'on l'interroge. Tu as raison, il y a des choses à éclaircir.

— Mais comment faire pour entrer en contact avec elle ? demande Anjoli.

— Je ne sais pas, on va trouver un moyen. Passons à Pinky. Après nous avoir raccompagnés, Neha part à la recherche de Rakesh. Pendant ce temps, Pinky se précipite en bas, tue Rakesh et remonte. L'intervalle de temps est très court : on sait qu'il est mort entre 2 h 12 et 2 h 25.

Ce qui ne laisse à Pinky que treize minutes pour le tuer. Pas impossible, mais à ce moment-là il faut que ce soit prémédité. Il n'y a pas assez de temps sinon pour trouver Rakesh, se disputer, le tuer puis remonter comme si de rien n'était. Il faudrait vérifier si la bague va à Pinky. C'est vrai qu'elle n'a pas hésité à accuser Neha devant la police. Soit par désir de vengeance, soit pour faire diversion. Mais quel serait son mobile ?

— Tante Pinky a toujours été odieuse avec Neha. Et elle était furieuse contre Rakesh pour le divorce : le voilà, son mobile. Et Arjun ? Lui non plus n'a pas dû être content en apprenant la faillite de PinRak. Pendant que Neha cherchait Rakesh dans le reste de la maison, il a pu descendre au sous-sol, se disputer avec son père et lui fracasser la tête avec la bouteille, non ? Tu as dit qu'il y avait du sang sur la manche de sa veste : il s'est peut-être taché avant de sortir le corps de l'eau.

— Oui mais souviens-toi qu'il y a la bague, dis-je en agitant l'écran de mon téléphone. Arjun n'aurait pas porté une bague comme ça.

— À moins qu'il l'ait mise dans la main de Rakesh pour détourner l'attention de lui, justement ?

— Ça semble un peu tiré par les cheveux pour un meurtre qui a plutôt l'apparence d'un crime passionnel : pourquoi aurait-il eu cette bague sur lui ? Et comme pour Pinky, l'intervalle de temps est vraiment très court.

Un silence un peu découragé s'installe, rythmé par le léger ronflement de notre voisin.

— Bon, écoute, dis-je avec résolution. Les faits ne penchent pas en faveur de Neha, mais moi non plus je ne suis pas convaincu de sa culpabilité. On va procéder avec méthode et interroger Arjun, Pinky et Taania.

— Excellente idée, dit-elle, de nouveau enthousiaste. Par qui on commence ?

— Occupe-toi de Pinky et d'Arjun. Je vais essayer d'obtenir un rendez-vous avec Taania.

— Ça marche. Mais Kamil, et le majordome, où était-il pendant tout ce temps ? fait-elle en parcourant les pages du calepin les sourcils froncés. Il faut qu'on l'interroge lui aussi, la police doit l'avoir fait d'ailleurs.

— Je l'ai vu partir en même temps que les autres employés du restaurant, Anjoli. On n'est pas dans Cluedo !

— Et pourtant, on s'y croirait. Rakesh, dans la piscine, avec la bouteille de whisky…

Elle regarde la mosquée d'en face en faisant la moue, puis frissonne.

— On commence à se geler. Allez, on rentre au resto. Il faut aller préparer le service du soir.

— Tiens, prends mon manteau, dis-je en l'enlevant.

— Non, ça va, j'ai pas besoin… OK, merci.

Je la regarde s'élancer à grands pas dans Brick Lane, telle une version moderne de l'aigle de la justice américaine. Avec son jean serré, son tee-shirt blanc et son gros gilet bleu, son écharpe rouge vif et mon manteau qui flotte au vent sur ses épaules, je me dis qu'elle a fière allure, mon intrépide coéquipière.

Lorsque nous arrivons au restaurant, les premiers clients de la soirée sont déjà là. J'aime assez le début du service, les gens apprécient la cuisine, ils sont presque toujours aimables et laissent de bons pourboires. Après la fermeture des pubs, c'est autre chose. Déjà à moitié saouls, ils commandent les currys vindaloo les plus épicés avec des pintes de bière, ils appellent les serveurs « Abdul » ou « Eh oh », et s'amusent à faire plus de bruit que les tables d'à côté.

Ce soir, Anjoli m'aide à faire le service : Saibal a donné leur soirée à deux des serveurs en compensation des heures supplémentaires d'hier soir. Elle me croise en souriant dans la cuisine, les bras chargés d'assiettes sales.

Je me dirige vers une table où le même couple d'habitués dîne chaque dimanche sans jamais se regarder ni se parler, lorsque retentit le carillon de l'entrée. Je reconnais aussitôt les deux individus.

— Kamil Rahman ?

C'est l'inspectrice Campbell et son adjoint.

— Nous aimerions vous poser quelques questions sur les événements de la soirée d'hier. Et est-ce que… (elle consulte un petit carnet noir) M., Mme et Mlle Chatterjee sont là ? Nous voudrions aussi leur parler.

Je me raidis. Suis-je un suspect ? Mon imprudence sur la scène de crime a-t-elle éveillé leurs soupçons ? J'ai le pressentiment qu'ils ne me feront pas de cadeaux. Et comme me l'a enseigné mon expérience à Calcutta, j'ai tendance à perdre mes moyens quand je dois rendre des comptes après avoir fait de grosses erreurs et compromis des preuves.

L'inspecteur

Calcutta. Juillet. Lundi.

J'avais rendez-vous avec Maliha à Tangra, le plus grand quartier chinois du pays. Depuis environ deux siècles, vivent là quelque deux mille Hakkas. J'adore cette partie de Calcutta, éclatante de couleurs avec ses lanternes orange et jaune vif ; ses oiseaux exotiques piaillant dans leurs cages ; ses épiceries regorgeant de produits qui restent un mystère pour moi, mais où l'on parle couramment le bengali ; le temple de Kali Mondir où les bouddhistes et les hindous prient côte à côte ; et, bien sûr, la cuisine hakka, si différente des cuisines cantonaise ou sichuanaise plus connues. Je me frayai un passage au milieu de la foule jusque chez Kim Ling, fièrement installé à côté d'un magasin d'alcool au doux nom de Relax Foreign Liquor Shop.

Je poussai la porte du restaurant et sentis aussitôt le stress de la journée s'envoler en entendant les voix animées et les rires qui emplissaient la salle ainsi que les parfums sucrés et épicés. J'aperçus Maliha près de la fenêtre avec sa coupe au carré, penchée vers l'écran de son smartphone. Je m'approchai et l'embrassai sur la joue.

— Nouvelle attaque contre les musulmans du Pendjab,

m'annonça-t-elle en guise d'accueil. Deux hommes tués par des extrémistes hindous parce qu'ils dirigeaient un abattoir, pourtant complètement légal. Et la police ne fait rien. Quand une des victimes de ces fanatiques a demandé de l'aide à un policier qui regardait la scène, il a répondu que personne ne leur avait donné l'ordre de les protéger. Non mais tu le crois ? s'indigna-t-elle en laissant tomber son téléphone sur la table.

— Heureux de te voir moi aussi, ma *jaan*, lui dis-je avec un grand sourire.

— La situation ne fait qu'empirer. Ça me rend malade !

Elle se leva et me tendit les bras. Je l'enlaçai, respirant son parfum familier, le nez dans ses cheveux noirs et brillants.

— Arrête un peu avec les tweets et les articles. Ça te met dans tous tes états.

— Bien sûr que ça me met dans tous mes états. Pas toi ? répliqua-t-elle en me donnant une tape sur le derrière.

Je souris et m'assis.

— Maliha, on en a déjà parlé. Bien sûr que c'est important, mais qu'est-ce qu'on peut y faire ?

— Mais il y a plein de choses à faire ! Montrer qu'on n'est pas d'accord, pour commencer ! Je suis avocate… toi, inspecteur. On pourrait…

J'acquiesçai. Sa passion était contagieuse. J'admirais son empathie pour les autres, des gens qu'elle ne connaissait pas directement, pour toutes les victimes d'injustices à travers le monde.

— Et sinon, comment s'est passée ta journée ? lui demandai-je, attrapant le menu.

— Oh, ne me demande même pas. J'étais au tribunal, comme d'habitude, répondit-elle en enfilant ses lunettes.

— La perruque en crin blanc se porte avec un jean ? La Cour suprême de Calcutta a bien changé !

— Je suis rentrée à la maison me changer, idiot. C'est tellement barbant en ce moment, *yaar* ! Encore un conflit entre un propriétaire et des locataires qui refusent de partir. Le proprio coupe l'eau pour leur pourrir la vie. Les locataires arrêtent de payer le loyer… le micmac ordinaire. J'en ai vraiment marre. Et toi ?

— D'abord on commande. J'ai une faim de loup. Comme d'habitude ?

Elle hocha la tête et reposa le menu. Je fis signe au serveur.

— Du poisson mandchou, des champignons à l'ail, du tofu sichuanais et… du riz frit à l'ail et aux piments. Oh, et deux bières.

J'étais impatient d'annoncer la grande nouvelle à ma fiancée. J'étais censé le garder pour moi mais… c'était Maliha. Je me tournai vers elle et chuchotai :

— On m'a confié une nouvelle enquête. Hautement confidentielle.

— Oh, génial ! De quoi s'agit-il ?

— La nouvelle n'a pas encore été rendue publique et je ne devrais pas en parler, mais… Asif Khan a été tué.

— Non ! C'est pas vrai ? murmura-t-elle. On vient de le voir jouer dans *Jango* ! Qu'est-ce qui s'est passé ?

— Quelqu'un lui a fracassé le crâne dans sa chambre d'hôtel. Le commissaire adjoint a fait directement appel à moi !

— Kamil, dit-elle en me prenant la main, c'est fantastique ! Je suis tellement fière de toi.

J'attendis pour poursuivre que le serveur pose les bières glacées devant nous.

— À vrai dire, Maliha, je suis terrifié, confessai-je. C'est ma première grosse enquête. Je n'ai pas la moindre idée de ce que je dois faire. Et pourtant, je suis aux commandes. Imagine si jamais je me plante ? Ce serait l'humiliation. Et ne parlons pas des sermons d'Abba.

— Mais non, *jaan*, c'est le syndrome de l'imposteur qui parle, là. Tout le monde en est victime, même moi quand je plaide au tribunal. Je crois en toi. Tu es la personne la plus intelligente que je connaisse – après moi, bien sûr. Vas-y, fonce. Tu as un super instinct. Fais-toi confiance.

Elle savait toujours me dire ce que j'avais besoin d'entendre. Toujours là pour m'écouter et me rassurer. Nous commençâmes à piocher dans les plats épicés, la bière fraîche et fruitée atténuant la puissance anesthésiante des piments du Sichuan. Petit à petit, je sentis mon esprit s'apaiser. Maliha évoqua nos projets de mariage en octobre. Nous trinquâmes à n'en plus finir en l'honneur l'un de l'autre (« Je suis tellement fière de toi, Kamil ! », « Non, c'est moi qui suis fier de toi, ma chérie ! ») avant de terminer la soirée autour d'une assiette de bonbons à la barbe de dragon, puis nous regagnâmes à regret nos appartements respectifs.

Le lendemain matin, je me réveillai confiant et revigoré après une bonne nuit de sommeil. Avec un peu de chance et grâce aux vidéos de surveillance, j'allais peut-être mettre la main sur le tueur aujourd'hui. J'aimais la stimulation intellectuelle que procurait le travail d'investigation. Ça me rappelait ces jeux que j'adorais quand j'étais petit, où on doit relier des numéros éparpillés en apparence au hasard sur la page. Et puis tout à coup l'image apparaît, comme par magie : elle était là sous nos yeux depuis le début, mais on ne pouvait pas la voir.

C'était ce qu'il fallait que je fasse pour démêler cette affaire. Relier les points : Mitra, Sabina, les autres invités à la fête du Grand Hôtel, les vidéos de surveillance, l'homme en pleine discussion avec Asif, les empreintes sur la liasse de billets, les emballages de préservatifs. Encore quelques points et l'image apparaîtrait. Et il ne me resterait plus qu'à arrêter le coupable.

Je restai dans mon lit à contempler les rais de lumière que dessinaient les barreaux de la fenêtre sur mon poster de New York ; dame Liberté dans une cellule de prison. Le studio spartiate que me prêtait la police se résumait à un lit double, une commode et une armoire en fer. Maliha avait essayé d'égayer la pièce avec des affiches touristiques, *Londres me fait fondre* et *Paris, ville des Lumières*, mais j'avais toujours l'impression de me trouver dans mon ancienne chambre d'étudiant.

Ayant toujours vécu dans les vastes logements mis à la disposition d'Abba par la police, il n'y avait pas un matin où me réveiller dans ce placard à balai était une agréable surprise. Un jour, je quitterais cet endroit et achèterais un joli deux-pièces à Alipore, où nous pourrions vivre avec Maliha et élever nos enfants… et peut-être que ça arriverait plus tôt que prévu, si les choses se passaient bien aujourd'hui.

Je déverrouillai l'écran de mon smartphone : l'affaire avait éclaté au grand jour. Partout elle faisait les gros titres, accompagnés de photos d'Asif et Sabina Khan.

Un journal avait même réussi à se procurer une photo du cadavre : l'agent qui avait sorti son téléphone sur la scène de crime allait avoir de mes nouvelles. Maliha m'avait envoyé un lien vers un tweet du *Telegraph* : *Le sous-inspecteur Kamil Rahman, fils du retraité commissaire Adil Rahman, dirige l'enquête sur le meurtre d'Asif Khan*. Sirotant mon café, je tapai mon nom sur Google et savourai mes cinq minutes de gloire. Puis mon téléphone sonna.

— Rahman, dis-je en décrochant. *Hain*, Ash. Quoi de neuf ?

— Kamil, j'ai une mauvaise nouvelle, annonça Ashutosh avec son flegme habituel. Ils ont confisqué le disque dur.

Mon humeur passa brusquement du soleil radieux à la douche glacée.

— Merde ! J'arrive.

J'avalai le reste de mon café, ajoutai la tasse à la pile de vaisselle sale dans l'évier et sortis en courant.

Ashutosh m'attendait de pied ferme à son bureau.

— J'étais plus très loin de récupérer les fichiers, mais quand je suis arrivé ce matin, le disque dur avait disparu. Mon chef m'a dit qu'on n'avait pas rempli les bons papiers.

— Conduis-moi à ton chef, dis-je avec nervosité.

— Là, fit-il en indiquant d'un geste une petite pièce vitrée.

Je tambourinai à la porte où une plaque indiquait *Attaché au commissaire, Antenne de lutte contre la cybercriminalité*, et sans attendre de réponse, j'entrai. J'avais vu faire ça à la télé, et ça semblait donner de bons résultats. Derrière son bureau, le jeune homme chauve à la fine moustache ne leva pas le nez de son ordinateur portable.

— Bonjour, je suis le sous-inspecteur Kamil Rahman, débitai-je. Je crois savoir que vous avez confisqué le disque dur que nous avions saisi dans le cadre de l'enquête sur le meurtre d'Asif Khan que le sahib Ghosh m'a personnellement confiée ? C'est une enquête hautement prioritaire, nous devons analyser ce disque dur de toute urgence…

L'attaché au commissaire leva une main pour m'interrompre, et continua à pianoter sur son clavier. Son crâne luisait sous sa lampe de bureau. J'attendis, agacé. Il finit par refermer le clapet de son ordinateur, puis il tira un paquet de cigarettes et un briquet argenté de la poche de sa veste, sortit une cigarette qu'il alluma d'un geste précis, rangea le paquet et le briquet, prit une longue bouffée et expulsa un nuage de fumée dans ma direction.

— Et vous êtes ?

Je répétai ce que je venais de dire aussi patiemment que possible en réprimant mon envie de lui arracher sa clope du bec pour la piétiner.

— Je vois, dit-il d'un air songeur. Donc vous pensez que vous pouvez débarquer ici et exiger que mon équipe lâche tout son travail pour s'occuper de votre *kaaj* ? Sans remplir aucun papier ? Aucun formulaire ? Aucune demande d'autorisation ?

— Monsieur, je vais remplir les papiers nécessaires, mais c'est de la plus haute importance. Ça vient directement du sahib Ghosh ! lâchai-je au comble de l'exaspération.

— Désolé, sous-inspecteur Rahman. Dans mon département, on fait les choses dans les règles, voyez-vous.

Contrairement à vous, les *wallahs* des enquêtes criminelles, ici on respecte la procédure. Faites passer l'information au CA Ghosh, si vous le souhaitez. Pas de formulaire de demande, pas d'autorisation. (Il ouvrit un tiroir et en sortit une photocopie.) Remplissez-moi ça et je vous remets votre disque dur sur-le-champ, conclut-il en me soufflant un nouveau nuage de fumée dans la figure.

Je remplis le formulaire aussi vite que possible et le lui tendis. Cette absurdité bureaucratique me mettait hors de moi : rien ne pouvait se faire sans déposer une demande en triple exemplaire, vérifiée, tamponnée, classée dans un dossier, tout ça pour que les chefs de département soient couverts en cas de pépin. L'attaché relut le formulaire attentivement, puis il hocha la tête et tamponna un reçu qu'il me tendit.

— Il est au *malkhana*, dit-il en me chassant d'un geste de la main.

Je descendis quatre à quatre les escaliers menant au sous-sol où se trouvait le *malkhana*, la réserve obscure où étaient stockées les armes saisies et autres pièces à conviction, et présentai mon reçu au *subedar* de service qui feuilletait d'un air las un exemplaire de *Filmfare* derrière son guichet. Il soupira, posa son magazine, en lissa la couverture et disparut dans la réserve grillagée.

Les murs en ciment du *malkhana* étaient maculés d'auréoles d'humidité. La chaleur était étouffante, et le ventilateur qui pivotait lentement au plafond ne faisait que brasser l'humidité ambiante. Les locaux du commissariat devenaient plus crasseux et délabrés à mesure qu'on en descendait les étages ; les bureaux des responsables au sommet, lambrissés et climatisés, dans un état impeccable ; les cellules de garde à vue au sous-sol, sales, puantes et suffocantes.

L'agent réapparut, se rassit et reprit en main son magazine.

— Y a pas, se contenta-t-il d'articuler.

— Comment ça, « y a pas » ? L'attaché au commissaire m'a dit que l'objet avait été déposé ici hier soir.

— Y est plus.

— Montrez-moi le registre, dis-je, les mâchoires serrées.

Je commençais à sentir l'affolement monter. Il me fallait absolument ce disque dur.

— Quelqu'un a bien dû signer quelque part, que ce soit pour le déposer ou pour le reprendre !

Le *subedar* me tendit de mauvaise grâce un livret en piteux état. J'examinai les signatures laissées la veille. Comme par hasard, il n'y avait aucune mention d'un quelconque dépôt ou retrait du disque dur. Je refermai le registre d'un coup sec, remontai quatre à quatre et me dirigeai tout droit vers le bureau de l'attaché au commissaire, à mi-chemin entre la crise de panique et la crise de nerfs.

— Le disque dur n'est pas dans la réserve, annonçai-je en pénétrant dans le bureau enfumé de l'attaché.

— Hein ?

— Le registre du *malkhana* n'indique aucun dépôt ni retrait.

L'attaché frotta son crâne luisant, alluma une nouvelle cigarette et haussa les épaules.

— Qu'est-ce que vous voulez que je vous dise, Rahman ? Je l'ai fait mettre en réserve. Mais ces *subedars*, ils sont trop paresseux pour remplir les papiers.

J'étais en train de perdre le peu de patience qu'il me restait.

— Qui l'a descendu à la réserve?

— Mon assistant.

Il héla le vieil homme en uniforme marron qui attendait devant la porte de son bureau. Arraché à ses rêveries, celui-ci accourut.

— Chef, chef, oui chef?

— Qu'est-ce que vous avez fait du disque dur que je vous ai confié hier? demanda l'attaché en recrachant la fumée de sa cigarette.

— Chef, je l'ai descendu au *malkhana*, assura son homme à tout faire d'un ton vertueux.

— Il dit qu'il n'y est plus, fit l'attaché en me pointant du doigt.

— Je l'ai descendu moi-même, chef, répondit l'homme qui semblait à présent sincèrement offensé et me fixait d'un air accusateur.

L'attaché au commissaire soupira.

— Retournez-y avec le sous-inspecteur et voyez ce qu'il en est.

Une nouvelle fois, je descendis à la réserve suivi de l'aide, et assistai à un échange joliment fleuri entre le vieil homme, qui assurait avoir déposé le disque dur la veille et le subedar, qui assurait que non. Je sentais la moutarde me monter au nez. Je ne pouvais pas perdre mon temps avec des âneries pareilles. Il fallait boucler l'enquête au plus vite et si jamais le disque dur avait disparu…

— Ça suffit! hurlai-je en cognant du poing sur le comptoir.

Ils s'arrêtèrent net et pour la première fois de la

matinée, me regardèrent comme si j'étais un véritable inspecteur.

— Laissez-moi entrer, je vais aller le chercher moi-même, puisque c'est comme ça !

— Non, non, vous ne pouvez pas, vous n'avez pas le droit ! protesta le *subedar*.

Je fermai un instant les yeux pour contenir ma colère face à cet agent tout à coup si tatillon.

— Écoutez-moi bien, sifflai-je, je travaille directement pour le sahib Ghosh. Donc à présent, soit vous me laissez entrer, soit vous pouvez aller chercher un autre travail.

Marmonnant dans sa barbe, le *subedar* se poussa et je pénétrai dans la cage poussiéreuse. Les étagères étaient envahies de caisses et je ne savais pas par où commencer. Au bout de vingt bonnes minutes, après avoir fouillé partout, toujours aucune trace du disque dur. L'élément sans doute le plus décisif de cette enquête, le point auquel tous les autres auraient pu se relier, avait-il purement et simplement disparu ? Où était-il passé ? Et qu'est-ce que j'allais faire maintenant ?

Je restai prostré au milieu des étagères, suffoquant dans l'air nauséabond de la réserve. Si seulement j'avais suivi la procédure, si seulement j'avais rempli ce stupide formulaire avant de solliciter l'aide d'Ashutosh. Si seulement j'étais resté veiller sur le disque dur au lieu d'aller dîner avec Maliha. Si seulement… Mais tous ces « si » ne servaient plus à rien, ils ne faisaient qu'aggraver la situation. Mon immense fierté de la veille laissait place à un profond sentiment d'échec. Impossible de retourner voir le CA ; il serait furieux de mon incompétence et me remplacerait sur-le-champ. Et en moins de temps qu'il n'en faut pour le dire, je pourrais tirer un trait sur ma carrière.

Que faire ? Il devait y avoir une raison pour que Mitra cherche à effacer les vidéos de surveillance. Était-il aussi à l'origine de la disparition du disque dur ? L'idée paraissait extravagante. C'était un gérant d'hôtel, pas un gangster capable de s'introduire dans un commissariat pour voler un objet. Mais j'étais certain qu'il cachait quelque chose. C'était lui qui avait prévenu la police, il avait accès au disque dur et avait semblé nerveux à l'idée que je l'emporte… et il était ma seule piste. Après tout, je n'avais rien sur Sabina Khan, et je ne savais toujours pas qui était l'homme parlant avec Asif Khan sur la vidéo de la fête…

Il fallait que je revienne au point de départ. L'appel de Mitra au numéro d'urgence de la police pour signaler la mort d'Asif. Il contiendrait peut-être un indice.

Le serveur

Londres. Octobre. Lundi.

Répondre aux questions des policiers n'est pas franchement une partie de plaisir. Non seulement je n'ai pas l'habitude de me trouver du côté de ceux qu'on interroge, mais il faut que je mente avec finesse. Ils me demandent ce que je faisais à la fête des Sharma, et comme je ne peux pas leur dire que je travaille illégalement au Tandoori Knights, je raconte que j'ai simplement donné un petit coup de main à Saibal, un ami de ma famille. Je leur parle de ma vie à Calcutta, de ma carrière dans la police, mais pas de mes déboires dans l'affaire Asif Khan – j'espère qu'ils ne creuseront pas. J'omets aussi la dispute que j'ai surprise entre Rakesh et Saibal : c'est un secret qu'il lui appartient de révéler. Ou pas. La bonne nouvelle, c'est qu'apparemment je ne fais pas partie de la liste des suspects.

Ils interrogent aussi les Chatterjee, mais sans rien en apprendre de nouveau. Avant de partir, Campbell sort la bague que j'ai trouvée dans la main de Rakesh et demande à Anjoli et Maya de l'essayer.

— Pas laide mais trop juste pour moi, dit Anjoli qui ne parvient pas à la passer.

Elle la tend à sa mère qui a le problème inverse : la

bague est trop grande pour ses doigts effilés. Déçue, Campbell reprend la bague, dit qu'elle nous recontactera et sort du restaurant suivie de son collègue.

Je dors d'un sommeil agité cette nuit-là, et je fais un horrible cauchemar : j'assiste au sacrifice d'une chevrette blanche qui bêle d'effroi tandis qu'un boucher lui tranche la gorge, faisant jaillir des ruisseaux de sang. Ce qui est encore plus étrange, c'est que l'animal est pendu au ventilateur du plafond, en plein milieu de la pièce. Et que pendant tout ce temps, je regarde ce qui se passe au-dessus de moi, incapable de bouger. Le sang de la chèvre me coule sur le visage, entre dans mes yeux, mes narines et ma bouche jusqu'à ce que je suffoque.

Je m'éveille en nage, la couette au pied du lit, à 8 heures du matin. Alors que mon cœur tambourine encore dans ma poitrine, une voix s'immisce dans ma conscience : c'est Anjoli qui vient d'entrer dans ma chambre.

— Réveille-toi, Kamil ! Neha a été arrêtée ! Il faut qu'on fasse quelque chose ! débite-t-elle avant de s'arrêter en voyant mon air hagard. Ça va ? T'as vraiment une sale tête.

Je me redresse avec peine.

— Je crois que c'est le *paya* de ta mère que je n'ai pas bien digéré. Tu pourrais me faire un café s'il te plaît ?

Impossible de me concentrer dans cet état. Il faut que je me réveille, que je chasse ce rêve de mon esprit. Est-ce qu'il signifie quelque chose ou bien est-ce juste un effet du curry de chèvre gluant, que j'ai englouti hier soir ?

J'arrive dans la cuisine dix minutes plus tard, et Anjoli me tend une tasse de café.

— Comment tu fais pour avaler ces pieds d'animaux, inspecteur Morose ? me lance-t-elle. (Sur son tee-shirt du jour, je déchiffre : *Cause toujours, je t'analyse.*) Neha est au commissariat, reprend-elle d'un air plus grave. Ils l'ont placée en garde à vue. Visiblement ils ont trouvé quelque chose, je ne sais pas quoi, qui la relie au meurtre. Mais je n'y crois pas une seconde. Je la connais, elle n'aurait jamais pu faire ça.

Quant à moi, je ne suis pas tellement surpris. La chaussure de Neha, la coupure à son talon, la bague. Peut-être ont-ils de nouveaux éléments ?

— On savait qu'elle serait la première à attirer les soupçons, dis-je.

— Je ne pense pas qu'ils aient des preuves concrètes, reprend Anjoli. Comment pourraient-ils ? Et Taania, qui est repartie plus tard qu'on ne le croyait ?

— Ils n'ont pas besoin de preuves concrètes pour la mettre en garde à vue. S'ils ont des soupçons, ils peuvent la faire venir pour l'interroger. Mais s'ils ne trouvent rien de précis, ils devront la laisser partir. Ils ne peuvent pas la garder plus d'un jour ou deux sans mise en cause officielle, je crois, dis-je en espérant calmer un peu son inquiétude.

— Bon, en attendant j'ai pas chômé, dit-elle en se ressaisissant. On a plusieurs personnes à interroger et, grâce à mon charme naturel… j'ai convaincu Arjun de nous parler ! Il ne veut pas qu'on vienne à son bureau, alors je lui ai dit de nous retrouver au restaurant. C'est plus discret.

Parfait. La discrétion, ça me va. Je n'ai pas plus envie que ça de me faire remarquer par la police.

Je termine mon café et nous réfléchissons aux

questions à lui poser. Je ne peux pas commettre d'impairs cette fois-ci, ni m'appuyer sur mon uniforme de policier pour convaincre les gens de parler. Et vu la mauvaise impression que mes questions ont déclenchée chez Arjun après la découverte du corps, ça s'annonce délicat.

Deux heures plus tard, Anjoli et moi prenons place sur l'une des banquettes du restaurant. Nous parlons cachés derrière des menus pour éviter que les autres serveurs ne mettent leur nez dans notre enquête.

— Au fait, c'est quoi comme entreprise, PinRak ? dis-je à voix basse.

— Je ne sais pas trop, import, export… d'acier ? de matériaux de construction ? En tout cas, ils ont beaucoup de clients en Inde.

Le nom de l'entreprise me dit quelque chose. J'en ai déjà entendu parler, mais où ? Avant de pouvoir en demander plus, Arjun apparaît à la porte du restaurant, vêtu d'un beau costume bleu marine, chemise blanche et cravate sombre. Salim Mian accourt au son du carillon, flairant un généreux pourboire.

Arjun s'immobilise un instant devant un cadre au mur. Je suis passé devant cette photo un nombre incalculable de fois ces dernières semaines : c'est le Premier ministre indien serrant la main d'un homme d'affaires. Qui, je le réalise soudain, n'est autre que Rakesh. Mais pas le temps de réfléchir à ce que ça signifie, Arjun se dirige vers notre table.

— Hum, vous êtes là, fait-il en me voyant.

— Arjun, merci d'être venu, dit Anjoli en lui décochant son plus charmant sourire. Kamil et moi voulons aider ta famille à faire la lumière sur toute cette affaire. Nous aurions juste quelques questions à te poser, ça ne prendra pas longtemps.

Alors qu'il se glisse sur la banquette face à nous, je remarque à son doigt une chevalière en or.

— Thé ? Café ? propose Salim Mian à Arjun, avant de lever un sourcil interrogateur à mon adresse.

Il n'est jamais aussi poli avec moi d'habitude. Le fait d'être assis à la table d'Arjun semble avoir redoré mon blason. Arjun secoue la tête et Salim Mian repart à la cuisine, déçu de voir son pourboire s'envoler mais impatient de raconter aux autres que je suis passé côté clients.

— C'est une période difficile pour toi, commence Anjoli.

— Oui, c'est très dur.

— Je suis vraiment désolée, Arjun. Oncle Rakesh va terriblement nous manquer. Comment va Pinky, et comment tu te sens ? Ce n'est pas un peu tôt pour reprendre le travail ?

— Ça va, dit Arjun dont le visage se détend un peu. Je préfère être occupé que de tourner en rond à la maison. Tous ces gens qui viennent nous voir en répétant les mêmes condoléances… je n'en peux plus. Maman passe ses journées à pourrir Neha. Croqueuse de diamants, sorcière, vipère… et j'en passe. J'aimerais qu'elle se taise un peu, ça devient gênant. Écoute, Anjoli, je suis content de te voir, mais en ce moment c'est compliqué. Il ne faut pas que je tarde.

Il semble un peu agité. Je me demande s'il n'a pas pris quelque chose.

— Kamil est là pour nous donner un coup de main.

— Je vois, dit Arjun en jetant un rapide coup d'œil à sa montre.

— J'étais sous-inspecteur à Calcutta, dis-je pour lui rafraîchir la mémoire, c'est pour ça que Saibal-da m'a sollicité.

Arjun me regarde froidement.

— La police enquête déjà, ils ont arrêté Neha, qu'est-ce que vous allez apporter de plus ?

— C'est juste histoire de vérifier certains points pour que rien ne soit laissé au hasard. Est-ce qu'on peut commencer par la dernière fois que vous avez vu votre père en vie ?

Arjun lève les yeux au ciel.

— Mais j'ai déjà raconté tout ça à la police.

— Je sais, Arjun, je suis désolée, on essaie juste d'établir clairement les faits.

Il secoue la tête et soupire.

— À 1 h 20 du matin. Il est sorti du salon pour raccompagner l'actrice, Taania. Puis tes parents se sont levés pour aller vous chercher, et moi et Ma, on est restés avec Neha dans le salon. Puis vous êtes revenus, on s'est dit au revoir, et Neha vous a raccompagnés. Et environ un quart d'heure plus tard, je l'ai entendue crier. Avec Ma, on s'est précipités au sous-sol et on a vu papa… Je l'ai sorti de la piscine et puis on est remontés pour téléphoner. J'ai appelé la police et Neha a appelé ton père.

— Neha s'est coupé le pied, nous a-t-elle dit ?

— Oui. Elle a marché sur du verre, je crois. Elle a enlevé les morceaux en vous attendant. Son pied saignait.

Je hoche la tête.

— Et vous avez reçu un message de votre père juste avant qu'on parte, c'est bien ça ?

— Oui, il disait qu'il était désolé. Sûrement à cause de tout son cirque avec cette histoire de fondation. Je lui avais dit que c'était idiot, que la vérité allait finir par éclater tôt ou tard. Mais il n'en a fait qu'à sa tête. Il est têtu comme une mule. Était.

— Et tante Pinky est restée avec toi tout le temps où Neha est partie chercher Rakesh ? demande Anjoli.

— Bien sûr qu'elle est restée avec moi, qu'est-ce que vous insinuez ?

— Rien, c'est juste pour confirmer les faits, fais-je aussitôt. Pouvez-vous nous parler un peu plus des difficultés financières de PinRak ?

Arjun persiste à ne regarder qu'Anjoli. A-t-il si peu de considération pour moi qu'il ne peut même pas s'abaisser à croiser mon regard ?

— Vous êtes au courant ?

— Oui, dit Anjoli. Neha nous en a parlé.

Arjun se racle la gorge.

— J'ai besoin d'un verre.

Il claque des doigts et Salim Mian accourt. Arjun lui passe commande par-dessus l'épaule – un whisky Black Label, pas de glaçons – et la boisson apparaît presque instantanément devant lui. Je n'ai jamais vu Salim Mian déployer un tel empressement. Arjun nous adresse un geste de la main pour nous inviter à prendre aussi quelque chose, comme s'il était chez lui et que nous étions ses invités.

Anjoli et moi secouons la tête à l'unisson. Anjoli murmure :

— Dix heures et quart, c'est un peu tôt pour moi.

— Je suis en deuil, dit Arjun d'une voix sombre. Anjoli, reprend-il après plusieurs gorgées, tu devrais demander à ton père de te parler des problèmes financiers de PinRak.

Elle lève les sourcils.

— Baba ? Que je demande à Baba ?

Il ignore sa question.

— Écoute, mon père était un mec exceptionnel. Il a réussi à se sortir tout seul du ghetto de Basanti et sans un sou en poche, il s'est démerdé pour faire des études et se hisser au sommet…

— Oui, je sais, dit Anjoli.

— Il a peut-être eu un petit peu de chance, mais tu imagines les efforts qu'il a dû déployer ? Il a commencé il y a quarante ans avec un petit magasin de ciment à Howrah et aujourd'hui, PinRak est l'une des plus grosses entreprises de travaux publics d'Inde, et…

— PinRak ! Mais oui, ça y est, ça me revient ! Vous avez décroché le contrat du métro de Calcutta : il y avait des affiches partout là-bas.

Je viens d'interrompre Arjun dans l'énumération des exploits de son père.

— Ce putain de métro, marmonne-t-il, toujours sans un regard pour moi.

— Qu'est-ce que vous voulez dire ?

Il prend une longue pause avant de répondre sèchement :

— PinRak ne travaille plus pour le métro de Calcutta.

— Comment ça ? Pourquoi ? demande Anjoli.

— On a perdu le contrat, répond-il tout bas.

— Mais pour quelle raison ? persiste Anjoli.

— C'est confidentiel et je n'ai pas à m'entretenir de ça avec vous.

Il remue le reste de whisky dans son verre.

— Les soucis financiers de PinRak viennent de là ? dis-je encore.

Arjun éclate d'un rire amer.

— Les soucis ! Ouais, on peut dire ça comme ça, monsieur l'inspecteur. Et pas que pour PinRak. D'autres entreprises vont couler avec nous. (Il lève les yeux vers Anjoli.) On doit tout liquider, mais même une fois que tout sera vendu ça ne suffira pas. Tout notre argent, on a tout mis dans ce métro de merde ! On a dû s'endetter jusqu'au cou, emprunter à tout le monde pour obtenir le contrat. Des milliers et des milliers de *crores* de roupies. Une fondation ! Quelle grosse blague. Le manoir de Neha dans Bishops Avenue : ça aussi ça appartient aux créanciers, maintenant. J'avais dit à papa de faire attention : en Inde, il y a toujours des embrouilles. Et quand ils nous ont retiré le contrat…

— Qui ? Qui vous a retiré le contrat ?

Arjun ne répond pas, il se lève et s'avance vers la porte du restaurant, les poings serrés.

— Qui ? Pourquoi avez-vous perdu le contrat ?

— J'ai dit que c'était confidentiel ! hurle-t-il. Laissez tomber. Ça suffit ! Il faut que j'y aille maintenant.

Nous restons un instant interdits. Puis Anjoli s'approche d'Arjun, pose la main sur son bras et le ramène vers la table.

— Je suis désolée, Arjun, vraiment, dit-elle avec douceur. Je sais que c'est très douloureux pour toi de parler de tout ça. L'entreprise qui s'effondre, la mort de ton père. Prends un autre verre. Ne pars pas comme ça.

Elle fait signe à Salim Mian qui vient remplir le verre d'Arjun.

— Et vous ne savez pas le quart de ce qui s'est passé, fait Arjun avant d'avaler une gorgée.

— Il faut que je te demande une chose, dit Anjoli. Que va devenir Neha maintenant que PinRak a fait faillite ? Quand la police la relâchera, je veux dire.

Arjun soupire d'un air dédaigneux.

— Je sais que c'est ton amie, mais Neha n'est pas aussi naïve que tu crois. Elle n'est pas née de la dernière pluie, je peux te le dire. Elle a très bien su comment embobiner papa quand elle était sa secrétaire. C'est elle qui l'a incité à quitter sa famille. Et à prendre une assurance-vie. Payée par l'entreprise, devrais-je ajouter. Ce qui fait que maintenant que papa est mort, elle va recevoir dix millions de livres. Donc je ne me fais pas trop de soucis pour elle, tu vois. Et d'ailleurs, je l'ai dit à la police.

Anjoli et moi nous nous dévisageons, stupéfaits.

— Papa a insisté pour qu'elle signe un contrat de mariage : elle n'aurait presque rien obtenu en cas de divorce. Mais en cas de décès ? Là, c'est autre chose. Ce n'était pas un suicide, c'est certain. Elle l'a tué. Je l'en crois tout à fait capable. Et la police aussi, visiblement.

— Arjun !

Ça commence à faire beaucoup à encaisser pour Anjoli. De leur côté, les serveurs n'en perdent pas une miette.

— Vous en vouliez à votre père de s'être remarié ? dis-je en cherchant à mettre le doigt sur ce qui émeut autant Arjun.

— Mais qu'est-ce que vous allez encore insinuer ?

J'admirais mon père. Il m'a tout appris. Il a juste fait de mauvais choix à la fin de sa vie. Et Neha en fait partie.

— Que s'est-il passé alors, avec l'entreprise ? Le contrat de Calcutta ? Il y a eu des malversations ?

— Des malversations ? rugit-il. (Il se lève et se penche vers moi.) Bien sûr que non ! Vous nous prenez pour qui ? On est une entreprise honnête. On l'a toujours été. Papa a toujours tenu à ce qu'on fasse les choses dans les clous. On a d'ailleurs reçu des prix pour notre transparence, alors je n'apprécie vraiment pas que vous cherchiez à ternir notre réputation avec ce genre d'accusations. Et en plus vous… vous…

Anjoli me regarde en secouant légèrement la tête pour que je me taise. Visiblement, je suis doué pour mettre en rogne les membres de la famille Sharma. Il faut avouer que je n'ai pas été des plus diplomates. Et si je repense à l'affaire Asif Khan, peut-être que je ne l'ai jamais été.

— Je suis désolée, Arjun. Qu'est-ce qui vous attend maintenant avec l'entreprise ? demande Anjoli, essayant d'apaiser l'atmosphère.

Arjun semble petit à petit retrouver son calme et les serveurs, qui depuis tout à l'heure profitent de ce spectacle inespéré, se remettent consciencieusement au pliage des serviettes et au placement des couverts sur les tables.

— Dans une semaine, on est sous administration judiciaire. Pouf ! Fini ! Nos bureaux sont envahis d'avocats et de comptables, c'est pour ça que je ne pouvais pas vous donner rendez-vous là-bas. Allez, c'est bon, fait-il en terminant son verre. Vous avez eu ce que vous vouliez.

Il va jusqu'à la porte et au moment de sortir, il se retourne pour me lancer un regard mauvais :

— Et vous, vous avez intérêt à me foutre la paix.

Nous sortons nous aérer et faire le bilan de ce qui vient de se passer à l'écart des oreilles curieuses du Tandoori Knights. Je commence à me sentir un peu coupable vis-à-vis des autres serveurs qui doivent finir par me prendre pour un tire-au-flanc.

— C'est horrible, gémit Anjoli. Il est vraiment sous pression. On n'aurait pas dû le déranger.

— Il est toujours aussi désagréable ?

Anjoli réfléchit à ma question en continuant à marcher.

— Pour être honnête, ça a toujours été un enfant gâté. Fils unique, des parents riches, un père rarement présent, une mère de toutes les soirées. Heureusement qu'il y avait les nounous pour s'occuper de lui. Tu vois le tableau. Depuis tout petit, c'est le futur héritier du trône. Toutes ces choses horribles qu'il a dites sur Neha… Je ne réalisais pas qu'il la détestait à ce point. Il a l'air d'être content que les soupçons se portent sur elle.

— Ce qui, au passage, détourne l'attention de lui et de sa mère, dis-je. Il faut qu'on interroge Pinky. Première règle des enquêtes policières : recouper les témoignages. Mais j'imagine que mère et fils n'hésiteront pas à se donner des alibis.

— Je connais Pinky, je le verrai si elle ment. Je vais aller chez elle lui présenter mes condoléances. Cette histoire d'assurance-vie, ça aggrave encore plus le cas de Neha, non ? (J'acquiesce.) Et je me fais du souci pour Baba. Pourquoi Arjun m'a-t-il dit d'interroger papa au sujet des problèmes financiers de PinRak ? Je ne vois pas quels liens il pourrait avoir avec tout ça. Il n'a aucun rapport avec l'entreprise de Rakesh. Il a déjà assez de soucis comme ça avec le restaurant.

— Je ne sais pas. Est-ce qu'autrefois Saibal-da a fait des affaires avec Rakesh ? Comment sont-ils devenus amis ?

— Ils se sont rencontrés à la fac, avant de venir habiter à Londres. Mon Dieu, ça doit bien faire quarante ans maintenant. Avant que Rakesh ne devienne le roi du business. Mes parents sont allés à son mariage avec Pinky. Ils vivaient encore à Calcutta, à l'époque.

— Il y a peut-être plus de zones d'ombre qu'on ne croit dans cette affaire. Tu te souviens de la dispute dont je t'ai parlé entre Rakesh et ton père ? Il est temps de demander à Saibal-da ce que ça signifie.

L’inspecteur

Calcutta. Juillet. Mardi.

Je savais où aller pour récupérer l’enregistrement de l’appel de Mitra au 100, le numéro d’urgence de la police. Le poste de contrôle de Lalbazar. C’était, comme toujours, le chaos le plus total. Au milieu des sonneries incessantes et des flashs sur les écrans d’ordinateur, les opérateurs devaient dispatcher les signalements qui arrivaient aux équipes concernées. Rongé de remords à l’idée d’avoir laissé se volatiliser le disque dur, j’allai trouver le sergent-chef du poste de contrôle, un vieil ami d’Abba. Il était à son bureau en train de mâchonner un cure-dent face à deux moniteurs, la tête coiffée d’un turban blanc.

— Kamil ! s’exclama-t-il en me voyant. Ça fait un bail que je ne t’ai pas vu, *beta* ! Comment va le commissaire Rahman ?

— *Sat Sri Akal*, oncle Singh, Abba va bien. Tu aurais une minute à m’accorder ?

— Pour toi, toujours. Assieds-toi.

Je pris place de l’autre côté du bureau, essayant de bien choisir mes mots sans me laisser distraire par le brouhaha ambiant.

— Je ne sais pas si tu es au courant, mais je m’occupe de l’enquête sur le meurtre d’Asif Khan, commençai-je.

— Mais oui ! *Badhaion*, mon garçon ! Ta carrière est lancée ! s'exclama-t-il en m'attrapant la main pour la serrer vigoureusement. Mais tu n'as pas l'air fou de joie, pourquoi ça ?

Je grimaçai. C'était un euphémisme. Ma carrière était bien partie pour finir sa course dans les égouts de Calcutta, tout ça parce que je n'avais pas pris le temps de remplir un stupide formulaire.

— Oncle Singh, j'ai fait une bêtise. J'ai entreposé une pièce à conviction très importante au *malkhana*, et elle a disparu. C'est déjà arrivé ? Comment faire pour la récupérer ?

J'espérais une réponse qu'il ne pouvait probablement pas me donner. Il supervisait le poste de contrôle, pas le *malkhana*.

— De quoi s'agissait-il ?

— D'un disque dur.

Il pouffa.

— Tu as laissé un disque dur au *malkhana* ? Et tu es surpris qu'il ait disparu ? Ces *subedars* ne sont qu'une bande de voleurs. Il ne faut rien leur confier d'important, toujours le placer dans un coffre, sinon tu peux être sûr que ça disparaîtra. Ils traitent le *malkhana* comme si c'était leur épicerie !

Malgré ma consternation, j'essayai de garder une attitude professionnelle et de me concentrer sur la raison de ma venue : l'appel d'urgence.

— Tu as raison, oncle Singh. Dis-moi, j'aurais aussi besoin de ton aide précieuse pour autre chose. Il me faudrait l'enregistrement de l'appel d'urgence qui signalait la mort d'Asif Khan.

Le visage affable du sergent se rembrunit.

— Pourquoi ? demanda-t-il d'un air méfiant.

Je ne l'avais jamais vu si sérieux.

— L'homme qui a téléphoné est sur la liste des suspects, et j'ai besoin de savoir ce qu'il a dit et comment il l'a dit. Je dois aussi reconstituer l'enchaînement exact des événements, parce qu'on a mis un temps anormalement long à intervenir. Il faudrait que je sache précisément à quelle heure l'appel est arrivé ici avant d'être transféré au commissariat de New Market et à quel moment Ghosh a été prévenu.

Les yeux du sergent rapetissèrent. Il jeta son cure-dent dans une corbeille à papier et se pencha vers moi au-dessus de son bureau. J'approchai mon visage du sien.

— On n'a pas transféré le signalement au commissariat de New Market, chuchota-t-il. Mais directement à Ghosh.

— Ah bon ? murmurai-je. Mais il m'a dit que c'était New Market qui l'avait appelé ?

— Hier, Ghosh nous a donné pour consigne de lui transférer directement tous les signalements d'homicides.

— Tous les homicides ? Pas seulement ceux impliquant des VIP ? Pourquoi a-t-il demandé ça ? questionnai-je, abasourdi.

— Tous les homicides, oui. Pourquoi les commissaires adjoints font ce qu'ils font ? Ça... Moi, je ne suis que sergent-chef !

Il se redressa et prit un nouveau cure-dent. Une terrible inquiétude me saisit. À quel jeu Ghosh jouait-il ?

— Il a déjà donné ce genre de consignes ?

— Non.

— À quelle heure il vous a demandé de le faire ?

— Vers 8 h 30.

Mitra avait appelé le poste de contrôle à 11 h 05. Ghosh avait donc anticipé le signalement du meurtre… Comment était-ce possible ?

— D'autres meurtres ont été signalés durant la matinée ?

— Oui, deux.

— Et vous lui avez transféré les trois alertes ?

— Oui.

— Et qu'est-ce qu'il a dit ?

Le sergent regarda autour de lui pour s'assurer que personne ne pouvait l'entendre.

— Il a dit qu'il s'occuperait lui-même du meurtre d'Asif Khan. Pour ce qui est des deux autres, il nous a demandé de dispatcher aux commissariats de secteur.

— Donc vous n'avez jamais informé le commissariat de New Market du meurtre d'Asif Khan ?

— Non, répondit le sergent. Pourquoi te tracasser avec ça, Kamil ? C'est bien pour toi, non ? Tu es responsable de l'enquête. Résous-la. Tu obtiendras une promotion ! Ton père sera fier de toi. Ne te complique pas la vie. Pas la peine d'aller remuer tout ça.

Sonné, je me levai et hochai la tête sans pouvoir articuler de réponse. Je regagnai mon bureau en songeant à l'énormité de ce que je venais d'apprendre. Ce n'était pas une « simple » affaire. Le commissaire adjoint y jouait un rôle, qui pour le moment m'était totalement obscur.

Que se passait-il ? Mon assurance de la veille était partie en fumée et je commençais à avoir la sensation de perdre mes repères. Je me retrouvai devant une page blanche.

Pas de vidéos de surveillance ; rien pour prouver que Mitra avait cherché à les effacer ; des empreintes qu'on ne pouvait rattacher à personne ; et sur le film de l'équipe de tournage, un homme non identifié. J'étais face au vide, incapable de savoir comment procéder. Et sans la moindre idée de ce que j'allais pouvoir dire à mon chef.

Comme s'il surveillait tous mes faits et gestes, je reçus un message du commissaire adjoint me demandant de venir lui faire mon rapport.

Plein d'appréhension, je montai au dernier étage.

— Rahman, me lança Ghosh d'un air irrité lorsque j'entrai dans son bureau. Le responsable de l'antenne cybercriminelle s'est plaint de votre comportement. Qu'est-ce que vous êtes allé lui dire ?

— Chef, j'ai le regret de vous annoncer que le disque dur que j'avais fait mettre au *malkhana* a disparu. Je me suis emporté et mon attitude était inappropriée. Je vais aller lui présenter des excuses, dis-je en pesant soigneusement mes mots, prêt à essuyer la colère divine de mon supérieur.

— Comment ça, disparu ? Je croyais que vous étiez sur le point de récupérer les fichiers ?

La voix tremblante, je lui expliquai ce qui s'était passé.

— Je vois. Vous auriez dû remplir le formulaire, Rahman. Respecter les procédures, c'est indispensable, quelle que soit la situation. L'attaché au commissaire a pris un malin plaisir à suggérer que la rigueur laissait à désirer dans mon département. Je n'ai pas besoin de ce genre d'inepties en ce moment. Vous avez vu les médias ? Les télés se déchaînent. Elles se lancent dans toutes sortes de spéculations. Est-ce qu'au moins vous avez réussi à récupérer quelque chose sur ce disque dur ? Le gérant de l'hôtel apparaissait sur les vidéos ?

— Pourquoi le gérant de l'hôtel, chef? Non, nous n'avons rien pu récupérer. Le disque dur a disparu avant qu'on y parvienne. Je suis désolé, ça ne se reproduira plus.

— Ça n'a pas intérêt à se reproduire, rétorqua-t-il sèchement. Mais j'y ai réfléchi, dit-il en s'enfonçant dans son fauteuil. Ce Mitra. Vous l'avez interrogé ? Le fait que les fichiers aient été effacés le désigne comme suspect. Vous avez dit que sa nièce avait trouvé le corps ? Et qu'il y avait des préservatifs dans la chambre ? Et si Asif Khan avait tenté quelque chose avec la nièce de Mitra ? Et que Mitra s'en soit rendu compte et se soit vengé ? Il savait que cette statuette de Kali pouvait servir d'arme, et il s'en est débarrassé avant d'appeler la police. Peut-être qu'il apparaissait sur les vidéos de surveillance avec la statuette à la main, et que c'est pour ça qu'il les a supprimées ? Il avait un pass et pouvait entrer dans la chambre sans se faire remarquer. Il a donc un mobile, une arme et un accès à la chambre. Vous n'avez aucun autre suspect, alors allez me chercher ce Mitra, placez-le en garde à vue et fichez-lui un bon coup de pression, il finira par craquer. Allez-y franchement. Vous avez dit vous-même qu'il avait un comportement suspect. C'est pour ainsi dire une affaire classée. Et allez présenter vos excuses à l'attaché au commissaire, qu'il se calme.

Il me sourit et retourna à ses dossiers. J'éprouvai un immense soulagement. J'avais commis une erreur, mais il me donnait une seconde chance. Je songeai à ce qu'il avait dit au sujet de Mitra. C'était possible, et j'aurais dû y penser moi-même, puisque j'avais déjà des soupçons. Oui, il fallait que je soumette Mitra à un véritable interrogatoire, que je l'oblige à avouer qu'il avait effacé les fichiers. Du même coup, il serait obligé de dire ce qu'il avait vu sur les vidéos de surveillance, ou d'avouer le meurtre. Je n'avais pas besoin du disque dur. Je repris confiance.

— J'y vais de ce pas, chef. Merci pour vos conseils. Et chef, pourrais-je vous poser une dernière question? demandai-je avec toute la circonspection possible.

— Mmm-mmm, fit-il en inclinant son fauteuil vers l'arrière, un dossier sous les yeux.

— Je viens de me rendre au poste de contrôle, et ils me disent qu'hier, vous leur avez donné pour consigne de vous appeler si des homicides étaient signalés? Est-ce exact, chef?

Il ne leva pas les yeux de son rapport.

— Je vous ai dit qu'on m'avertissait dès qu'une affaire impliquait des personnalités. C'est une procédure courante. Maintenant, allez vous occuper de ce gérant d'hôtel, j'ai du travail.

— Mais pourquoi avoir demandé que *tous* les homicides vous soient signalés, chef? Et pas seulement ceux impliquant des célébrités? insistai-je.

Il posa le dossier, se redressa et me regarda d'un air impassible. Puis il se leva, fit le tour de son bureau et s'approcha de moi, m'obligeant à reculer.

— Ça suffit, Rahman! siffla-t-il. Je vous ai donné une chance de vous faire un nom avec une grosse affaire, parce qu'on m'avait vanté vos talents. Mais d'une, vous perdez la plus importante pièce à conviction de votre enquête, par pure incompétence. De deux, vous déployez plus d'énergie à rudoyer l'attaché au commissaire qu'à faire correctement votre travail. Et maintenant vous me harcelez de questions au lieu d'aller interroger le principal suspect ?

J'étais à présent collé contre le mur, mais le CA s'avança encore, approchant son visage si près du mien que je pouvais sentir l'odeur du café et des cigarettes dans son haleine. Il poursuivit sur le même ton glacial :

— Sachez que je peux vous retirer cette enquête et même votre badge de policier si vous persistez à faire n'importe quoi. Je peux vous remplacer comme ça ! fit-il en claquant des doigts sous mes yeux. Alors maintenant, débrouillez-vous pour obtenir les aveux du gérant de l'hôtel, je me fiche de savoir comment. C'est un ordre. Si vous êtes trop sensible, c'est que vous n'avez rien à faire ici. Je peux très bien vous transférer dans un village comme *subedar*, si vous préférez. Ce serait sans doute plus adapté à vos compétences. Dans ce monde, Rahman, soit on se bat, soit on se fait bouffer. À vous de décider à quel camp vous appartenez. Moi, ça m'est égal. Bouclez-moi cette affaire, point. À présent, fichez-moi le camp.

Il plongea son regard dans le mien jusqu'à ce que je baisse les yeux.

— Pardon, chef, balbutiai-je. Oui, chef, je vais faire le nécessaire, chef.

Il fit un pas de côté, je le saluai d'une voix presque inaudible et m'empressai de déguerpir. Une fois dans le couloir, je m'immobilisai, tremblant. J'essayai de calmer ma respiration, sous le regard curieux du planton assis devant sa porte. Même Abba ne m'avait jamais passé un savon pareil. L'amabilité première de Ghosh m'avait induit en erreur : on ne parvenait pas à un tel échelon parce qu'on était aimable. Et je ne doutais pas un instant qu'il mettrait ses menaces à exécution si je n'obtenais pas de résultats rapides. Je l'imaginais téléphoner à Abba pour lui annoncer comme il était dommage que je n'aie pas été à la hauteur de ma première grosse affaire.

Je m'adossai fermement au mur du couloir et fermai les yeux. Ghosh avait raison. Mitra était impliqué, et je le prouverais. Je ne pouvais pas me laisser bouffer. Je devais y arriver, ou je ne serais plus que de la pâtée pour chien.

Le serveur

Londres. Octobre. Lundi.

Dans l'appartement des Chatterjee, la télé est allumée sur *Les Rois du vide-grenier*. Saibal agite un journal devant la fenêtre ouverte pour évacuer la fumée de sa cigarette.

— Ah, vous voilà, les enfants. Venez, asseyez-vous, dit-il avec une décontraction un peu forcée. Ce type envoie des idiots dans des vide-greniers acheter des vieilleries qu'ils croient pouvoir revendre à prix d'or. *Cha khabé ?*

Anjoli hausse un sourcil puis déplace ostensiblement son regard vers le mégot que Saibal a écrasé dans sa tasse. Maya n'aime pas qu'il fume à l'intérieur.

— Il faut qu'on te parle, Baba, annonce-t-elle en éteignant la télé.

Elle se laisse tomber dans le canapé en similicuir sous le calendrier du garagiste.

— Qu'est-ce que tu fais, Anjoli ? dit Saibal en jetant discrètement, croit-il, le mégot par la fenêtre. J'étais en train de regarder cette émission !

— Où est Ma ? demande Anjoli.

— Elle fait une petite sieste avant le service du soir. Qu'est-ce qu'il y a ?

— On a commencé notre enquête, Baba. On a vu Arjun. Il nous a raconté des choses intéressantes. Il a mentionné ton nom…

— *Hain ?* Qu'est-ce qu'il a dit ?

Je prends le relais, conscient qu'Anjoli ne devrait pas avoir à interroger son propre père. Et a priori il n'y a aucune raison de lui cacher quoi que ce soit.

— Il a confirmé que PinRak était en faillite et que Rakesh avait tout perdu, dis-je. Il a aussi laissé entendre que tu étais au courant. Quand est-ce que Rakesh t'en a parlé ?

Saibal semble mal à l'aise. Son regard passe de l'un à l'autre.

— Je… Je me doutais qu'il y avait un problème, finit-il par dire à contrecœur. Je ne savais pas ce qu'il en était exactement avant qu'Arjun m'en parle à la soirée.

— Baba, qu'est-ce qui se passe ? Kamil vous a entendus vous disputer avec Rakesh…

— Nous disputer ? Quand ça ?

— Pendant la fête, dis-je. Vous étiez dehors sur la terrasse.

— Alors comme ça tu nous espionnais ? Et je peux savoir où tu te cachais ? fait-il en dodelinant de la tête d'un air sarcastique.

Je sais de qui Anjoli tient ça maintenant.

— Il n'était pas caché, Baba. Il vous a entendus depuis la fenêtre de la chambre de Rakesh et Neha où on était montés tous les deux, et…

— Quoi ? l'interrompt Saibal d'un air horrifié. Vous êtes allés dans leur chambre ? Pour quoi faire ? Ce n'est vraiment pas convenable. Tous les deux dans une chambre ?

— Arrête, Baba. Kamil est comme un frère pour moi, tu le sais bien, dit Anjoli avec agacement.

J'ai l'impression de recevoir un coup dans le ventre. Je ne saurais dire exactement pourquoi. Nous sommes proches, mais… comme un frère ? Ça me fait drôle d'entendre ça…

— Arrête de changer de sujet, Baba. Il faut tirer cette histoire au clair.

— Ça avait l'air d'une vraie dispute, Saibal-da, dis-je. De quoi s'agissait-il ?

Saibal semble de plus en plus gêné.

— Vous le découvrirez tôt ou tard, alors autant que ce soit moi qui vous l'apprenne, se résout-il à dire. Mais d'abord, j'ai besoin d'une tasse de thé.

— Je te la prépare, soupire Anjoli en se levant.

Un silence pesant s'installe entre Saibal et moi. Il tripote le coussin sur ses genoux tandis que je regarde la pluie tomber. Je repense au commentaire d'Anjoli : je ne sais pas pourquoi ça me contrarie à ce point. Elle revient avec un plateau.

— Voilà ton thé. Maintenant, parle.

Je retiens un sourire devant son numéro de « méchant flic ».

Saibal attrape prudemment la tasse chaude et prend une petite gorgée, puis croque dans un biscuit sous le regard sévère de sa fille.

— Bon, alors… commence-t-il. Notre entreprise…

— Le Tandoori Knights ? demande Anjoli.

— Oui. Enfin, non. Quand on est arrivés à Londres, avant ta naissance, on avait une autre entreprise. Un magasin de bijoux sur Ealing Road, avec un associé. Je l'ai ouvert grâce à nos économies et un prêt de la banque. On importait de l'or et des diamants d'Inde et on les revendait au détail. Ta mère était une vendeuse et une comptable hors pair.

— Et l'associé, qu'est-ce qu'il faisait? dis-je.

— Il achetait la marchandise côté indien. Les affaires commençaient à bien marcher. Lorsque Maya a été enceinte de toi, Anjoli, j'ai insisté pour qu'elle lève le pied. Et je n'ai pas été aussi vigilant que j'aurais dû l'être, ajoute Saibal en baissant la tête. Un soir, notre associé a pris la fuite vers l'Inde avec tout le stock et l'argent. On n'a jamais pu lui mettre la main dessus et on a tout perdu. Je ne pouvais même plus rembourser mon emprunt à la banque. On allait avoir un bébé, on n'avait nulle part où habiter. J'étais désespéré. C'est là que Rakesh est intervenu. Ses affaires marchaient bien, et on était amis depuis le début de nos études à Calcutta…

La voix de Saibal se brise et ses yeux se remplissent de larmes. Il détourne la tête.

— Il a été très gentil, il nous a prêté l'argent dont on avait besoin pour nous remettre sur pieds, reprend-il. Très généreux. Il nous donnait une seconde chance et ta mère est une excellente cuisinière, alors on a monté un restaurant. Le Tandoori Knights. Chouette nom, hein? C'est moi qui l'ai trouvé. (Il lance un grand sourire à Anjoli, les yeux encore humides.) On t'amenait au restaurant et tu restais dans ton berceau toute la journée pendant que ta mère et moi, on travaillait. Les clients étaient gagas de toi. Ce n'était pas une période facile, mais ça allait mieux. J'avais encore des dettes vis-à-vis de Rakesh, mais il était vraiment chic pour ça. Et puis je lui ai encore emprunté pour pouvoir acheter l'immeuble et habiter au-dessus du restaurant. Mais je n'avais pas les moyens de rembourser mes dettes. Lui, entre-temps il était devenu millionnaire. Chaque fois que je lui en parlais, il me disait de ne pas m'inquiéter. Le restaurant et l'appartement étaient à son nom : il aurait fallu que je le rembourse entièrement pour devenir propriétaire. J'avais confiance en Rakesh. En tant qu'homme d'affaires, en tant qu'investisseur, en tant qu'ami. Je n'aurais jamais imaginé qu'un jour, il pourrait faire faillite. Toutes ces années à travailler sans relâche au restaurant. Tellement que l'odeur de masala est incrustée dans nos vêtements. Et tout ça pour quoi ?

Il baisse les yeux, bouleversé. J'ai du chagrin pour lui. Je l'ai toujours connu comme le copain londonien d'Abba, sans avoir la moindre idée des difficultés qu'il traversait.

Anjoli s'assied à ses côtés et lui prend la main. Il sourit et lui caresse les cheveux. Il semble presque soulagé. Je reprends :

— Quand as-tu commencé à comprendre que Rakesh avait des problèmes financiers, Saibal-da ?

— Il y a environ deux mois. Il est venu au restaurant et m'a dit qu'il devait vendre l'immeuble. Notre immeuble. PinRak avait des problèmes d'argent et il fallait qu'il liquide des biens. Il venait de perdre un gros contrat. Il voulait bien me le revendre, mais avec quel argent l'acheter ? Il en demandait un million et demi de livres. Brick Lane est devenu tellement cher que les gens sont obligés de partir. Je ne comprenais pas pourquoi il voulait absolument vendre notre restaurant, mais il disait qu'il n'avait pas le choix. Il m'a laissé six semaines pour trouver l'argent. La banque a refusé ma demande de prêt : mon dossier n'est pas bon, je n'ai même pas fini de rembourser l'emprunt que j'avais fait pour créer ma première entreprise. Je n'ai personne d'autre vers qui me tourner. À la fête, j'ai redemandé à Rakesh s'il pouvait me laisser plus de temps, mais il a refusé. C'est ce que tu as dû entendre, Kamil.

J'acquiesce, désolé.

— Voilà. Je ne peux rien y faire. Mauvais karma. J'ai dû faire quelque chose de terrible dans ma vie antérieure pour mériter ça. Je ne voulais pas vous en parler avant de savoir exactement ce qui nous attendait.

— Je suis vraiment, vraiment désolée, Baba, dit Anjoli au bord des larmes. Je ne savais pas. Mais je vais trouver un vrai travail, et vite. Les choses vont s'arranger, je vais tout faire pour vous aider. Je vais vous donner mes économies.

— *Dhut !* Ne dis pas de bêtises ! dit Saibal. Je n'accepterai pas un centime de ta poche : tu en auras besoin pour prendre un appartement. Ne t'inquiète pas. Je tiens ce restaurant depuis trente ans. Je peux faire quelque chose d'autre, à présent. Tout a changé à Brick Lane. Les habitués ont disparu, il n'y a plus que des jeunes et des touristes. Il faut faire attention aux avis des gens sur Trip Advisor et Instagram. Du grand délire. Click-click devant leurs assiettes toute la soirée. Et vas-y que je te twitte, et vas-y que je te schnapse. Bien manger, être bien servi, ça ne suffit plus. Maintenant il faut aussi une jolie présentation, tu comprends, pour que les gens puissent prendre leurs petites photos. Mais tu m'expliques comment on fait pour rendre un chapati photogénique ? Peut-être que Rakesh m'a rendu service, tout compte fait.

Anjoli est bouleversée.

— Et Ma ! Pauvre Ma ! Comment elle prend tout ça ?

— Elle est forte, elle peut faire face à n'importe quelle situation. On est déjà repartis de zéro. On peut le refaire.

— Je suppose que c'était le sens du message de Rakesh ? dis-je. Il a dû être pris de remords.

— Sans doute, dit Saibal. Il n'était pas méchant, c'est juste qu'il se trouvait dans une position difficile. Le contrat qu'il a perdu, il n'y pouvait rien.

— On va vous aider, dit Anjoli avec détermination. On va sauver le restaurant.

Saibal lui tapote l'épaule.

— Toujours prête à te battre, toi. Elle ne baisse jamais les bras, ma fille, dit-il fièrement en me regardant. Elle aurait dû devenir avocate.

Quelque chose me tracasse. Comment la fortune de PinRak a-t-elle pu disparaître aussi soudainement ? Je ne suis pas un expert de la finance, mais qu'une entreprise multimillionnaire s'effondre comme ça du jour au lendemain est pour le moins surprenant. Et s'ils ont investi tout leur argent dans le projet du métro, pourquoi ont-ils perdu le contrat ? Je n'ai entendu parler d'aucun problème avec la construction. D'après les journaux de Calcutta, le chantier évolue comme prévu. Et Arjun nous a certifié qu'il n'y a pas eu de malversations.

— Saibal, tu sais pourquoi PinRak a perdu le contrat du métro ?

Il me regarde d'un air perplexe.

— Rakesh ne m'a jamais vraiment donné d'explication, il a vaguement parlé de problèmes en Inde. Mais il a quand même dit une chose étrange, ajoute-t-il comme s'il venait de s'en souvenir. Il y a environ un mois et demi, quand je lui ai posé la question, il a répondu que c'était ta faute, Kamil. Il a dit qu'ils avaient perdu le contrat à cause de toi. À cause de quelque chose que tu aurais fait…

L'inspecteur

Calcutta. Juillet. Mardi.

— C'est le moment de passer aux aveux, Mitra, dis-je en essayant de masquer la nervosité dans ma voix.

Mitra jeta un regard inquiet autour de lui. Le sol de la miteuse salle d'interrogatoire était maculé de taches douteuses. Le néon au plafond était cassé, plongeant la moitié de la pièce dans une obscurité crépusculaire, et la haute fenêtre à barreaux semblait aspirer plus de lumière qu'elle n'en laissait entrer.

— Passer aux aveux, sahib ? Mais pour avouer quoi ? demanda Mitra.

Je n'étais pas fier de ce que je m'apprêtais à faire : mettre mes scrupules de côté. Le CA avait été clair, il fallait que je sois sans pitié. J'espérais convaincre Mitra de coopérer sans avoir à en venir aux mains. Je n'avais jamais brutalisé un suspect, mais Ghosh attendait des résultats. Il me fallait des aveux. Et vite.

— Vous voyez très bien ce que je veux dire. Asseyez-vous.

Hazra tira une chaise et tapota l'assise d'un air encourageant. Mitra nous regarda anxieusement avant de s'asseoir, Hazra derrière lui.

— Je vais vous le demander gentiment, Mitra, fis-je en me penchant vers lui. Dites-moi la vérité. Qu'est-il arrivé aux vidéos de surveillance ?

Il leva les yeux vers moi et s'humecta les lèvres.

— Je vous l'ai dit, sahib. Il y a eu un dysfonctionnement.

Une goutte de sueur lui roula sur la tempe. Il mentait. Je me rapprochai un peu plus de lui.

— Nous avons une équipe de techniciens experts en informatique et nous savons que vous avez effacé les fichiers.

Recroquevillé sur sa chaise, il ressemblait à un vieillard chétif.

— Pourquoi aurais-je fait une chose pareille, sahib ? Je ne demande qu'à coopérer avec la police.

Je m'approchai encore. Mitra tenta de reculer sa chaise, mais Hazra la bloqua du pied.

— Mais parce que, Mitra, les vidéos vous incriminent, murmurai-je en prenant mon air le plus menaçant.

Il secoua vigoureusement la tête.

— Non, non, sahib…

Mes jambes touchaient ses genoux. Hazra posa les mains sur ses épaules. *Parle, s'il te plaît, parle*, priai-je intérieurement. Hazra me lança un regard interrogateur, comme pour me dire : *qu'est-ce que vous attendez ?* Mais je n'étais pas de ceux qui levaient la main sur les autres. Même si c'était courant chez les policiers de Calcutta, je ne pouvais m'y résoudre.

— Non ! Le système a cessé de fonctionner ! gémit Mitra. Je n'ai rien à voir avec le meurtre. Je le jure sur la tête de mes enfants !

— Alors pourquoi vous êtes aussi nerveux, *ei* ? lui souffla Hazra à l'oreille, cherchant à m'aider.

Pour lui montrer un peu qui était le chef, je me penchai et me retrouvai nez à nez avec Mitra. Ça avait très bien fonctionné sur moi : le CA avait réussi à me terroriser. Hazra lui empoigna les épaules.

— Nerveux ? Je ne suis pas nerveux, répondit Mitra, contredit par sa respiration saccadée.

— Vous transpirez sacrément pour quelqu'un qui n'est pas nerveux, fis-je en lui montrant la goutte que je venais d'essuyer sur son front.

— Il fait chaud. Humide. C'est la mousson…

Comme pour lui faire écho, le tonnerre retentit. Je me sentais ridicule dans ce rôle de méchant flic de série B.

— C'est votre dernière chance. Dites-moi la vérité, ou je ne réponds pas de ce qui risque de vous arriver. Vous apparaissiez sur les vidéos de surveillance, c'est ça ? Est-ce que vous avez voulu vous venger de quelque chose ? Est-ce qu'Asif Khan, avec son pouvoir et ses privilèges, vous a porté tort, à vous ou à votre nièce ? Est-ce pour ça que vous avez effacé les fichiers ? Ou est-ce que quelqu'un vous a payé pour le faire ?

Je vis une étincelle dans ses yeux. J'avais touché une corde sensible.

— Je n'ai pas cherché à me venger, et personne ne m'a payé.

Il ferma les paupières pour éviter mon regard. Je me redressai en me demandant quelle décision prendre. Mitra était impliqué d'une manière ou d'une autre, mon instinct me le disait. L'étape suivante consistait donc à faire ce qu'on m'avait ordonné de faire, c'est-à-dire à en venir aux mains. Je fis craquer mes doigts.

Hazra leva un sourcil interrogateur, son poing fermé au-dessus de la tête de Mitra. Il fallait que j'arrête de tergiverser. L'enjeu était trop grand. Je pris une grande inspiration. La pitié que je lisais dans le regard d'Hazra acheva de me convaincre. *Mais quelle chochotte !* semblait-il penser. Je lui adressai un léger hochement de tête.

Hazra empoigna Mitra, l'obligeant à se lever et, déjà essoufflé par l'effort, tenta de lui assener un coup de poing dans l'estomac. Mais il manqua sa cible. Ça tournait au gag. Embarrassé, Hazra décocha un autre coup maladroit qui, cette fois-ci, atterrit au bon endroit. Mitra hurla de douleur et s'écroula sur le sol crasseux dans son costume impeccable. Je grimaçai, autant pour la souffrance infligée à Mitra que pour le pitoyable savoir-faire d'Hazra. Ce dernier semblait prêt à recommencer, mais je l'arrêtai d'une main.

— Dites-moi ce que je veux savoir, ou… fis-je en montrant du doigt Hazra qui ouvrait et fermait le poing, imperturbable.

— Je vous jure, je ne sais pas ce qui s'est passé ! implora Mitra. Le système de surveillance est tellement peu protégé, n'importe qui aurait pu y toucher.

Hazra attendait mon signal, le pied prêt à s'abattre sur la cheville de Mitra. Refusant de le brutaliser davantage, mais voulant lui montrer que le cas échéant, je n'hésiterais pas, je m'agenouillai à côté de lui, lui tordis l'oreille et criai d'une voix chancelante :

— Mitra, si je découvre que vous m'avez menti…

— JE NE MENS PAS ! me hurla-t-il au visage, pleurant de rage et de douleur.

Une douleur que je lui avais infligée, en me servant

des poings d'Hazra. Sans me quitter des yeux, il ajouta en détachant chaque mot :

— Je n'ai pas tué Asif Khan.

Je le croyais. Je tournai la tête, incapable de soutenir son regard. Peut-être savait-il quelque chose sur le meurtre, mais il n'avait pas tué Asif. Le CA avait tort. Mais si ce n'était pas lui, qui était-ce ?

Nous restâmes assis en silence. Hazra attendait mes instructions, me jetant des petits coups d'œil inquiets.

Mitra pouvait peut-être nous être utile à autre chose. Je sortis mon téléphone et lui montrai l'extrait vidéo dans lequel Asif Khan discutait avec un mystérieux inconnu.

— Qui est cet homme ?

— C'est Asif Khan, murmura-t-il.

— Non, pas lui. L'homme avec lequel il parle ! grondai-je.

Mitra regarda de nouveau les images, les yeux encore embués de larmes.

— C'est Jaideep Sanyal.

Tout à coup, je le reconnus. Je savais bien que son visage m'était familier !

— Jaideep Sanyal ? Le fils du Premier ministre ?

Mitra leva la tête vers moi. Je n'arrivais pas à saisir son expression. Était-ce de la peur ? Craignait-il qu'on le frappe de nouveau ou… était-ce autre chose ?

— Oui, répondit-il simplement.

Je l'examinai, perplexe.

— Y a-t-il quelque chose d'autre que vous voulez me dire, Mitra ?

— Non. Je peux y aller maintenant ? demanda-t-il, le regard fuyant.

Je hochai la tête. Sous escorte d'Hazra, il se leva et regagna la porte d'un pas raide, la main sur le ventre, sans se retourner.

Resté seul dans cette pièce nauséabonde, j'eus un haut-le-cœur. La pression et la crainte de perdre mon travail avaient eu raison de mon jugement, et j'avais franchi la ligne rouge. Rongé de remords, je contemplai le ciel gris à travers les barreaux de la fenêtre. Abba avait toujours condamné la brutalité qui sévissait quotidiennement dans les rangs de la police, il m'avait toujours dit que ce n'était pas à la force des poings qu'on résolvait les affaires, mais en travaillant dur et en se servant de ses cellules grises. Maliha passait ses journées à plaider contre des policiers qui avaient tué des suspects « accidentellement ». Je ne valais pas mieux, tout compte fait. L'époque où j'avais fait le serment de protéger mes semblables me semblait bien loin tout à coup. J'étais passé de l'autre côté.

Mon téléphone émit un signal. Un message WhatsApp d'Ashutosh : *Suis en train d'éplucher les finances d'Asif Khan. Ça sent pas bon. Grosses dépenses, gros emprunts, difficultés à rembourser. Je continue à fouiller.*

Pour éviter de penser à Mitra, je passai le reste de l'après-midi à des tâches administratives. Hazra était parti recueillir les empreintes de Sabina Khan et devait lui demander si elle avait connaissance d'un lien particulier entre son mari et Jaideep Sanyal. Finissant par en avoir par-dessus la tête de remplir les mêmes papiers inutiles, j'allai sur internet faire mes propres recherches.

Rien de ce que je trouvai ne faisait beaucoup

progresser l'enquête. Pour achever de me démoraliser, en revanche, c'était efficace. Jaideep et moi, nous avions le même âge, et il avait déjà accompli mille fois plus de choses que moi.

Pour commencer, il était dans la liste des « personnalités à suivre » du *Time Magazine*.

Il avait fait les meilleures études : St Xavier's School, Presidency College, et un MBA à Wharton aux États-Unis.

Il avait occupé les meilleurs postes, dont deux ans chez Goldman Sachs à New York, puis il était rentré à Mumbai pour créer sa propre entreprise, JSRS Investments, spécialisée dans le financement du secteur audiovisuel, au capital de 100 millions de dollars.

Bien entendu, il ne venait pas de n'importe quelle famille : il était le fils unique de Ranjit Sanyal, Premier ministre de l'État du Bengale-Occidental qui, depuis une décennie, ne cessait de rafler les suffrages en tant que grand défenseur des pauvres ; tout en sachant défendre les intérêts de son rejeton, puisque vraisemblablement, le « RS » du fonds d'investissement de son fils, c'était lui.

Pour finir, Jaideep avait une vie sociale flamboyante : frayant avec toutes les célébrités du globe, s'affichant toujours avec de magnifiques actrices ou mannequins.

Il fallait que je sorte m'aérer, ou j'allais finir par étouffer entre ces quatre murs. J'éteignis mon ordinateur et commençais à rassembler mes affaires quand m'arriva un message de Hazra : *Sabina Khan m'a offert un* cha *!!! Ses empreintes pas les mêmes que celles de l'hôtel et pas de traces sur sa robe, mais confirme des problèmes d'argent. Asif a reçu 10 lakhs de roupies en liquide le mois dernier et devait en recevoir 10 autres ce* *mois-ci !! Pas d'Asif/Sabina/Jaideep sur vidéo de la fête après minuit. S connaît pas Jaideep Sanyal. Chauffeur de S dit qu'Asif allait dans un bar discret quand il était à Calcutta : le Voodoo Club !! Suis pas de service ce soir donc peux pas aller vérifier.*

C'était typique de Hazra : s'arrêter juste au moment où on tenait peut-être quelque chose. Son utilisation hystérique des points d'exclamation mise à part, il fallait admettre que tout cet argent liquide était curieux : peut-être une piste à creuser. Mais avec Sabina visiblement hors de cause, et mon échec complet avec Mitra, je me retrouvais maintenant sans aucun suspect. Tout ce qu'il me restait, c'était cette silhouette sur la vidéo de la fête, ce Jaideep Sanyal, le fils du Premier ministre. Comment faire pour entrer en contact avec lui ?

J'appelai Hazra pour lui demander plus de détails sur son entrevue avec Sabina et l'informai dans des termes aussi clairs que possible qu'en ce qui me concernait, il était de service vingt-quatre heures sur vingt-quatre et sept jours sur sept jusqu'à ce qu'on mette la main sur le coupable. Il offrit timidement de m'accompagner à ce mystérieux bar, mais je me dis tout compte fait qu'il valait mieux que je m'y rende incognito et donc sans Hazra, qui n'était pas exactement du genre à se fondre dans la masse, sauf en cas de soirée à thème « déguise-toi en policier ». Maliha ferait bien mieux l'affaire. Nous devions dîner ensemble et elle serait une parfaite Dr Watson.

Je la retrouvai dans un bar face à ce qui était censé être le Voodoo Club, mais le lieu devait être si confidentiel que rien n'en signalait l'entrée.

— Qu'est-ce qu'il y a ? Pourquoi nous retrouver ici et pas à Tangra comme prévu ? demanda-t-elle.

Je m'assis et commandai une bière.

— J'ai besoin de ton aide, ça concerne mon enquête. Je dois me rendre dans un club privé qui devrait se trouver derrière l'une de ces portes, dis-je en pointant du doigt l'autre côté de la rue. Le Voodoo Club.

— Jamais entendu parler. Et d'ailleurs, vous ne m'avez jamais emmenée en boîte de nuit, sous-inspecteur Rahman. Serait-ce la crise de la trentaine ?

— Mais si, on est déjà allés danser... commençai-je avec une pointe d'indignation, avant de remarquer son petit sourire. OK, bon, il faut qu'on garde l'œil sur cet endroit. Si on voit des gens entrer, on fonce. Je te raconte en deux mots l'histoire...

Je lui fis un bref résumé de l'affaire, en prenant soin d'omettre mon comportement avec Mitra. Elle aurait été horrifiée d'apprendre que je n'avais rien fait pour empêcher Hazra de le frapper ; en réalité, je lui en avais même donné l'ordre. J'avais tellement pris l'habitude de me confier à Maliha, en particulier quand je n'osais pas solliciter l'avis de mon père. Mais je craignais que cette fois-ci, ce soit pousser le bouchon trop loin, d'autant que les violences policières contre des innocents s'étaient multipliées ces derniers temps.

— Je suis désolé, ce n'est pas très romantique comme rendez-vous... mais ça aurait été encore moins romantique avec Hazra, dis-je.

Elle eut un petit sourire et se pencha au-dessus de la table pour me donner un baiser. Nous trinquâmes et commençâmes à grignoter nos beignets d'aubergine, puis Maliha me raconta sa journée. Je sentais déjà mes tracas s'estomper. Elle en était venue à la liste des invités à notre mariage quand je l'interrompis :

— Maliha, regarde !

Deux hommes élégamment vêtus venaient de sonner à l'une des portes de l'autre côté de la rue. Ils parlèrent dans l'interphone et la porte s'ouvrit. Nous nous jetâmes un regard entendu, vidâmes nos bières et, après avoir posé un billet sur la table, filâmes entre les voitures jusqu'au trottoir d'en face. Là, j'appuyai sur la sonnette de la mystérieuse porte.

— Oui ?

— C'est le Voodoo Club ?

— Qui est-ce ? C'est réservé aux membres.

— Euh... je suis un ami de...

— Asif Khan ! s'écria Maliha.

— M. Khan est malheureusement décédé.

— Nous le savons, dit Maliha. Et nous sommes venus lui rendre hommage, improvisa-t-elle. Nous l'avions accompagné une fois, et nous avions vu combien il appréciait cet endroit.

Il y eut une légère hésitation, puis le buzzer retentit et la porte s'ouvrit. Nous franchîmes un rideau de perles et pénétrâmes dans une pièce chaude et obscure avec des alcôves et des banquettes en velours, des bougies et du jazz en fond sonore. Des hommes dansaient sur la minuscule piste de danse, d'autres buvaient des verres. À l'arrière, un couloir donnait sur d'autres pièces encore plus confidentielles.

— Oh, dit Maliha en me donnant un petit coup de coude, c'est ce genre de club privé.

— Hein ?

— Il n'y a pas de femmes, Kamil ! C'est un bar gay !

Je secouai la tête. Elle devait se tromper. Puis jetant un regard plus attentif aux tee-shirts moulants et aux hommes qui se déhanchaient, je me dis qu'elle avait raison.

Nous trouvâmes au bar deux tabourets libres en forme de fer à cheval et commandâmes deux bières au jeune et beau barman, lui aussi vêtu d'un tee-shirt blanc très moulant.

— La troisième est pour vous, dis-je.

Il remercia et décapsula trois bières.

— Je m'appelle Kamil et voici Maliha. Ça fait longtemps que vous travaillez ici ?

— Deux ans, dit le barman.

— Je peux vous poser quelques questions ?

— Vous pouvez toujours les poser, répondit-il.

— Vous avez entendu parler de la mort d'Asif Khan ?

— Bien sûr. C'est triste.

Un serveur lui fit signe et il versa un alcool vert dans un shaker.

— Il venait souvent passer la soirée ici ? demandai-je.

Il secoua vigoureusement le shaker.

— Désolé, mais c'est un club privé. Je n'ai pas le droit de parler de nos membres.

— Bien sûr, je comprends, dis-je en sortant un billet de cinq cents roupies.

Il posa le shaker et empocha le billet.

— Ouais, je l'ai vu quelquefois. Il venait plus ou moins régulièrement.

— Avec quelqu'un en particulier ?

— Non, pas que je sache. La plupart des gens viennent ici pour faire des rencontres. C'est pas vraiment un endroit pour les couples, ajouta-t-il en nous lançant un regard complice qui fit pouffer Maliha.

Il nous tendit nos verres et nous migrâmes vers une banquette qui nous donnait un bon aperçu de la salle.

— Et toi, tu viens souvent ici ? me demanda Maliha en gloussant. T'as rencontré quelqu'un en particulier ?

Je lui fis une petite grimace et pris une gorgée de bière.

— Ça ne te fait pas bizarre d'être la seule femme ?

Elle regarda autour d'elle.

— Un peu. C'est triste de se dire que les gens en sont encore à se cacher à notre époque. Que ce soit illégal d'être soi-même.

— Ils sont bien obligés, la section 377 dit que l'homosexualité est un crime « contre-nature », passible de la prison à perpétuité.

Elle leva les yeux au ciel, sa colère vis-à-vis des injustices de notre société recommençait à bouillonner en elle.

— Cette fichue loi des « crimes contre-nature » a été écrite il y a cent cinquante ans par les Britanniques ! Comment est-il encore envisageable de l'appliquer aujourd'hui ? On transforme dix pour cent des gens en criminels. On a plaidé contre cette loi l'an dernier, et le juge a déclaré que réviser la loi entraînerait « une épidémie de sida et de pédophilie ». C'est quand même impensable ce niveau de préjugés !

Elle avala une gorgée de bière, l'air furieux. La persécution des gays jusque dans les tribunaux était révoltante, je partageais entièrement son avis.

— Hier, c'étaient les intouchables, aujourd'hui ce sont les homos ou les musulmans, ça n'en finit jamais. Ce pays est tellement…

— Je suis d'accord, dis-je avec conviction, et… *Oh my God.* Regarde qui vient d'entrer.

Fendant le rideau de perles d'un pas assuré, comme s'il était le maître des lieux, l'homme dont je venais de chercher le nom sur Google quelques heures plus tôt fit son entrée dans le club. Les choses devenaient drôlement intéressantes.

— C'est pas le fils du Premier ministre, Jaideep Sanyal ? demanda Maliha qui était plus au courant de la politique que moi.

— C'est bien lui. Et je ne te l'ai pas encore dit, mais il était à la fête d'Asif. Je crois que je vais aller le saluer. Garde-moi ma place.

Enhardi par ma quatrième bière de la soirée, je m'approchai de Jaideep, adossé au comptoir, décidé à jouer franc-jeu.

— Black Label. Avec des glaçons, lança-t-il au barman sans plus de politesse.

— Jaideep, bonsoir, dis-je.

Il se tourna vers moi.

— Je suis le sous-inspecteur Kamil Rahman. Je dirige l'enquête sur le décès de votre ami, Asif Khan.

Grand, beau gosse, bien habillé, il portait des vêtements de marque, pas trop tape-à-l'œil mais quand même, et des lunettes noires Dolce & Gabbana tout à fait superflues dans une pièce obscure. Malgré la moiteur des lieux, il ne semblait pas transpirer d'un poil, et je pris conscience avec gêne des auréoles de sueur sur ma chemise, maladroitement rentrée dans mon chino trop large et de marque inconnue.

— Enchanté, sous-inspecteur. C'est tragique, dit-il d'un air sombre, la voix grave et mielleuse, avec une légère pointe d'accent américain. J'espère que vous mettrez la main sur le coupable. Qu'est-ce que vous venez faire ici ?

Son visage était impassible.

— Je crois savoir qu'Asif venait souvent dans ce club. Mais, je pourrais vous poser la même question ?

Jaideep ne répondit pas tout de suite.

— Écoutez, inspecteur, ce n'est pas ce que vous croyez. J'ai un rendez-vous d'affaires avec un client. Je suis assez connu à Calcutta, donc je dois trouver des endroits… discrets. Vous voyez ce que je veux dire.

— Oui, bien sûr. Si je peux me permettre, est-ce que vous êtes déjà venu ici avec Asif?

Je sentais les questions se bousculer dans l'esprit de Jaideep.

— Oui, on s'est retrouvés ici plusieurs fois pour parler du financement de son film, finit-il par dire.

— Combien de fois ?

— Plusieurs.

Une idée me trottait dans la tête depuis notre arrivée : Asif Khan, le plus grand sex-symbol de notre époque, était-il gay ? Cela expliquait peut-être l'indifférence manifeste de Sabina pour la vie sexuelle de son mari.

— Et vous étiez à la fête ? Le soir de sa mort ?

— Oui, il m'avait invité. Je participe au financement de ses films. J'ai investi dix *crores* dans le dernier, et à peu près autant pour *Jango*.

Cent millions de roupies ! Jaideep ne manquait pas de liquidités.

— Il y a un enregistrement vidéo où on vous voit parler avec Asif pendant la fête. Vous sembliez avoir un différend : de quoi s'agissait-il ?

— Un différend ? Moi et Asif ? fit-il d'un air surpris. Non, pas du tout. On discutait, voilà tout.

— Ça semblait être une discussion assez animée tout de même. De quoi avez-vous parlé ?

— De rien de spécial. Le film. Les banalités qu'on échange en soirée.

Je n'arrivais pas à savoir s'il était sincère ou s'il essayait de noyer le poisson.

— Et à quelle heure êtes-vous parti ?

— Minuit ? Un peu avant peut-être.

À la même heure qu'Asif. Simple coïncidence ?

— Où êtes-vous allé ensuite ?

— J'étais fatigué, j'avais un rendez-vous tôt le lendemain matin, alors je suis rentré directement chez moi. J'ai une maison à New Alipore : mon chauffeur pourra vous le confirmer. Je n'ai appris la mort d'Asif que cette après-midi aux infos. Ça a été un terrible choc. J'étais en train de déjeuner avec mon père. Le PM, dit-il nonchalamment.

Il n'avait pas mis longtemps à glisser l'allusion à son paternel, l'air de rien.

— Nous avons retrouvé de l'argent dans la chambre d'Asif. Auriez-vous une idée d'où il pourrait provenir ?

— Ah bon ? dit-il avec curiosité. Combien ?

— Une somme conséquente, dis-je. Une liasse de billets.

Il secoua la tête.

— Comment voulez-vous que je le sache ?

J'abattis ma dernière carte.

— Nous avons aussi retrouvé des traces de drogue et d'alcool. Asif a-t-il mentionné qu'il projetait de donner une fête dans sa suite ?

— Non, il ne me l'avait pas dit. Maintenant, je suis désolé mais…

Je ne pouvais plus hésiter, il fallait y aller franchement.

— Monsieur Sanyal, y avait-il quelque chose… de plus que de l'amitié entre vous et Asif Khan ?

Brusquement, le masque aimable tomba et la colère envahit ses traits.

— Absolument pas, sous-inspecteur ! Je suis venu ici deux ou trois fois pour des rendez-vous d'affaires. Je ne suis pas gay. Ce n'était pas ce genre de relation qu'il y avait entre Asif et moi. Je suis plutôt quelqu'un de calme, mais ne croyez pas que je vais vous laisser salir ma réputation avec vos allégations fallacieuses.

— Non, monsieur Sanyal. Je ne fais aucune allégation. J'essaie seulement de clarifier les faits.

— Eh bien je vous suggérerais de vous concentrer sur des faits concrets au lieu de proférer des inepties, ou vous risquez d'avoir de sérieux ennuis, gronda-t-il. Maintenant excusez-moi, j'ai rendez-vous avec des collègues. Nous sommes dans un club privé ici, et je ne crois pas que vous en soyez membre.

Il vida son verre, le cogna sur le bar et me faussa brusquement compagnie. Je me tournai vers le barman qui nous avait observés attentivement.

— Vous avez déjà vu ce monsieur ici en compagnie d'Asif? lui demandai-je.

Le barman resta coi. Je soupirai et sortis un nouveau billet de cinq cents roupies qu'il fit aussitôt disparaître d'une main experte. Ghosh risquait de piquer une crise quand il verrait mes dépenses.

— Ouais. Je les ai vus plusieurs fois. Ils dansaient, ajouta-t-il avec un regard entendu.

Il allait débarrasser le verre de Jaideep quand je l'arrêtai. Un autre billet changea de main et le verre était à moi, emballé dans une serviette en papier.

Je retournai m'asseoir auprès de Maliha qui, en m'attendant, avait terminé nos deux bières. Elle leva un sourcil interrogateur : deux hommes de belle carrure, lunettes noires et costumes sombres s'approchaient de notre table.

— J'ai comme l'impression que Jaideep a touché deux mots à la direction, dis-je en glissant discrètement le verre dans le sac de Maliha. Allez, on décolle.

Une fois dans la rue, je commençai à échafauder des hypothèses. Si Asif et Jaideep étaient gays, la peur de la répression et des jugements les avait-elle forcés à se retrouver ici pour vivre leur relation en secret ? Formaient-ils un couple ? J'entrevoyais un scénario possible : et si l'un faisait du chantage à l'autre ? Ça n'était pas impossible : l'argent, les préservatifs, l'attitude agressive de Jaideep envers Asif à la fête… Jaideep était la pièce manquante du puzzle. À présent, j'en étais persuadé.

Le serveur

Londres. Octobre. Lundi.

« Il a dit qu'ils avaient perdu le contrat à cause de toi. À cause de quelque chose que tu aurais fait… »

C'est absurde, mais Saibal me regarde comme s'il attendait une réponse. Ça doit être une plaisanterie. Je ne saisis pas toujours son humour, donc je souris en faisant comme si j'avais compris la blague.

Anjoli nous contemple l'un et l'autre d'un air confus.

— Qu'est-ce qui te fait sourire, Kamil ? Baba, comment Rakesh aurait-il pu perdre ce contrat à cause de Kamil ? Quel rapport avec lui ? Kamil, tu m'avais dit que tu n'avais jamais rencontré Rakesh avant la fête !

Je me demande si elle prend au sérieux cette étrange blague.

— Hein ? Quoi ? dis-je. Saibal-da, tu plaisantes, n'est-ce pas ?

Il se gratte la tête.

— Ce n'est pas une blague. Rakesh est venu dîner au restaurant un soir. Il voulait savoir si j'avais réuni l'argent pour racheter l'immeuble. Il n'arrêtait pas de boire, et tu sais comment il est quand il est saoul, Anjoli.

J'essaie de raviver mes souvenirs : j'ai fait le service presque tous les jours depuis mon arrivée à Londres.

Je me rappelle effectivement d'un soir où Saibal dînait avec un homme qui semblait avoir un sérieux coup dans le nez : c'était donc Rakesh. Ce n'est pas moi qui les servais, mais je me souviens être passé à côté de leur table. Je m'étais dit que c'était un de ces clients qui se permettent d'être odieux dès qu'ils ont un peu trop bu.

— Une fois saoul, c'est là qu'il s'est mis à parler de tout ça. De comment il avait été trahi. Par le gouvernement. Par ses anciens amis. Et par toi, Kamil. J'étais étonné qu'il sache qui tu étais. Il disait que tu ne faisais jamais ce qu'on te demandait de faire. Et ton père non plus. Que tout ça, c'était votre faute.

— Mon père ? Quel rapport avec Abba ? Je sais que vous étiez à la fac ensemble, mais je n'ai jamais entendu Abba mentionner le nom de Rakesh Sharma. Et moi, qu'est-ce que j'ai à voir là-dedans ?

— Il n'a pas voulu me le dire. Il était furax quand je lui ai appris qu'on t'avait embauché. Je ne l'avais jamais vu dans cet état. Tout à coup, il s'est levé et il est parti. Il a refusé de me parler pendant un bon moment après ça. J'étais même surpris que Neha fasse appel à nous pour sa soirée. J'y ai vu une volonté de nous rabibocher. Je t'ai demandé de venir parce qu'on avait besoin de renfort, mais aussi parce que je me suis dit que Rakesh en profiterait peut-être pour t'aborder. Il a essayé ?

C'est vraiment bizarre. Il y a trois jours, je n'avais pratiquement jamais entendu parler de Rakesh ni de PinRak. Comment aurais-je pu avoir la moindre influence sur la faillite d'une entreprise valant des millions de roupies ? Le lien avec Abba est peut-être plus évident… Rakesh m'a-t-il mis sur le dos un conflit qu'il aurait eu avec lui ?

— C'est peut-être pour ça qu'Arjun était en colère contre toi ? dit Anjoli.

— Il faut que je parle à Abba, dis-je, gagné par l'inquiétude.

La dernière chose que je souhaite, c'est de me retrouver mêlé à cette histoire. Et d'attirer l'attention de la police qui pourrait décider de me ranger dans la colonne des suspects, ou de me faire expulser.

— *Hain*, appelle donc Adil, il aura peut-être des explications à te donner, soupire Saibal. Je vais aller réveiller Maya, il faut qu'on prépare le service de ce soir. Enfile ton uniforme, Kamil. *Ami Aaschi*, dit-il avant de quitter la pièce.

Alors que je m'apprête à prendre mon téléphone pour appeler Abba, celui d'Anjoli se met à sonner. Elle décroche et la stupéfaction se lit sur son visage.

— Quoi ? Oh non. D'accord, calme-toi. On va te sortir de là, je te le promets. Je te rappelle.

Elle raccroche.

— Neha vient d'être inculpée pour le meurtre de Rakesh. Elle est au commissariat.

Je ne peux pas dire que je sois très surpris. Mais je garde cette pensée pour moi, car je vois bien combien il est difficile pour les Chatterjee d'imaginer qu'une personne qu'ils ont toujours connue puisse être une meurtrière. Saibal et Maya semblent particulièrement accablés par la nouvelle. « Elle est comme ma seconde fille », répète Saibal au sergent qui refuse de nous laisser la voir lorsque nous arrivons au commissariat de Kentish Town. Là on nous annonce qu'on a attribué à Neha un avocat d'office. Mais Saibal ne veut rien entendre.

— Ces commis d'office sont nuls, on va lui payer un bon avocat, assure-t-il avant de décrocher son téléphone pour faire le tour des amis et de la famille jusqu'à ce qu'on lui recommande quelqu'un qu'il s'empresse de joindre et d'embaucher les yeux fermés.

De retour au restaurant, je termine le service dans un état fébrile. Mon cerveau tourne en boucle, je fais mille hypothèses sur les preuves que la police a pu réunir contre Neha et ne cesse de me demander ce que Rakesh pouvait avoir à me reprocher. Mon père mis à part, le seul lien vaguement tangible entre Rakesh et moi, c'est Taania Raazia. Mais je ne l'ai même pas croisée à Calcutta, je l'ai juste aperçue parmi des dizaines d'autres personnes sur les images filmées pendant la fête du Grand Hôtel. J'ai un sentiment étrange, comme si j'étais face à une illusion d'optique qui m'empêcherait d'avoir une vision claire de la réalité. Il faudrait que je trouve le bon angle de vue. Mais pour le moment, il m'échappe.

Le lendemain matin, Anjoli et moi nous apprêtons à sortir rencontrer l'avocat de Neha, quand Saibal nous arrête :

— Le second est de repos aujourd'hui, Maya aurait besoin que vous lui donniez un coup de main en cuisine. Et Kamil, tâche d'être rentré pour le service de ce midi.

Il ne manquait plus que ça, en plus du service et de l'enquête, il faut que j'aide aussi en cuisine ! Saibal m'en demande beaucoup. J'ai envie de lui dire que frire des oignons ne fait pas partie des premières règles des enquêtes policières et que les affaires de meurtre ne se résolvent pas d'elles-mêmes, qu'elles exigent temps et réflexion. Mais au lieu de ça, je hoche la tête.

Dans le métro qui nous emmène au cabinet de l'avocat, je sens des espèces de picotements dans ma nuque, comme si quelqu'un dardait son regard sur moi. Je me retourne : rien. Mais la sensation persiste.

— Je ne vous cache pas que ça ne s'annonce pas très bien pour elle, dit l'avocat. Ils craignent qu'elle cherche à fuir le pays, vu les nombreuses relations de Rakesh en Inde, et donc ils lui refusent la libération sous caution. Les éléments à charge sont nombreux. Rakesh est mort après avoir reçu un coup à la tête, puis s'être cogné le crâne contre le rebord de la piscine. Il n'y avait pas beaucoup d'eau dans ses poumons, ce qui exclut la noyade. Les éclats de verre logés dans la plaie proviennent bien de la bouteille de whisky. D'autres fragments étaient incrustés dans la semelle de Neha et sa blessure au pied a laissé des traces de sang sur les lieux du crime. La bague retrouvée dans la main de Rakesh est à sa taille, Rakesh la lui a probablement arrachée des mains quand elle l'a frappé. Elle jure que ce n'est pas la sienne, mais personne ne l'a réclamée et elle ne va ni à Taania ni à Pinky. Et pour couronner le tout, ils n'ont relevé que les empreintes de Rakesh et de Neha sur la bouteille de whisky.

Le visage d'Anjoli se fige à mesure que l'avocat poursuit son inventaire implacable, comme si, brique après brique, les murs de sa cellule se refermaient un peu plus autour de Neha.

— Elle était au courant de la faillite de l'entreprise. L'assurance-vie était à son nom. Même si elles restent indirectes, les preuves pointent toutes dans sa direction. Entre le moment où le message à… (il consulte ses notes)

M. Chatterjee a été envoyé, et le moment où Neha a crié à l'aide, elle est la seule personne à avoir été physiquement en mesure de commettre le meurtre. L'hypothèse des enquêteurs est que Neha, qui soupçonnait déjà son mari d'avoir une relation avec Taania Raazia, a été prise d'un accès de colère et l'a frappé avec la bouteille de whisky. Il n'y a pas d'autres suspects. Ils ont interrogé Taania Raazia et l'ont mise hors de cause. Elle dit qu'elle est remontée du sous-sol vers 1 h 40, qu'elle a appelé un Uber qui a mis près d'une demi-heure à arriver, et qu'elle l'a attendu dans la maison. Le chauffeur et la caméra de surveillance ont permis de confirmer ses propos. Ils ont interrogé les autres invités, dont vous bien sûr, ainsi que le personnel de M. Sharma : son majordome, son chauffeur et ses employées de maison, et ils sont arrivés à la conclusion qu'aucun d'entre eux ne pouvait être impliqué, ayant quitté les lieux bien avant le meurtre.

— Vous êtes du côté de la défense ou de l'accusation ? lâche Anjoli.

— Je suis son avocat, mademoiselle, répond-il aimablement. Mais il faut être réaliste. Écoutez, son casier est vierge, on peut obtenir qu'elle ne soit jugée que pour homicide involontaire. À l'évidence, ce n'était pas prémédité. Elle est jeune, elle aura purgé sa peine à trente-cinq ans, elle aura encore la vie devant elle. Mais pour ça, il faut qu'elle accepte de plaider coupable. Malheureusement elle est têtue : elle continue à dire qu'il était déjà mort quand elle l'a trouvé.

— Mais parce que c'est la vérité ! s'écrie Anjoli.

Sur le chemin du retour, Anjoli fulmine contre l'incompétence des avocats indiens, grommelant qu'elle aurait dû faire du droit. Je ne parviens pas à trouver les mots pour la réconforter, car j'ai du mal à ne pas me ranger à l'avis de la police : les faits sont accablants.

— Je ne la laisserai pas tomber. J'ai organisé un rendez-vous avec tante Pinky. Il vaut mieux que j'y aille seule, elle sera plus encline à me parler, dit sèchement Anjoli dans le métro qui nous ramène à Brick Lane.

— Bonne idée, la police est peut-être passée à côté de certains détails, et on ne l'a pas encore rayée de notre liste de suspects. Première règle des enquêtes policières : recouper les informations.

— Tes enquêtes ont beaucoup de premières règles, on dirait. Il n'y a pas de deuxième et troisième règles ?

— Quand on enquête, tous les faits sont importants, et le plus petit indice doit être pris en compte, dis-je en répétant comme un perroquet les paroles de mes profs à l'école de police. Ce qui nous oblige à examiner tous les angles possibles sans rien laisser d'apparemment insignifiant nous filer entre les doigts. Il faut que j'obtienne également un rendez-vous avec Taania. Pour savoir ce qu'elle faisait avec Rakesh à la piscine.

— Ça paraît évident, non ? En revanche cette histoire d'Uber qu'elle aurait attendu trente minutes, je trouve ça douteux, dit-elle avec la mine de quelqu'un qui aurait mordu dans une mangue pourrie.

— Ce que je peux te dire, c'est qu'une autre première règle des enquêtes policières, c'est de ne jamais faire confiance aux évidences.

Ça la fait rire.

— Première règle d'Anjoli Chatterjee : son ami flic est un vrai *gadha*. Bon, je dois changer à cette station. On se voit plus tard au resto.

Elle me fait un clin d'œil et sort de la rame. Je rentre au restaurant le sourire aux lèvres. Du statut de frère, je suis passé à celui d'âne. On pourrait appeler ça un progrès.

Le service du déjeuner touche à sa fin lorsque Anjoli revient de chez Pinky. Elle me tire par la manche et m'entraîne à l'appartement pour me raconter, dépitée, son entrevue. Elle a l'impression de n'avoir fait aucun progrès. Pinky a confirmé tous les propos d'Arjun, puis elle a passé le reste du temps à critiquer Neha et à se réjouir de son arrestation. À regret, Anjoli s'est résolue à la rayer de la liste des suspects.

— Elle m'a assuré être restée dans le salon avec Arjun. Ils attendaient que Neha revienne avec Rakesh pour lui dire au revoir et partir. Je la crois. Je la connais depuis assez longtemps pour sentir si elle me ment.

Taania est notre dernière chance et je ne sais pas comment la contacter. Mais il y a autre chose que j'aimerais savoir, qui permettra peut-être d'éclaircir certaines des questions qui me tourmentent. Je vais dans ma chambre et compose enfin le numéro d'Abba, le cœur battant. Cela fait des mois que nous n'avons pas échangé un mot, et il me manque. Est-ce que moi aussi je lui manque ?

— Kamil ?

Sa voix est toujours la même, malgré les grésillements sur la ligne WhatsApp.

— Ça va, Abba ?

J'essaie de ne pas laisser transparaître mes inquiétudes et de garder un ton enjoué. Je préfère qu'il ne se doute pas de ce que je vais lui demander : sa réponse sera peut-être plus spontanée.

— Oui. Et toi ?

— Oui, tout va bien. (Je marque une pause et prends une grande inspiration.) Abba, j'ai une question à te poser. Tu es au courant pour Rakesh Sharma et la faillite de PinRak ?

Il y a un silence entrecoupé de grésillements.

— Oui, j'ai lu les journaux, dit-il enfin. Et Saibal m'a appelé. Une bien triste nouvelle.

— Tu connaissais Rakesh Sharma ?

— Nous avons fait nos études ensemble. Nous n'étions pas vraiment proches, c'était surtout un ami de Saibal. J'avais des nouvelles de lui de temps à autre. Quel événement tragique.

— Abba, Saibal-da m'a confié quelque chose d'étrange. Apparemment, Rakesh lui aurait dit que j'étais responsable de la faillite de PinRak. Il aurait aussi parlé de toi, disant que tu ne faisais jamais ce qu'on te demandait de faire. Sais-tu pour quelles raisons il aurait pu dire ça ?

— Toi, responsable ? Comment pourrais-tu être responsable ? Quel rapport avec toi ?

Il semble sincèrement surpris.

— Je n'en sais rien, c'est pour ça que je te pose la question.

— Je n'en sais rien non plus.

— Et à propos du fait que tu ne ferais pas ce qu'on te dit ?

Il rit.

— À part ta mère, personne ne peut me demander de faire quoi que ce soit maintenant que je suis à la retraite, Kamil. Tout ce que je peux te dire, c'est que je n'ai jamais mis le nez dans les affaires de Rakesh.

Nous nous donnions occasionnellement des nouvelles, de Saibal surtout, mais nos relations s'arrêtaient là. Je n'ai pas la moindre idée de ce qu'il voulait dire. Peut-être qu'il nous a confondus avec quelqu'un d'autre, ou que quelqu'un a répandu de vilaines rumeurs à notre sujet ? Je vais en parler à Saibal.

J'entends du bruit en arrière-plan, et Abba ajoute :

— Attends, ta mère veut te parler.

Ma me pose les mêmes questions que d'habitude : est-ce que je mange bien ? Est-ce que je prie ? Est-ce que je me suis rendu à la mosquée, qui est vraiment à deux pas du restaurant ? Comme à chaque fois, je lui dis ce qu'elle a envie d'entendre. Elle me manque, j'aimerais pouvoir lui parler de ce qui me préoccupe. Avant de raccrocher, elle me demande de dire à Maya qu'elle a trouvé plusieurs garçons qui seraient parfaits pour Anjoli.

J'imagine la tête d'Anjoli quand elle apprendra la nouvelle, et rien que cette idée me redonne le sourire. Puis je repense aux mystérieuses accusations de Rakesh. Abba semblait aussi déconcerté que moi au téléphone. La colère de Rakesh était pourtant palpable quand il a croisé mon regard dans la cuisine. Et même Arjun ne peut se résoudre à me regarder dans les yeux. Il faut que je tire ça au clair. Neha ne semble pas au courant de l'animosité de son mari envers moi, puisque c'est elle qui m'a présenté à lui à la soirée. Pinky en revanche sait peut-être quelque chose. J'aurais dû demander à Anjoli de lui en parler.

Un dernier détail me turlupine. Comme une petite voix dans ma tête, encore indistincte. Une parole prononcée ce soir-là… une fausse note… qu'est-ce que c'était ?

J'ai beau essayer, je n'arrive pas à retrouver quoi. Mais le souvenir finira bien par remonter à la surface.

Anjoli et moi nous dépêchons de descendre au restaurant préparer le service du soir. Perchée sur un tabouret derrière le bar, Maya remplit son livre de comptes. Quelques clients aux horaires décalés finissent leur repas. Les serveurs attendent leur départ avec impatience pour pouvoir souffler avant le prochain service. Les retardataires du déjeuner sont agaçants et nous compliquent la vie. Dans ces cas-là, Salim Mian commence à enlever les nappes des tables voisines en soufflant et en faisant des mimiques assez peu subtiles : un peu trop Mr Bean pour moi. Mais ce sont les traînards du dîner qui sont de loin les pires. Ils prennent tout leur temps pour finir leurs desserts, puis leurs cafés, et j'essaie de garder le sourire en n'attendant qu'une chose : qu'ils règlent leur addition et s'en aillent, que je puisse enfin aller m'écrouler de fatigue dans mon lit.

— Que vous a dit l'avocat, Anjoli ? demande Maya. Vous êtes allés à son cabinet ?

Son visage se décompose à l'écoute du compte rendu.

— C'est terrible, dit Maya. Mais je n'y crois pas une seconde. Pas elle. C'est un avocat réputé. Il va sûrement trouver quelque chose pour la sortir de là.

Anjoli étend le bras au-dessus du bar et prend la main de sa mère.

— C'est très gentil, Ma. Mais… est-ce qu'on a les moyens de payer ses honoraires ? Avec le restaurant, et tout ?

Maya hausse les épaules.

— Ça va aller. Il faut bien qu'on l'aide, c'est notre

responsabilité. C'est la sœur que tu n'as jamais eue, Anjoli, elle est comme notre seconde fille. Kamil, toi aussi tu dois pouvoir nous aider à prouver que c'était un accident, non ?

Je ne veux pas lui donner de faux espoirs.

— Je vais essayer, Maya-di. Mais ils ont des éléments solides contre elle, et la police londonienne a plutôt bonne réputation.

— Sauf que cette fois-ci, ils se sont trompés, dit Anjoli, têtue. Et on va la faire sortir de là. Tu as besoin qu'on fasse quoi en cuisine, Ma ?

Maya laisse échapper un long soupir.

— Il faudrait que vous coupiez les légumes du dîner, si possible.

Je sens le stress revenir. Je suis déjà épuisé, et l'idée de passer l'après-midi à préparer des légumes avant d'enchaîner avec le service du soir est décourageante. Pas une minute pour souffler et réfléchir calmement à notre enquête.

Mais une fois dans la cuisine, les parfums familiers m'apaisent. Face à nous s'alignent des bacs en inox contenant des petites montagnes d'épices multicolores : sel, curcuma, fenugrec, coriandre, cumin, garam masala, tandoori masala et poivre noir. Ces poudres magiques entrent dans la composition d'à peu près toutes les recettes indiennes, et la merveilleuse chef cuisinière qu'est Maya sait exactement comment les combiner pour faire chanter ses plats.

Un peu plus loin, d'autres bacs attendent d'être remplis de rondelles d'oignons, d'ail, de gingembre, de tomates et poivrons, de piments verts et rouges, de coriandre fraîche. Avec leurs huit plaques chauffantes, les deux cuisinières occupent la plus grande partie de l'espace. Des dizaines de marmites, poêles et autres ustensiles sont pendus à des crochets. Dans le coin trône ce qui fait la joie et la fierté de Saibal : un four à naans importé d'Inde, qui permet de confectionner des pains délicieusement moelleux.

La pièce est d'une propreté impeccable : Maya y apporte un soin méticuleux, fière des cinq étoiles que le restaurant décroche chaque année auprès des services du contrôle sanitaire (« le meilleur score de Brick Lane », m'a-t-elle dit le premier jour de mon arrivée, « alors attention, hein ? »).

Côte à côte, nous nous mettons à la tâche en silence : Anjoli pèle les oignons, le gingembre, l'ail et les pommes de terre que je hache soigneusement avant de les mettre dans les bacs, prêts à être cuisinés. La plupart des autres restaurants de la rue utilisent des ingrédients prédécoupés, précuisinés et prémâchés, mais Saibal tient à ce que la cuisine reste aussi authentique que possible : « Ça fait trente ans qu'on fait comme ça, pourquoi changer ? C'est dans les vieilles marmites qu'on fait les meilleurs currys. » Heureusement, le restaurant n'a qu'une douzaine de tables, ce qui reste à peu près gérable.

— Il doit y avoir une autre explication, finit par dire Anjoli. Je n'arrive pas à croire que Neha…

— Les gens commettent parfois des actes désespérés, dis-je en hachant un oignon. Taania est notre dernier espoir. Elle était au sous-sol avec Rakesh entre 1 h 15 et 1 h 40. Il faut qu'on l'interroge et qu'on vérifie si elle a bien attendu une demi-heure son taxi.

Anjoli fait la moue et jette les épluchures dans le bac à compost.

— Si on parvient à la joindre.

Les stars de Bollywood sont difficiles d'accès, ce qui en soi n'est pas très surprenant. Le message que j'ai envoyé ce matin n'a pas encore reçu de réponse.

Une fois les ingrédients préparés, nous revenons en salle où Maya finit de dresser les tables avec les serveurs.

— Ça y est ? demande-t-elle en souriant.

— Oui, dis-je. Tout va bien, Maya-di ?

— Oh, j'ai tellement de travail aujourd'hui, pas une minute pour souffler, dit-elle en roulant les épaules d'avant en arrière.

— Repose-toi, Ma, on va terminer.

— Merci, ma chérie.

— Ma, papa nous a dit que Rakesh voulait récupérer son argent ?

— Oh ? fait Maya.

— Je suis désolée, Ma, je ne savais pas. Ça va ? Est-ce qu'on va devoir vendre le restaurant ?

Maya se laisse tomber sur une chaise.

— Oh, j'en ai tellement marre de tout ce stress, de tous ces problèmes. C'est peut-être mieux, finalement. Ça a tellement changé, ici. Quand on est arrivés en Angleterre, il y a quarante ans, on s'est installés à Brick Lane parce que c'était le seul endroit où on était acceptés. C'était pluvieux, ça ne ressemblait à rien de ce qu'on connaissait, mais ici, on se sentait chez nous, comme dans un petit village. Aujourd'hui ce village, le reste de Londres le grignote petit à petit. Les épiceries deviennent des bars à vin, les mosquées sont transformées en marchés couverts. Personne n'a plus les moyens de vivre ici à part ces gens qui travaillent dans les nouvelles technologies. Tout le monde s'en va, alors c'est peut-être le moment pour nous de trouver un nouveau village. Ça va aller, Anjoli. J'ai confiance en ton père. Ne t'inquiète pas.

— C'est chez moi ici, et je ne partirai pas, dit Anjoli d'un ton décidé. Tu as pris le temps de manger aujourd'hui, Ma ?

— Ne t'en fais pas pour moi, ça va. Profitez de votre soirée tous les deux, on dirait que ça va être calme ce soir. Vous m'avez déjà beaucoup aidée.

— D'accord, Ma, dit Anjoli en la prenant dans ses bras.

Puis nous sortons dans la rue où les lampadaires et les enseignes des restaurants commencent à s'illuminer, obscurcissant le ciel mauve du crépuscule.

Anjoli s'esclaffe.

— Les néons ont encore sauté ! s'exclame-t-elle face à l'enseigne du restaurant : TANDOORI NITS.

Je me retourne vers les lettres orange fluo qui annoncent fièrement que nous servons donc de la vermine, ce qui ne manquera pas de réjouir nos collègues du restaurant voisin.

— J'avais pourtant dit à Baba de ne pas gâcher son argent avec cette enseigne lumineuse.

Alors que nous plongeons dans l'animation de Brick Lane et remontons la rue en direction du parc, j'ai de nouveau cette sensation étrange que quelqu'un nous observe. L'impression persiste en arrivant sous l'arche bengalie qui marque l'entrée du parc Altab Ali. Il y a pas mal de monde autour de nous. Je me retourne plusieurs fois mais ne repère rien de suspect au milieu des promeneurs. C'est sans doute le manque de sommeil qui me joue des tours.

Même si la soirée est fraîche, les gens s'asseyent sur la pelouse pour bavarder. J'aime bien ce petit coin de verdure qui subsiste au milieu des hauts immeubles de l'East End. Le parc porte le nom d'un homme qui, lors d'une attaque raciste, a été assassiné. Un endroit pas si mal choisi pour parler du problème qui nous occupe.

Je repère un arbre à l'écart et chasse les pigeons qui ont élu domicile tout autour. Anjoli s'assied sur l'herbe à côté de moi, serrant son manteau contre elle.

— Il faut qu'on aide Neha, dit Anjoli, mais ce n'est plus notre seul problème à présent. Je dois absolument trouver un boulot. Sinon je vais devenir un fardeau pour Ma et Baba.

Elle réduit en miettes un brin d'herbe, les yeux dans le vide.

— Mais non, tu n'es pas un fardeau. Pas littéralement. Ou alors un petit. (Elle me jette un regard noir.) Qu'est-ce que tu aimerais faire ? Comme travail, je veux dire.

— Je ne sais pas. Je pourrais refaire des études de marché, je suppose.

— Pourquoi ne pas vendre tes tee-shirts ? dis-je en considérant celui qu'elle porte aujourd'hui sous son cardigan : *Il est strictement INTERDIT de lire ce qu'il y a écrit sur ce tee-shirt.*

Je suis assez admiratif de son inventivité : chaque jour, je découvre une nouvelle inscription.

— Je pourrais les vendre sur Etsy, ça serait génial ! s'exclame-t-elle. Mais non… trop de travail pour ne pas gagner grand-chose.

— Et pourquoi pas psy ? Les gens viendraient s'allonger sur ton divan et tu pourrais leur dire ce qui ne tourne pas rond chez eux. Et ils te paieraient pour ça ! Tu adorerais. Après tout, tu as un diplôme de psycho.

— Je peux te dire ce qui cloche chez toi gratuitement si tu veux, se fait-elle un plaisir de me répondre. Mais pour prendre des gens en thérapie, il me faudrait encore des années de formation, personne ne vous l'enseigne à la fac. Sinon, j'ai rencontré ce type l'autre jour, qui travaille pour une entreprise de marketing. Il m'a dit qu'ils recrutaient des diplômés en psycho pour leurs études de marché, ça les aide à créer de nouveaux produits.

— C'est une boîte sérieuse ?

— Oui, ils ont bonne réputation. Ils paient bien et ça n'a pas l'air inintéressant, alors je crois que je vais postuler. Et toi, qu'est-ce que tu comptes faire ? J'ai peur que, pour l'instant, ta carrière de détective privé ne décolle pas… et je n'ai pas l'impression que tu rêves de rester serveur ? fait-elle en jetant un coup d'œil à mon éternel uniforme.

— Mon visa arrive bientôt à expiration. Je vais devoir rentrer en Inde et repartir de zéro. Je ne sais pas ce que je vais faire. Crois-moi si tu veux, mais travailler comme serveur pour tes parents me rapporte plus que mon ancien poste de sous-inspecteur à Calcutta. Je gagnais à peu près cinq cents livres par mois.

Elle me regarde avec surprise.

— Cinq cents ? C'est tout ?

— Eh oui, fais-je en grimaçant. C'est pour ça que tout le monde accepte des pots-de-vin. Mais par ailleurs, un samossa ne coûte pas une livre là-bas, donc au final ce n'est pas si bas que ça.

— Et toi, tu as déjà accepté des pots-de-vin ? demande Anjoli, curieuse.

— Non. Jamais. Abba aurait eu honte de moi. Parfois un repas gratuit. Mais c'est tout.

Nous restons un moment songeurs. J'arrache des brins d'herbe, tandis qu'Anjoli contemple les pierres tombales couvertes de mousse au coin du parc. Puis son téléphone émet un signal.

— C'est Massimo, dit-elle quand elle regarde l'écran. Je le rappellerai plus tard.

Son barman. Avec tous les événements de ces deux derniers jours, j'ai complètement oublié qu'Anjoli avait un petit ami.

— Au fait, dis-je, l'air de rien, Ma t'a préparé une liste de prétendants à Calcutta. T'en as de la chance !

Je ne suis pas déçu par sa réaction.

— Mais bordel ! hurle-t-elle en faisant fuir un pigeon paniqué. Pourquoi tout le monde veut mettre son nez dans ma vie ? Honnêtement, des fois je…

Elle s'interrompt, excédée.

— Pourquoi tu ne présentes pas ton copain à tes parents ?

— Ce n'est pas que je ne veuille pas. J'aimerais… mais je sais qu'ils désapprouveront. Ils ont toujours voulu que je sorte avec un Indien. Ma mère harcèle les chasseuses de têtes du monde entier, soupire-t-elle. Parfois, j'ai l'impression de n'être chez moi nulle part. Où que j'aille, je suis toujours un peu étrangère. Bien sûr, je me sens indienne. J'adore la cuisine, les chansons indiennes, les films bollywoodiens ultra kitchs, mais souvent, j'ai l'impression que mon identité indienne est… Je ne sais pas, comme un sari que je mettrais par-dessus mon jean ? Ma me parle toujours de ces réflexes « anglais » que j'aurais pris, elle me dit que je ne suis pas « une bonne Indienne ». Si je leur parlais de Massimo, ça ne ferait que confirmer ses a priori.

Il y a de la tristesse dans sa voix, et même si j'en ai envie, je n'ose pas la prendre dans mes bras.

— Très honnêtement, j'aimerais bien avoir mon propre appartement.

— Pourquoi pas ?

— Je comptais économiser pour louer quelque chose quand j'avais mon boulot, mais évidemment maintenant, c'est compromis. Londres est tellement cher. Et de toute façon, avec la faillite de Rakesh, ce n'est même plus la peine d'y penser. Je vais devoir donner à Baba tout l'argent que j'ai mis de côté.

— On va trouver une solution, dis-je sans aucune certitude de pouvoir l'aider.

— Oui, j'espère. Pour l'enquête, tu sais, j'ai confiance en toi. Dis, tu as déjà été confronté à ce genre d'affaires à Calcutta ?

Je ne peux pas lui raconter ce qui s'est passé.

— Je n'aime pas trop en parler, Anjoli, dis-je en espérant qu'elle voudra bien changer de sujet, comme d'habitude.

Mais cette fois-ci, non.

— Tu ne veux jamais me dire ce qui t'est arrivé. Mais pour travailler ensemble sur cette affaire, dit-elle en haussant les sourcils bien haut, il faut qu'on puisse se faire confiance. Alors vas-y, raconte. Je ne te jugerai pas, c'est promis.

Elle me regarde droit dans les yeux, le visage sérieux. Je sais qu'elle est sincère quand elle dit qu'elle ne me jugera pas. Je me souviens de cette phrase sur l'un de ses tee-shirts : *Cause toujours, je t'analyse*. Peut-être que parler m'aiderait à soulager ma conscience.

Alors je commence à raconter pêle-mêle toute l'histoire. Le meurtre d'Asif Khan, mes tentatives pour mettre la main sur le coupable, comment un innocent a été brutalisé par ma faute, la mort que j'ai sur la conscience, les coups et les menaces que j'ai reçus, les conséquences de toute cette affaire sur ma relation avec Maliha… Sans édulcorer, sans faire d'impasse, je lui raconte tout. J'évoque mon enthousiasme initial et le sentiment de profonde incompétence qui l'a remplacé. Je lui dis à quel point j'ai besoin de sortir de l'ombre imposante d'Abba. Tout ce que j'ai fait, je l'ai fait pour qu'il soit fier de moi, pour obtenir un sourire de lui, une petite tape sur l'épaule. Pour être le fils qu'il mérite. Et j'ai le sentiment d'avoir échoué.

Je me sens mieux maintenant. La frustration et la colère que j'ai cherché à enfouir ces trois derniers mois se dissolvent à mesure que je me livre, au milieu des pierres tombales anonymes du parc Altab Ali. Dans la rue attenante, les ombres des passants s'étirent à la lueur des lampadaires.

Un silence s'installe. Anjoli se penche spontanément vers moi et me prend la main. Elle ne dit rien, entrelaçant simplement ses doigts aux miens. Puis la psychologue qui sommeille en elle refait surface.

— Merci, Kamil. Je pense que d'une certaine façon, tu es en train de faire ton deuil.

— De faire mon deuil ? Mais de quoi ?

— Des gens qui sont morts peut-être, mais surtout de la vie que tu as perdue. Peut-être que tu vas pouvoir dépasser un peu tout ça maintenant. Aller de l'avant. Je peux te poser une question ?

— Oui, dis-je d'une voix rauque.

Que peut-elle avoir à me demander de plus, après tout ce que j'ai raconté ?

— En quoi crois-tu ?

— Pardon ?

— En quoi est-ce que tu crois, Kamil ? répète-t-elle.

Je ne peux pas répondre à cette question étrange. En quoi est-ce que je crois ? Si elle me l'avait posée il y a quatre mois, je lui aurais peut-être répondu que j'avais foi en la justice. Mais j'ai appris à mes dépens que la justice est une illusion, et que ni les victimes ni les coupables n'obtiennent ce qu'ils méritent. La vérité ? On l'enterre dès qu'elle devient encombrante. La famille ? Abba, sur qui j'ai toujours cru pouvoir compter, s'est révélé aussi inconsistant qu'une poignée de sable au moment où j'ai eu le plus besoin de lui. L'amour ? Je l'ai réduit en miettes et laissé s'envoler.

Mais sans réfléchir, je m'entends répondre :

— La gentillesse, Anjoli. Je crois en la gentillesse.

Ce qui est une vaste blague, vu la manière dont je me suis comporté à Calcutta. Ce qui n'a pas manqué de me revenir en pleine figure. Un frisson me traverse en repensant au hangar de Kidderpore et à la terreur que j'éprouvai, étendu sur le sol couvert de sciure.

L'inspecteur

Calcutta. Juillet. Mercredi.

Il était 23 heures, et après un temps calme toute la journée, la pluie annonçait son grand retour par de spectaculaires coups de tonnerre. Le chauffeur d'Abba me déposa devant mon studio à la caserne de Kidderpore et repartit aussitôt, soucieux d'éviter le déluge imminent. J'avais confié à Hazra le verre subtilisé au bar afin d'en analyser les empreintes et voir si elles correspondaient à celles retrouvées dans la chambre d'Asif. Jaideep étant le fils du Premier ministre, il me fallait des preuves solides avant d'aller plus loin. Toute la journée, j'avais cherché des informations sur les investissements de Jaideep dans les films d'Asif Khan et sur leur relation, en vain.

Le soir, j'avais emmené Maliha dîner chez mes parents. J'aurais aimé pouvoir parler de l'enquête avec Abba, mais il s'était assez vite retiré dans son bureau sous prétexte d'un travail à finir. Peut-être ne voulait-il pas que je lui en dise trop, afin que cette enquête reste la mienne. D'une certaine façon, je lui étais reconnaissant de sa discrétion, mais j'aurais quand même aimé recevoir ses conseils. Maliha pensait que j'avais intérêt à aller voir Ghosh le lendemain pour lui exposer ma théorie malgré le manque de preuves tangibles. Après réflexion, j'avais fini par me ranger à son avis : l'expérience du commissaire adjoint me serait certainement utile pour décider de la suite à donner.

La pluie se mit à tomber et je courus vers l'entrée du bâtiment en essayant de trouver la bonne clef au milieu du trousseau lorsqu'une voix surgie de nulle part m'interpella :

— Sous-inspecteur Rahman ?

Je m'immobilisai tandis que les gouttes de pluie roulaient le long de ma nuque.

— Oui ? fis-je en me retournant vers le recoin obscur d'où provenait la voix.

— Nous avons un message pour vous.

Sans me laisser le temps de réagir, trois hommes surgirent et me plaquèrent contre le mur. L'un immobilisa mes poignets dans le dos, tandis que l'autre m'enserrait le cou de son bras musclé. Le troisième se planta devant moi.

— Pas un bruit, sinon… chuchota-t-il.

Je me retrouvais soudain dans une série B de Bollywood, trempé jusqu'aux os et trop effrayé pour demander ce que le « sinon » impliquait.

Vêtu d'un élégant polo et d'un pantalon bien repassé, celui qui s'était adressé à moi ressemblait à un bodybuilder en route pour un rendez-vous galant, ses biceps surgonflés prêts à faire exploser ses manches. Il tira sur sa vapoteuse à la lueur de laquelle d'épaisses chaînes en or qui lui pendaient au cou et au poignet scintillèrent. Puis il me souffla au visage un nuage de vapeur fruitée. D'un hochement de tête il commanda aux autres de me faire monter à l'arrière d'une Jeep. Le chauffeur se tenait prêt, moteur allumé. Le vapoteur musclé grimpa côté passager et grogna :

— Aux docks.

Dans un mélange écœurant de sueur et d'eau de Cologne, je me retrouvais pris en sandwich entre les deux autres gorilles qui me bouchaient la vue de chaque côté.

Cinq minutes plus tard, la Jeep freina brusquement, pneus crissants, devant un hangar. On me poussa à l'intérieur de l'entrepôt plongé dans le noir. La porte se referma dans un grand fracas métallique. Des bruits de pas. Un clic. La lumière soudaine m'aveugla. Clignant des yeux, je distinguai des palettes en bois sur lesquelles étaient stockées d'innombrables boîtes de thé Lipton Darjeeling. Le préféré de Ma, me dis-je, alors que deux de mes ravisseurs me traînaient jusqu'à une niche restée libre entre deux palettes.

Je demeurai immobile, hébété, essayant de noter mentalement le plus de détails possible sur les hommes qui venaient de m'enlever. Ça ne pouvait qu'être en lien avec l'enquête. Mais même une enquête avec promotion à la clef ne valait pas de mourir au milieu de boîtes de thé.

Le chef de la bande tira une autre bouffée de sa vapoteuse.

— Sous-inspecteur Rahman, dit-il d'une voix étonnamment distinguée, remuant à peine sa fine moustache.

Je tentai de me relever, jambes tremblantes.

— Mais qu'est-ce que vous faites ? fis-je avec le semblant d'assurance dont j'étais encore capable. Je suis policier. Je peux vous faire arrêter.

— Je sais qui vous êtes, je viens de vous le dire, rétorqua-t-il.

Il adressa un signe de tête à ses hommes. On m'immobilisa par-derrière et un gros bras m'enserra de nouveau le cou.

— J'ai un message pour vous. Écoutez-moi bien.

Le gros musclé derrière moi contracta son biceps, m'écrasant un peu plus la gorge. J'essayai de hocher la tête malgré l'intense douleur. Je commençais à voir des étoiles.

— L'affaire Asif Khan, c'est terminé. Cessez de vous mêler de ce qui ne vous regarde pas. Les gens très, très au-dessus de vous, vous ne vous en approchez pas. Compris ?

Le gorille resserra encore son emprise. Je gémis en guise de réponse.

— C'est terminé. Votre enquête est bouclée, conclut-il.

Son homme de main desserra enfin son biceps et me jeta par terre dans la sciure.

Je restai immobile, à quatre pattes, le regard trouble, la nuque endolorie. J'essayai de reprendre ma respiration. Le bodybuilder se pencha vers moi et je m'écroulai en position fœtale, prêt à essuyer les coups. Mais il m'agrippa par le col jusqu'à me mettre à genoux et agita sous mon nez l'écran de son téléphone. En dépit des larmes qui troublaient ma vue, je reconnus avec stupéfaction Maliha entrant avec moi chez mes parents quelques heures plus tôt.

— Ceci est un avertissement, dit-il. Nous savons où habite votre petite avocate.

Je ne dis rien, malgré la colère sourde qui m'envahissait. Comment avais-je été assez stupide pour mêler Maliha à cette histoire ? Mon imprudence mettait sa vie en danger.

— Dites-moi que vous avez compris, dit-il en m'attrapant par la peau du cou, telle une maman chat avec son chaton.

— J'ai compris, murmurai-je avec peine.

L'homme lâcha son emprise, me gifla deux fois, puis me poussa de nouveau par terre. Je restai recroquevillé au milieu des piles de thé, accablé de remords.

Maliha. Il fallait absolument que je prévienne Maliha.

Le serveur

Londres. Octobre. Mercredi.

— Comment as-tu fait pour décrocher un rendez-vous avec Taania ? demande Anjoli en s'appliquant un peu de fard à paupières devant le petit miroir de son poudrier.

Le train régional pour Watford Junction nous emmène vers les studios Leavesden où Taania Raazia tourne son nouveau film, *Din Ke Baad Din*.

— Je peux être très convaincant, dis-je, levant un sourcil plein de sous-entendus.

Je regarde autour de nous, détaillant chacun des passagers. L'impression diffuse que quelqu'un nous observe ne cesse de me hanter depuis hier.

— Tu te souviens hier soir, quand je t'ai dit que j'avais rencontré Sabina Khan à Calcutta ?

— Oui, monsieur Je-me-la-pète, je m'en souviens.

— Eh bien, j'ai eu un éclair de génie : je lui ai envoyé un SMS pour qu'elle me mette en contact avec Taania. Elle semblait contente de me rendre service… Quand j'étais en charge de l'enquête, je l'ai aidée à récupérer le corps d'Asif à temps pour les funérailles. Elle semble croire que je fais toujours partie de la police, et je n'ai pas cherché à la détromper. Et voilà ! Alors, c'est qui le meilleur ami des stars ?

— Oui, bon, ça va. Enfin, bravo Kamil, dit-elle en me donnant une petite tape sur l'épaule. C'est notre dernière chance de prouver que Neha est innocente.

Malgré son ton légèrement condescendant, je sais qu'elle est impressionnée.

Le train traverse lentement la végétation clairsemée des environs de Watford. Les arbres sont en train de perdre leurs dernières feuilles, et leurs branches nues se découpent contre un ciel aussi triste que mon compte en banque. Je me laisse absorber par la beauté austère du paysage, le rythme lancinant du train apaisant mes pensées.

— Apparemment, ce film est un remake à gros budget d'*Un jour sans fin*, dit Anjoli en me tirant de mes rêveries.

— Il y a des marmottes en Angleterre ?

— Non, ils doivent utiliser des hamsters ou quelque chose d'approchant. Le réalisme n'est pas forcément le propre du cinéma de Bollywood.

Anjoli croque dans un Pim's en regardant le paysage défiler. D'un air absent elle balaye les miettes qui tombent sur son tee-shirt du jour : *Faites une psychothérapie, pas la guerre.*

Une fois à la gare de Watford Junction, nous prenons un Uber pour Leavesden. À l'entrée des studios, on nous remet des pass, après avoir vérifié nos noms sur une liste. Anjoli prend un selfie avec le sien autour du cou, mais je la somme de ne surtout pas publier la photo sur les réseaux sociaux. Je ne voudrais pas que la police apprenne que nous fourrons notre nez dans son enquête.

— Plateau quatre, nous indique l'agent de sécurité.

Un assistant nous conduit à un hangar agréablement

chauffé tout en nous recommandant de ne pas faire de bruit. Sur l'immense plateau, des centaines de danseurs s'agitent frénétiquement en costumes multicolores pour une scène de mariage pendjabi. En arrière-plan apparaît une gigantesque demeure à la façade couverte de fleurs, de fanions colorés et de guirlandes lumineuses (« Le manoir de Sharma », murmure Anjoli). Le chorégraphe à bout de nerfs tente de régler les derniers détails de la scène (« Non ma chérie, à droite, pas à gauche. À DROITE, PAS À GAUCHE ! »). Un beau fouillis savamment orchestré. Anjoli en reste scotchée.

L'assistant nous indique une table où Taania sirote un jus d'orange. Les yeux cernés de khôl, elle porte une longue jupe rose et un petit haut bleu clair. Un bijou brille à son nombril, apparaissant et disparaissant au rythme des mouvements qu'elle esquisse sur sa chaise. En nous voyant approcher, elle s'interrompt et lève la tête.

— Bonjour, je suis Kamil Rahman. Sabina Khan a dû vous…

— Oui, elle m'a expliqué, dit Taania qui nous examine avec curiosité. Elle m'a dit que vous vouliez me voir à propos de la mort de Rakesh. Et que vous êtes inspecteur de police à Calcutta. Pourquoi la police de Calcutta s'intéresse-t-elle à cette affaire ?

— La famille de Rakesh m'a demandé d'enquêter sur sa mort, dis-je en essayant d'esquiver sa question. Il reste des éléments à éclaircir. Je sais que vous avez déjà été interrogée par Scotland Yard, mais est-ce que vous accepteriez de nous aider ?

Son regard se déplace vers ma gauche, et je réalise qu'Anjoli n'a pas encore été présentée.

— Et voici mon assistante, dis-je. Anjoli Chatterjee.

Anjoli hoche la tête et Taania nous fait signe de nous asseoir.

— Ah oui, je me souviens de vous avoir vue à la fête, dit-elle à Anjoli. Vous étiez avec Neha, n'est-ce pas ?

Heureusement, elle ne reconnaît pas celui qui l'a servie toute la soirée en champagne. Je suis resté invisible, un nœud papillon avec plateau parmi d'autres.

Anjoli acquiesce.

— Madame Raazia…

— Je vous en prie, appelez-moi Taania.

— Taania, pouvez-vous nous dire comment vous connaissez Rakesh Sharma ? Vous a-t-il invitée personnellement à la fête ?

— Oui. Il a financé l'un de mes films. Un grand succès, *Jango*.

Je lève les yeux de mon calepin, stupéfait.

— Vous voulez dire *Jango*, avec Asif Khan ?

— Oui, le dernier film qu'il a tourné avant de nous quitter. Quel drame… *Jango* a fait un carton après sa disparition. C'est ce qu'Asif aurait voulu, dit Taania avec une émotion appuyée.

— Et c'est Rakesh Sharma qui l'a financé ? Je croyais que c'était Jaideep Sanyal ?

Le simple fait de prononcer son nom m'envoie une pique à l'estomac.

— Jaideep en a financé une grande partie, mais Rakesh y a aussi contribué. Je l'ai rencontré sur le tournage de *Jango*, et la semaine dernière, il a entendu dire que j'étais à Londres pour mon nouveau film, alors il a appelé pour m'inviter à sa fête.

Je réfléchis à ce qu'elle me dit tout en me demandant

comment entrer dans le vif du sujet sans l'offenser. L'enjeu est de taille : si Taania est définitivement innocentée, nos chances d'aider Neha seront quasiment réduites à néant.

— Avez-vous passé du temps avec lui durant la fête ? dis-je en tâtant le terrain.

— Pas tellement, répond-elle nonchalamment. Nous avons dansé, puis j'ai écouté son discours.

— Je vous ai vue discuter avec lui dans le salon, un peu plus tard, intervient judicieusement Anjoli. Peut-on vous demander de quoi vous parliez ?

— Oh, de cette comédie que je tourne. Et d'autres projets. Il voulait savoir s'il y avait d'autres films que j'avais envie de faire.

— Et qu'avez-vous répondu ? fais-je, curieux de savoir si les choses se décident de cette façon dans le cinéma : lors de fêtes où des actrices viennent importuner de riches investisseurs.

— Je lui ai dit que je rêvais d'une adaptation du *Kama-sutra* du point de vue des femmes. Quelque chose de raffiné, vous voyez. Sans trop de sexe ou de nudité, ce genre de choses. Un *Kama-sutra* spirituel, sur le pouvoir des femmes, explique Taania avec une certaine emphase, voyant l'étincelle de curiosité dans le regard d'Anjoli. Il était très intéressé, et il a proposé de financer le projet. Nous nous sommes donné rendez-vous le lendemain pour en reparler, mais il n'est pas venu. J'ai appris plus tard ce qui s'était passé. C'est terrible. C'était un homme tellement généreux.

— La police a mentionné que vous étiez descendue à la piscine avec lui avant de partir ? demande Anjoli avec autant de tact que possible.

Taania ne répond pas.

— Nous savons que vous n'avez rien à voir avec le meurtre, madame Raazia, dis-je. Mais nous avons besoin de comprendre ce qui s'est passé. Je vous garantis que nous serons d'une discrétion absolue. Je suis conscient des difficultés du monde du cinéma. Comme je vous l'ai dit, je connais Sabina et… Jaideep Sanyal.

Ces dernières paroles semblent avoir piqué sa curiosité.

— Waouh, vous connaissez aussi Jaideep ?

Je viens de faire un bond dans son estime, alors j'avale ma salive et décide de m'enfoncer un peu plus dans le mensonge.

— Oui, dis-je d'un air qui se veut détaché. Pouvez-vous nous dire quelle était votre relation avec M. Sharma ? Cela faisait longtemps que vous le connaissiez ?

— C'est toujours mieux de bien s'entendre avec les producteurs…

Quelqu'un l'appelle et elle se lève.

Toutes ces précautions ne mènent décidément à rien.

— Je suis navré de devoir insister, madame Raazia, mais que s'est-il passé entre vous et Rakesh Sharma à la piscine ? Vous ne faites pas partie des suspects, la police vous a mise hors de cause, mais nous devons savoir ce qui est arrivé.

Elle nous regarde d'un air impassible. Puis se rassied.

— OK. Je l'ai dit à la police anglaise, alors je peux bien vous le dire aussi. Je n'ai rien fait dont j'aie honte. Si vous voulez tout savoir, Rakesh et moi avons eu une aventure. Il m'a fait des avances dès notre première rencontre à Mumbai. Tous les producteurs font ça. Mais samedi soir, c'était particulièrement flagrant. C'était sa fête d'anniversaire, sa femme et son ex-femme étaient assises à l'autre bout de la pièce, et il flirtait ouvertement avec moi. Il était comme ça, il se croyait tout permis.

— Alors pourquoi… commence Anjoli avant de s'interrompre en voyant mon coup d'œil appuyé.

— Pourquoi ? dit Taania en faisant la moue. Vous savez, c'est dur d'être actrice. Particulièrement à Mumbai. On est interchangeables. La plupart d'entre nous ne disposons que de trois ou quatre ans, pas plus. À moins d'avoir de la chance et de devenir une vraie star. Et c'est bien ce que je compte faire. Mais pour cela, il faut savoir saisir les opportunités au bon moment.

— Et… Rakesh représentait une opportunité pour vous ? fais-je.

— Oui. Et vice versa. Grâce à moi, il a gagné beaucoup d'argent avec *Jango*. Et si tout ce qu'il suffisait de faire pour qu'il finance mon prochain film et que mon talent éclate aux yeux du monde entier, c'était d'être gentille avec lui, *usme kya nuksan hai* ? Où est le mal ?

Je sens Anjoli se crisper à mes côtés.

— Mais il allait léguer tout son argent à une fondation caritative, ne peut-elle s'empêcher de remarquer. Vous pensiez vraiment qu'il financerait votre prochain film ?

Taania rit.

— Pfff ! Tous ces *crorepatis* ont de l'argent caché un peu partout. Évidemment qu'il n'allait pas tout donner aux gamins des bidonvilles. C'était juste pour redorer son image !

— Et alors, qu'est-ce qui s'est passé à la piscine ?

demande Anjoli d'un ton qui me paraît trop agressif, et je prie pour que Taania ne le prenne pas mal.

— Il n'y a pas de jugement de notre part, madame Raazia, dis-je.

— *To ab aap mujhe judge kar rahein hain ?* Ça m'est égal. Vous pouvez me juger autant que vous voulez, c'est ça la réalité pour les femmes.

— Je comprends, madame Raazia, je comprends tout à fait, dis-je aussitôt, mais Anjoli est piquée au vif.

— #MeToo n'est pas encore arrivé jusqu'en Inde ? lance-t-elle.

Je me lamente intérieurement. Anjoli est une bonne coéquipière, mais l'interrogatoire n'est pas son point fort. Taania est à deux doigts de nous dire la vérité, et je ne voudrais pas qu'elle se braque. La voilà qui regarde à présent Anjoli avec l'air d'une tigresse sur le point de réduire une antilope en petits morceaux.

— C'est facile à dire pour vous, mademoiselle Hashtagtiviste. Oui, on est au courant pour l'affaire Weinstein. De toutes ces stars internationalement connues qui crient « METOO-SHETOO ». Mais vous savez quoi, pour celles qui essaient de percer dans ce métier, tant que le système reste en place, les Rakesh Sharma du monde entier continueront à obtenir ce qu'ils veulent. *Zindagi to lena dena hain.* La vie c'est donnant-donnant, miss Chatterjee. Vous êtes peut-être psychologue, dit-elle en pointant du doigt le tee-shirt d'Anjoli, mais visiblement, vous avez encore beaucoup à apprendre des réalités de ce monde. Asif Khan les connaissait, lui. Vous pensez peut-être que seules les petites actrices comme moi sont obligées de faire des choses qu'elles n'ont pas envie de faire ? Croyez-moi, même d'immenses stars comme Asif Khan sont forcées d'en passer par là.

— Qu'est-ce qu'Asif Khan a dû faire ? dis-je, intrigué.

— Disons juste que les producteurs ne s'en prennent pas qu'aux actrices. Asif est mort, et je n'ai pas envie de dire du mal de lui. Dans l'industrie du cinéma de Mumbai, le pouvoir n'est pas du côté des stars, contrairement à ce qu'on pourrait croire. Il est du côté des hommes qui financent les films. *Jeevan bhar ke liye*. Et donc, j'ai accompagné Rakesh en bas et j'ai été « gentille » avec lui, fait-elle en dessinant deux guillemets dans l'air. Et puis je suis partie. Vous êtes contents maintenant ?

Je suis interloqué par sa franchise. Anjoli détourne le regard sans rien dire.

— Merci pour votre honnêteté, madame Raazia, dis-je. Nous vous en sommes très reconnaissants. À quelle heure êtes-vous partie de la maison ?

— J'ai laissé Rakesh à la piscine vers 1 h 40. J'ai appelé un Uber, mais il était tard, on était samedi soir et j'ai dû attendre longtemps. Une demi-heure à peu près.

— Et où l'avez-vous attendu ?

Elle hésite un instant.

— Si vous voulez tout savoir, j'ai trouvé une salle de bains où me rafraîchir… Jusqu'à l'arrivée du chauffeur.

Elle regarde Anjoli, la mettant au défi de dire quelque chose. Mais non.

— Vous êtes restée dans la salle de bains pendant une demi-heure ? Pourquoi ne pas l'avoir attendu avec les autres ? dis-je.

— Quoi ? Dans le salon ? J'ai entendu des voix, mais

je ne pouvais pas y retourner après… Et il pleuvait des cordes, alors pas question d'attendre dehors. J'étais plutôt soulagée de me retrouver toute seule : être une célébrité à une fête, c'est épuisant. La salle de bains était confortable : je me suis assise et j'ai passé quelques appels. La police a vérifié mon téléphone.

Je hoche la tête. Son histoire tient la route.

— Avez-vous croisé quelqu'un en quittant la maison ?

— Non. (Elle reste un instant songeuse, puis reprend.) Quand je suis remontée de la piscine, j'ai eu l'impression qu'il y avait quelqu'un dans la salle à manger. Peut-être que je me trompe, ou que c'était juste le majordome ou un serveur… C'est comme si quelqu'un attendait là.

Voilà un élément nouveau.

— En avez-vous parlé à la police ? dis-je en essayant de ne pas trop montrer mon intérêt.

— Non, je viens de m'en souvenir. De toute façon, les policiers semblent penser que c'est Neha Sharma qui l'a tué. Une affaire pour ainsi dire classée, m'ont-ils dit.

Sa dernière phrase me donne des frissons dans le dos. Le commissaire adjoint Ghosh avait eu exactement les mêmes mots à propos de l'affaire Asif Khan. Et je suis bien placé pour savoir que la solution la plus évidente n'est pas toujours la bonne.

Je décide de tenter quelque chose.

— Madame Raazia, saviez-vous que Rakesh avait perdu tout son argent ? Que PinRak était en faillite ?

— Quoi ?

Elle semble sincèrement stupéfaite.

— Oui, dis-je, la fondation était un leurre. Il n'y avait plus d'argent.

Elle marque une pause, puis murmure :

— Ce salaud, cette espèce de *chutiya* ! Il n'avait aucune intention de faire le film. Il voulait juste… Il faut que j'y aille, dit-elle en se levant brusquement.

— Puis-je vous recontacter au cas où nous aurions d'autres questions ?

— Non, je ne veux plus entendre parler de tout ça. Aujourd'hui, c'est ma dernière journée de tournage. Je rentre à Mumbai demain.

Elle fait volte-face et s'éloigne vers le plateau, laissant dans son sillage un parfum de rose. Je me tourne vers Anjoli :

— Un à zéro pour la traînée de Bollywood contre la gauchiste de Brick Lane.

— Ouais ouais, en tout cas tu peux décoller tes yeux de ses fesses maintenant, grommelle Anjoli. Pourquoi lui as-tu parlé de la faillite de PinRak ?

— C'est le seul mobile possible : si Rakesh avait abusé d'elle avant de lui révéler qu'il était en faillite, ça aurait pu lui donner une raison de le tuer. Mais elle ne le savait pas, donc je ne vois pas quel mobile elle aurait eu. Elle croyait vraiment qu'il allait financer son film.

— Hmm, fait Anjoli, pas convaincue. Donc tu la crois ? Et son impression d'une présence dans la salle à manger, tu en penses quoi ?

— Oui, c'est curieux. Qui ça pourrait être ?

— Le majordome, peut-être ?

— Il est parti en même temps que les collègues du restaurant, je l'ai vu. Pourquoi cette fixation sur le majordome, Anjoli ? Laisse-moi deviner : peut-être qu'en fait, il s'agirait du faux jumeau de Rakesh, dont il aurait été séparé à la naissance ? Et qui l'aurait tué avant qu'il ne fasse don de sa fortune pour récupérer l'héritage ? C'est ça ? Clairement, ça tient la route, dis-je en lui lançant un clin d'œil.

— Tais-toi. C'est pas drôle. Et si quelqu'un parmi les invités s'était caché dans la salle à manger ?

— Pas impossible, mais la police a interrogé tout le monde, et on ne voit personne d'autre sortir de la maison sur les vidéos de surveillance.

Anjoli prend une longue inspiration.

— Alors ça y est, c'est fichu pour Neha ?

— Je suis désolé, Anjoli, mais je crains que oui. La police a certainement vérifié l'heure à laquelle Taania a réservé l'Uber, le moment où la voiture est arrivée et les appels qu'elle dit avoir passés. Il faudrait avoir un sang-froid exceptionnel pour tuer Rakesh puis appeler un Uber et l'attendre tranquillement pendant une demi-heure en restant sur les lieux du crime. Et elle n'avait pas de raison de l'assassiner. La bague ne lui va pas, et ses empreintes ne sont pas sur la bouteille de whisky. Tu étais avec moi dans la cuisine. Tes parents étaient avec Pinky, Arjun et Neha dans le salon. Donc la théorie de la police semble fondée. Taania remonte de la piscine, Rakesh envoie ses messages et après notre départ, Neha descend et le frappe avec la bouteille de whisky dans un accès de colère. On est bien obligés de l'accepter. Je ne vois pas ce qu'on peut faire de plus pour l'aider.

Nous repartons à la gare d'une humeur maussade. À l'approche du train, je repère l'endroit où les portes doivent s'ouvrir et m'avance, suivi d'Anjoli. Le train n'est plus qu'à quelques mètres lorsqu'une poussée violente entre mes omoplates me projette vers l'avant. Je perds l'équilibre, trébuche et, comme dans un film au ralenti, j'ai le temps d'apercevoir le visage du conducteur se tordre d'effroi tandis qu'un grondement sourd me monte aux oreilles. Mon pied est sur le point de franchir le rebord du quai quand Anjoli m'empoigne par le manteau et me tire vers l'arrière. Je sens le train frôler mon visage.

Puis je bascule, et m'écrase de tout mon poids sur l'épaule. Anjoli se précipite, paniquée, pendant que les autres passagers nous contemplent avec consternation.

Le souffle court, je réalise avec horreur ce qui vient de m'arriver. Les voix autour de moi me parviennent déformées, comme si j'étais sous l'eau. J'essaie de me lever mais j'ai les jambes en coton. Déjà, le train s'apprête à repartir et les gens me contournent pour monter à bord. Anjoli m'aide à me relever et passe son bras sous mon épaule pour me guider jusqu'à un banc. Je m'écroule avec soulagement. Je sens encore cette main dans mon dos, comme une brûlure à travers mon manteau.

Ce n'était pas un accident mais un geste délibéré. Quelqu'un vient d'essayer de me tuer. Je repense à ces silhouettes fuyantes, cette étrange impression d'être suivi depuis deux jours. Ce n'était pas de la paranoïa, quelqu'un me veut vraiment du mal.

Et soudain, près de la sortie, je l'aperçois qui me dévisage. Vapoteuse à la main, costume chic : Biren, le bodybuilder qui m'avait kidnappé à Calcutta. Il me sourit, m'adresse un petit signe de la main et tourne les talons.

Je reste bouche bée devant la silhouette sombre qui s'éloigne. Que fait-il ici ? Comment m'a-t-il retrouvé ?

L'inspecteur

Calcutta. Juillet. Jeudi.

Je passai le jeudi matin au lit, sous le choc de l'agression de la veille dans le hangar à thé. Effondrée, Maliha insista pour que je prévienne mes parents, mais dans un mélange pervers d'entêtement et de honte, je refusai. Après m'avoir préparé un bol de porridge accompagné d'un cachet de paracétamol, elle vint s'asseoir près de moi et passa doucement de la pommade à l'arnica sur mes bleus.

— Mon Dieu, Kamil. Dans quelle situation t'es-tu mis ? Et tout ça à cause de ton enquête ?

— Je suis désolé, ne cessai-je de lui répéter. Je suis vraiment désolé de t'avoir mêlée à toute cette histoire.

Mes paroles sonnaient creux et je voyais bien que Maliha le sentait. Comment avais-je pu être assez stupide pour la mettre ainsi en danger ? Ces hommes pouvaient revenir à n'importe quel moment. Au moindre faux pas.

L'image de Mitra recroquevillé sur le sol de la salle d'interrogatoire décupla encore mon sentiment de culpabilité. Il fallait que je dise la vérité à Maliha. D'une voix hésitante, je lui racontai ce qui s'était passé au commissariat.

— Maintenant, tu sais tout de l'homme que tu

t'apprêtes à épouser, dis-je. Et je ne t'en voudrai pas si tu préfères annuler le mariage.

Elle prit mon visage dans ses mains.

— Tu dis n'importe quoi, Kamil Rahman. Cette enquête t'a anéanti en seulement trois jours. Tu n'aurais rien pu faire face à ces hommes. Quant au gérant de l'hôtel… Certes, ce n'est pas ton moment le plus glorieux, mais ça s'explique. Et la raison pour laquelle je t'aime, c'est justement parce que tu ne t'en fiches pas. Tu as des remords parce que tu es quelqu'un de bien. Parce que tu as des principes. Téléphone à Mitra, présente tes excuses, et oublie cette histoire. Il s'en remettra, tu t'en remettras, et on pourra reprendre le cours de nos vies comme avant. Va voir Ghosh, fais-lui part de ce que tu as découvert et demande-lui de trouver quelqu'un pour te remplacer. C'est trop dangereux pour nous deux de continuer. Essayons de tirer un trait sur tout ça et de passer à autre chose.

Elle caressa ma tête endolorie et se leva : elle devait aller plaider au tribunal. Je lui dis que c'était peut-être trop risqué, mais elle ne pouvait pas laisser tomber son client et promit d'être vigilante. Je l'embrassai et la regardai partir le cœur serré.

Une fois seul, je me décidai à suivre ses conseils et appelai Mitra. Je voulais m'excuser mais j'espérais aussi qu'il pourrait m'en dire un peu plus au sujet de Jaideep. Si mon agression m'avait convaincu d'une chose, c'était que j'étais sur la bonne piste. Jaideep était forcément impliqué. Qui d'autre de « très au-dessus de moi » pouvais-je avoir à ce point contrarié ?

Je composai le numéro de Mitra. Quelqu'un décrocha, mais sans dire un mot.

— Allô ? Monsieur Mitra ? Est-ce bien vous ? C'est le sous-inspecteur Rahman à l'appareil.

Toujours rien.

— Allô ? insistai-je. Parlez plus fort, je ne vous entends pas.

— Bonjour, sous-inspecteur.

La voix était faible. Mais c'était bien Mitra. Je respirai.

— Monsieur Mitra, bonjour. Je voulais vous présenter mes excuses et vous dire combien j'étais navré de ce qui s'est passé au commissariat. C'était complètement injustifié. J'étais sous pression et… ça n'aurait jamais dû arriver. Comment allez-vous ?

— Ça va… Je vous remercie.

— Encore une fois, je suis désolé. Si je peux faire quoi que ce soit…

— Merci, finit-il par répondre après un silence.

Comment faire maintenant pour amener ma question, me demandai-je ?

— Serait-il possible de venir m'excuser en personne ? dis-je, honteux de mon grossier stratagème.

Encore un silence.

— Monsieur Mitra ? Vous êtes toujours là ?

— Oui, murmura-t-il d'une voix presque inaudible. Vous pouvez venir. En fait, il y a quelque chose que je dois vous dire. Je suis à l'hôtel.

Mon pouls s'accéléra.

— Vous pouvez me le dire tout de suite ?

— Quelqu'un pourrait m'entendre, chuchota-t-il après une hésitation. Retrouvez-moi à la chambre… 455. Je vous y attends.

— D'accord, dis-je en regardant ma montre. Je serai là d'ici une demi-heure.

— Inspecteur, souffla-t-il. Au cas où le temps… Cassé des dents.

— Pardon ? Vous pouvez répéter ? Qu'y a-t-il avec vos dents ?

Mais il avait déjà raccroché. Mon téléphone vibra. C'était un message de Ghosh : *Rahman, j'attends votre rapport*. Bon. Le moment de lui faire part de mes soupçons concernant Jaideep était venu.

Je m'habillai, ce qui ne fut pas une mince affaire, et me dépêchai de sortir en boitillant pour rejoindre le commissariat.

Lorsque j'entrai dans son bureau, le commissaire adjoint se leva. Il semblait plus calme que la dernière fois. Je rentrai aussitôt dans le vif du sujet.

— Chef, je crois avoir découvert le coupable. Asif Khan avait des difficultés financières. Et il était gay, chef. J'ai interrogé Jaideep Sanyal…

Saisi de surprise, Ghosh m'interrompit.

— Jaideep Sanyal ? Le fils du Premier ministre ? Quel rapport cela a-t-il avec lui ?

— C'était un ami d'Asif et il a contribué au financement de ses films. Et, m'empressai-je d'ajouter avant qu'il ne me coupe, j'ai des raisons de penser qu'il était l'amant d'Asif. L'homosexualité étant illégale selon l'article 377, si cela s'ébruitait, Jaideep encourrait la prison. Asif Khan avait un besoin urgent d'argent, et j'ai tout lieu de croire qu'il faisait chanter Jaideep. Celui-ci ne pouvait pas risquer que ça se sache. J'ai une vidéo où on les voit se disputer pendant la soirée précédant la mort d'Asif. Voici mon hypothèse : Jaideep est allé dans la suite d'Asif ce soir-là pour acheter son silence. Ils ont eu un rapport sexuel. Puis, sans doute dans un accès de rage, Jaideep a tué Asif. Après quoi il a dû enfiler la chemise à carreaux et le jean qu'Asif portait à la soirée pour passer inaperçu et a quitté la chambre, sans remarquer qu'il avait laissé tomber une liasse de billets sous le lit. Si nous comparions les empreintes de Jaideep avec celles retrouvées sur la liasse et les emballages de préservatifs, je suis certain qu'elles correspondraient. Je voudrais le convoquer au commissariat pour un interrogatoire.

Je m'arrêtai là, attendant que le commissaire adjoint me félicite pour tout le travail accompli.

Mais il semblait perdu dans ses réflexions.

— Je vois, dit-il enfin. Avez-vous des preuves de ce que vous avancez, ou s'agit-il de simples hypothèses ?

Tout en lui expliquant que je m'étais entretenu directement avec Jaideep au bar, je me rendis compte qu'effectivement, je n'avais rien de concret. Mes théories étaient encore bien fragiles.

— Hmm, fit Ghosh, peu convaincu. Je ne sais pas, Rahman. Sanyal est un VVIP. Il faut faire très, très attention. Si vous n'avez aucune preuve concrète, je ne vois pas comment…

Cette fois-ci, je l'interrompis.

— Il y a autre chose, chef. On m'a tendu un guet-apens hier soir, et…

— Qui vous a tendu un guet-apens ? Que s'est-il passé ?

— Quand je suis rentré chez moi, trois *goondas* m'attendaient près de l'entrée de mon immeuble. Ils m'ont emmené dans un entrepôt à Kidderpore, m'ont menacé et brutalisé.

Ghosh semblait consterné.

— Asseyez-vous, Rahman. Je ne laisserai pas ce genre de choses arriver à nos officiers, dit-il en reprenant place derrière son bureau. Que s'est-il passé ?

Il écouta attentivement le récit de mes mésaventures.

— C'est absolument scandaleux. Raison de plus pour boucler cette affaire au plus vite. Je vais m'occuper de ces *goondas*. Vous vous sentez en mesure de poursuivre l'enquête ?

Voilà ma porte de sortie : c'était le moment d'en profiter. Mais après avoir réfléchi un instant, je m'entendis répondre :

— Oui chef, ça va. Je veux poursuivre le travail jusqu'au bout. Vous pouvez compter sur moi. J'ai la conviction que mon attaque est liée à Jaideep Sanyal. Le message de ces hommes était clair : me tenir à l'écart de certaines personnes haut placées. Et, de tous ceux que j'ai interrogés, il est le seul.

L'air songeur, Ghosh enleva ses lunettes et se pinça l'arête du nez, restant ainsi un bon moment sans rien dire. Puis tout à coup, il se pencha au-dessus de son bureau et me posa la main sur l'épaule.

— Mais non, il n'est pas le seul ! Vous avez aussi interrogé Sabina Khan. Et qui sait, peut-être que ce gérant d'hôtel se croit très important lui aussi. Écoutez, Kamil, c'est une affaire compliquée, murmura-t-il. (C'était bien la première fois qu'il m'appelait par mon prénom.) Écoutez-moi. Trouvez des preuves concrètes, et nous agirons. Mais pour le moment, vous allez remplir un rapport détaillé sur vos ravisseurs, et nous les traînerons devant la justice. Je ne tolérerai pas que mes hommes soient ainsi violentés. C'est inacceptable.

— Oui, chef, dis-je avant de le saluer.

Je comprenais son attitude. Dans sa position, il devait se montrer prudent. Mais j'étais intimement convaincu de l'implication de Jaideep. Mitra aurait peut-être des informations à me révéler, quelque chose de suffisamment solide pour persuader Ghosh d'agir. Il y avait eu cette étincelle dans les yeux du gérant quand je lui avais montré les images d'Asif et de Jaideep.

Puis soudain, je repensai à un élément concret que j'avais complètement oublié de mentionner : le verre à whisky de Jaideep ! Là se trouvait peut-être la preuve dont j'avais besoin. Mon agression de la veille avait entamé ma concentration. J'envoyai aussitôt un message à Hazra pour qu'il aille voir si les résultats étaient prêts, puis je montai dans le 4 × 4 et demandai au chauffeur de foncer vers le Grand Hôtel.

Vingt-cinq minutes plus tard, j'étais devant la chambre 455. Sans tenir compte du panneau « ne pas déranger » sur la poignée de la porte, je frappai.

— Monsieur Mitra ?

La porte s'ouvrit toute seule.

La lumière était allumée dans le vestibule, mais les rideaux de la chambre étaient tirés et la pièce était plongée dans le noir. Je devinai un lit contre le mur, sur lequel des draps étaient roulés en boule et à côté, une chaise. J'avançai de quelques pas, stoppai net, pris de nausée. Une horrible odeur d'excréments venait de m'envahir les narines. J'appuyai sur l'interrupteur : un corps était pendu au ventilateur du plafond. Je restai interdit face à Mitra, dont le cadavre se balançait à présent sous mes yeux.

Non. Non. Pas ça. Pas Mitra. Pas maintenant.

Le serveur

Londres. Octobre. Lundi.

Rakesh Sharma n'est mort que depuis une semaine, mais j'ai l'impression que ça fait une éternité. Aujourd'hui, c'est le jour de ses funérailles. L'enquête officielle est terminée et, depuis mon agression à la gare, Saibal a insisté pour que je fasse moins d'heures au restaurant. Alors au lieu du service, je m'occupe maintenant des livraisons à domicile. Je n'ai pas été gravement blessé, mais je ne suis pas mécontent de pouvoir me reposer la journée, et partir en vadrouille le soir avec la camionnette. Parfois je vais jusqu'à Hackney et Limehouse livrer les commandes ; le Tandoori Knights peut compter sur des clients en manque dans tout l'Est londonien.

Je me demande comment Biren a fait pour me retrouver, et pourquoi. L'affaire Asif Khan est classée, et je ne fais plus partie de la police. Que peut-il me vouloir à présent ? M'a-t-il poussé pour se venger de ce que j'ai fait à Calcutta, dans une ultime tentative pour faire éclater la vérité avant qu'on me mette à la porte ?

J'ai partagé mes craintes avec Anjoli, maintenant qu'elle est au courant de toute l'histoire. Elle a écouté attentivement, mais est restée sceptique :

— Kamil, tu penses vraiment que ce méchant vapoteur musclé aurait fait le trajet depuis Calcutta pour te pousser sous un train en te suivant à la trace jusqu'à la gare de Watford ? On n'est pas dans un roman de Dan Brown ! Ça devait être quelqu'un qui lui ressemblait, tu ne crois pas ?

Mais je suis certain de ne pas me tromper : son vilain rictus est resté gravé dans ma mémoire. Et cette main dans mon dos, et le petit salut qu'il m'a adressé avant de disparaître, je ne les ai pas imaginés. Ce n'était pas une coïncidence.

Depuis que la presse a appris que Neha était accusée du meurtre du riche industriel Rakesh Sharma, elle s'en donne à cœur joie : *UNE CROQUEUSE DE DIAMANTS TUE SON MARI MILLIONNAIRE*, a titré l'un des journaux. Le *Financial Times* a même publié une longue enquête sur PinRak. L'entreprise, lourdement endettée, avait placé tous ses espoirs de survie dans le contrat conclu avec l'État indien pour la construction du métro de Calcutta. Mais l'accord avait été annulé par Ranjit Sanyal (le père de Jaideep !), Premier ministre du Bengale-Occidental, quand une commission anticorruption nommée par lui avait découvert que PinRak s'était rendue coupable de toutes sortes de malversations. Et Arjun qui se vantait de la « transparence » de l'entreprise…

Se peut-il que Rakesh ait eu vent de la relation de Jaideep avec Asif Khan ? Mais non, je divague.

— Tu ne vas pas mettre ça ? me demande Anjoli, vêtue d'un haut et d'un pantalon blancs, comme il se doit pour des funérailles hindoues.

Elle secoue la boule à neige avec la Tour de Londres qu'elle a mise dans ma chambre en souvenir de mon séjour ici, dix ans plus tôt.

— Si, pourquoi ? Ça ne va pas ? C'est un costume sombre.

— Le costume, ça va, mais la cravate est un peu… voyante pour des funérailles, non ? suggère-t-elle en regardant les flocons recouvrir le corbeau perché sur les remparts de la tour.

J'examine la cravate rouge décorée de cristaux de neige que Ma m'a achetée pour mon voyage à Londres. Une cravate « de Noël »…

— Je n'en ai pas d'autres. Je ne suis pas un mec « costume-cravate », moi. Et je ne peux quand même pas porter mon nœud papillon du restaurant pour la cérémonie ? Les gens se demanderont où je cache mon plateau de samossas.

Elle glousse.

— Attends, je vais en emprunter une à Baba.

Elle réapparaît quelques instants plus tard avec une cravate bleu marine qu'elle me passe autour du cou avant de faire le nœud.

— Et voilà, dit-elle. Tu pourrais faire la couverture de *Vogue* : « Tenue islamique moderne pour funérailles hindoues. »

Je ris.

— Tu n'es pas mal non plus, dis-je.

— N'est-ce pas ? dit-elle en ajustant quelques mèches devant mon miroir.

— Les enfants ! appelle Saibal. On doit y aller.

— Les enfants ! grimace Anjoli. Tu as trente ans, moi vingt-sept, et on est toujours des enfants à leurs yeux.

— C'est sympa, je trouve, dis-je en songeant à l'atmosphère formelle qui prévaut dans ma famille.

Ma me voit encore comme son petit garçon, mais Abba a toujours maintenu une distance entre nous : parfois, j'ai l'impression que nous sommes plus des collègues de travail qu'un père et son fils. Avec Saibal et Maya, c'est la première fois que j'ai le sentiment de faire partie d'une vraie famille.

Mes parents de substitution m'attendent en bas des escaliers, vêtus respectivement d'un costume sombre et d'un sari blanc. Nous montons dans la Volvo, les adultes devant, les « enfants » derrière. Comme j'en ai pris l'habitude depuis quelques jours, je jette un dernier coup d'œil autour de moi avant de refermer la portière. Tout semble normal.

— Comment se fait-il que la police ait accepté de rendre aussi tôt le corps à la famille ? demande Anjoli.

— Je ne sais pas, répond Saibal. L'avocat a dit qu'Arjun avait beaucoup insisté, et comme la police pense avoir arrêté la coupable…

D'humeur sombre, chacun se tait.

— Alors Kamil, ce sont tes premières funérailles hindoues ? finit par demander Saibal au bout d'un long moment.

— Oui, Saibal-da, dis-je sans trop savoir où il veut en venir.

— *Bhalo*. Bien. Alors d'abord, nous allons au funérarium pour la cérémonie, puis au crématorium. Les musulmans ne font pas ça, n'est-ce pas ?

— Non, on enterre les morts.

Anjoli et moi échangeons un sourire : Saibal ne perd jamais une occasion de parfaire mon éducation.

— *Hain*. Nous les hindous, nous appelons ça l'*antyesti*. Le dernier sacrifice. Nous croyons à la réincarnation. Le corps n'est rien. L'*atman*, l'âme, est tout. Quand on meurt, le corps est sacrifié, mais l'*atman* renaît dans un autre être, humain ou animal, selon le karma et le bien qu'on a fait ou pas sur terre. Donc Rakesh n'a pas vraiment disparu, il va renaître.

— Probablement sous forme de cafard dans son bidonville de Calcutta, décoche Anjoli.

— Anjoli ! Retire ce que tu viens de dire. Rakesh nous a énormément aidés. On a été amis pendant des années, et aujourd'hui ce sont ses funérailles ! s'écrie Maya d'une voix éraillée.

— Pardon, Ma. C'est juste que je n'ai pas aimé toute cette histoire avec Taania. Quel irrespect pour Neha ! Et puis, ce qu'il a fait à notre famille.

— Personne n'est parfait, dit Maya.

Une fois garés, nous nous hâtons vers la minuscule salle d'attente du funérarium Shanti. Pinky est assise dans un coin, l'air accablé, tandis qu'Arjun contemple un étrange tableau en trois dimensions de la féroce déesse Durga sur le dos d'un tigre. D'autres membres de la famille sont assis là, leurs chuchotements noyés sous la mélopée funèbre des *bhajans* qui s'échappe des enceintes.

— Pas très folichon, murmure Anjoli.

— C'est une cérémonie funéraire, dis-je tout bas. Tu t'attendais à quoi ? Ed Sheeran ? Il faudrait que j'arrive à m'approcher d'Arjun, ce sera peut-être ma dernière chance. Je veux comprendre pourquoi son père m'en voulait.

Mais avant que j'aie le temps de l'aborder, les portes du funérarium s'ouvrent. Le prêtre hindou en *dhoti* et *kurta* blancs qui pianotait sur son iPhone en nous attendant le glisse dans sa poche.

Au milieu de la pièce, trône le cercueil ouvert de Rakesh Sharma. Comme une grande partie des hommes présents, il est vêtu d'un costume chic et d'une cravate.

— Veuillez rendre hommage au défunt, dit le prêtre, et nous nous regroupons autour du cercueil.

Dès qu'on meurt, on devient un « défunt », me dis-je. Ou un « corps », un « cadavre », une « dépouille ». On cesse d'être une personne pour devenir une chose. Ce moment me revient, où j'ai dit à Hazra de « détacher le corps » après avoir découvert Mitra pendu au plafond de la chambre d'hôtel. Je me dis qu'à l'avenir je choisirai mieux mes mots : il faut se souvenir des personnes pour ce qu'elles ont été, pas pour ce qu'elles sont devenues.

Un par un, les membres de la famille s'approchent du cercueil de Rakesh. Je me glisse dans la file pour mieux observer leurs réactions face au défunt. Arjun s'avance le premier, les traits figés. Il cligne des yeux deux fois puis s'éloigne. Pinky ne cesse de pleurer. Une fois mon tour venu, je contemple la figure pâle et inerte de Rakesh : elle a quelque chose d'irréel, comme s'il s'agissait d'une mauvaise copie en cire. J'essaie, sans y parvenir, d'imaginer le brillant homme d'affaires décrit par Arjun et Saibal. La blessure à son front a été savamment maquillée par les pompes funèbres mais étrangement, sa bouche est restée entrouverte.

— Fils aîné, approche s'il te plaît, invite l'officiant.

Arjun s'avance et le prêtre hindou lui remet une

petite coupe en cuivre remplie d'eau et une poignée de feuilles.

— Voici de l'eau sacrée du Gange et des feuilles de *tulsi*. S'il te plaît, verse dans sa bouche.

Arjun s'exécute, et le prêtre entonne des versets des *Upanishads* en sanskrit. Saibal chuchote à mon oreille :

— Ils purifient son corps.

— Je n'arrive pas à croire qu'ils ont empêché Neha d'assister aux funérailles de son propre mari, murmure Anjoli.

Maya hoche la tête, les joues baignées de larmes.

— Maintenant, du riz dans sa bouche, de l'huile sur son front, dit le prêtre.

— C'est de la nourriture pour le trajet qui l'attend, explique Saibal qui prend la main de Maya dans la sienne.

— Les fleurs, dit le prêtre. Faites le tour du cercueil, s'il vous plaît, vite.

Chacun attrape une poignée de pétales rouges dans un panier et les lance sur le corps de Rakesh. Pinky suit le mouvement d'un air hébété.

Une fois les pétales répandus, nous nous éloignons aussi loin que possible du cercueil, et laissons le prêtre effectuer les derniers rites. Tout à coup, je sens une odeur de brûlé. Ils ne vont quand même pas brûler le corps sur place ?

— Hé, qu'est-ce que tu fabriques ? hurle Pinky d'une voix perçante.

Tout le monde se retourne.

— Tante Pinky, tu brûles ! crie Anjoli qui donne des tapes sur l'imposant arrière-train de Pinky dont le sari s'est enflammé au contact d'un bâtonnet d'encens.

Nous retenons un fou rire. Jetant sur la scène un regard désapprobateur, le prêtre se met à chanter de plus en plus fort, jusqu'à ce que tout le monde se taise.

Il fait un geste en direction du croque-mort qui soulève avec Arjun le couvercle du cercueil et le scelle à l'aide de grosses vis en cuivre. Anjoli enlace sa mère, qui pleure contre son épaule.

— Merci. La cérémonie est terminée, dit le prêtre. Veuillez à présent rejoindre le crématorium. Nous vous suivons avec le corbillard.

Nous arrivons au crématorium de Hoop Lane une demi-heure plus tard. Le parking est bondé d'amis et de collègues de Rakesh venus lui rendre un dernier hommage. Je reconnais plusieurs des personnes présentes à la fête. Mais pas de Taania Raazia.

— On dirait qu'elle en a eu marre de Rakesh, dit Anjoli.

— Elle ne devait pas rentrer en Inde ?

— Ah oui, j'avais oublié. Eh bien, que les Indiens la gardent.

Les gens se saluent et prennent place dans le crématorium. Devant l'estrade, un grand portrait de Rakesh est entouré d'une guirlande de fleurs fraîches, avec à ses pieds une simple bougie à LED tremblotante, de celles que l'on trouve au Cash & Carry. Bizarrement, l'ensemble est assez émouvant. J'arrive presque à imaginer Rakesh comme le père et le mari qu'il était aussi, en plus du coureur de jupons et de l'homme d'affaires corrompu. La salle est remplie jusqu'au fond. Visiblement, il était apprécié.

Couvert de fleurs, le cercueil avance sur les épaules

des porteurs : Arjun, Saibal et quatre autres proches de Rakesh. Face à son pupitre, le prêtre salue la congrégation en hindi, puis il laisse place à Arjun.

— Merci d'être venus si nombreux, dit-il. Papa serait tellement heureux. Il m'avait raconté qu'aux funérailles de son père en Inde, il n'y avait que quatre personnes. Papa a fait son chemin tout seul, et à mon tour il va falloir que j'avance sans lui. C'était un homme exceptionnel. Presque trop généreux. Il a fait beaucoup de sacrifices pour en arriver là. Quand j'étais petit, je ne le voyais pas souvent à cause de son travail. Mais j'ai toujours senti sa présence auprès de moi. Il a fait de moi l'homme que je suis devenu. Merci pour tout, papa, nous ne t'oublierons jamais. Ton souvenir restera gravé en nous pour toujours.

Je ne peux m'empêcher d'être ému ; ses paroles pourraient être les miennes. J'ai éprouvé les mêmes sentiments vis-à-vis d'Abba. Avant qu'il ne m'abandonne lorsque j'avais le plus besoin de lui.

Le prêtre se lève pour reprendre la parole alors que s'élève un chant funèbre hindou. D'un mouvement de tête il fait signe à Arjun d'appuyer sur un bouton. Dans un léger grondement, une trappe s'ouvre dans le mur. Le tapis roulant se met en branle, emportant le cercueil. La porte se referme derrière lui.

En sortant du crématorium, j'essaie de m'approcher d'Arjun, mais à chaque fois que je tente de croiser son regard, il se tourne vers quelqu'un d'autre.

Sur le parking Saibal et Maya disent au revoir à Pinky.

— Venez donc dîner tous les deux, dit-elle, et toi aussi, Anjoli. Je suis contente qu'ils aient arrêté cette femme. Rakesh m'aura fait pleurer toutes les larmes de mon corps : d'abord avec le divorce, et maintenant avec sa mort. La bonne nouvelle, c'est que l'administrateur ne pourra pas toucher à ma part. Rakesh a été généreux. Au moins, Arjun sera à l'abri. D'un certain point de vue, je pourrais lui dire merci, à l'autre. Si elle ne l'avait pas séduit et si Rakesh n'avait pas divorcé, on aurait peut-être tout perdu. Parfois une lueur d'espoir s'allume là où on l'attendait le moins.

Puisque je n'ai pas réussi auprès d'Arjun, je tente ma chance auprès de Pinky.

— Toutes mes condoléances, madame Sharma, dis-je.

Elle me regarde, déconcertée. Arjun ne lui a visiblement pas parlé de moi. Réalisant que nous n'avons pas été présentés, Saibal intervient :

— Pinky, voici le fils d'Adil, Kamil. Il séjourne chez nous.

— Oh ! Comment vont Adil et Rehana ? Ça fait des années que je ne les ai pas vus.

— Ils vont bien, merci. Justement, j'aurais aimé savoir si Rakesh vous avait parlé de moi ou d'Abba récemment ? D'un désaccord qu'il aurait eu avec nous ?

— Un désaccord ? Non, il n'a rien dit. Mais pourquoi donc ? demande-t-elle surprise.

Je vois ce qu'Anjoli voulait dire : Pinky ne sait pas cacher ses émotions, il est facile de savoir si elle ment ou non.

— Rien d'important, dis-je. Encore une fois, toutes mes condoléances.

Pinky se tourne pour dire au revoir à d'autres gens. Encore raté.

— Fantastique, dit Anjoli qui la suit des yeux. Donc, Arjun et Pinky récupèrent la moitié de l'argent du divorce, Baba et Ma perdent leur restaurant et leur maison, et Neha va en prison. Oui, une lueur d'espoir…

— C'est le karma, Anjoli, dit Saibal avec philosophie, tâtant ses poches à la recherche des clefs de la Volvo. Nos actions déterminent notre vie. On doit avoir fait quelque chose de mal dans une vie antérieure. Mais ne t'inquiète pas. *Ami tomara Baba, nai ?* Je serai toujours là pour toi. Rakesh est en paix maintenant, et nous allons trouver un moyen d'aider Neha, dit-il en déverrouillant la voiture.

— Je sais, Baba, je sais, dit Anjoli qui monte à l'arrière.

Ouvrant la portière de Maya, j'entends mon téléphone biper : je viens de recevoir un mail.

— Tout va bien ? fait Anjoli en baissant sa vitre.

— C'est l'UKVI, dis-je.

— L'UKVI ? C'est quoi ? demande Saibal.

— Le service des visas et de l'immigration anglais. Je suis convoqué demain à 16 heures avec mon passeport. Ils ont des questions à me poser sur mon visa.

— Quelles questions ?

— Ils ne le précisent pas.

— Je viens avec toi. Baba, personne n'est au courant que Kamil travaille avec un visa touristique ?

— Non. Seulement les employés du restaurant, mais ils ne diraient rien, répond Saibal, préoccupé.

Qu'est-ce que c'est encore que ça ? Je contourne la Volvo pour grimper à l'arrière, quand soudain à quelques mètres de là j'aperçois une silhouette familière. Impossible de me tromper, même avec la casquette je reconnais Biren. Vapoteuse en main, appuyé contre une BMW bleue série 7, les yeux rivés sur moi.

Sans réfléchir, je claque la portière et fonce dans sa direction. Il s'éloigne aussitôt, slalomant entre les voitures jusqu'à la sortie du crématorium. Contournant quelques personnes, je le prends en chasse. Il traverse la route, évitant de justesse un véhicule qui klaxonne, jette un coup d'œil par-dessus son épaule et saute le muret du cimetière d'en face. Je l'imite et zigzague entre les tombes à sa poursuite. Je gagne du terrain, il n'est plus qu'à quelques mètres de moi. Ma volonté d'en découdre me donne des réserves insoupçonnées, mais entendant le bruit de mes pas qui se rapprochent, Biren accélère. Je sens que mes forces commencent à faiblir, mes jambes me font mal. Je ne peux pas le laisser s'échapper comme ça. Il tourne la tête pour voir où je suis, se prend les pieds contre le rebord d'une tombe et trébuche, tête la première. Sans lui laisser le temps de se relever, je me jette sur lui, essayant de lui plaquer les bras au sol. Mais il se débat et bientôt se dégage, roule sur le dos et se met debout face à moi. Je plonge mon regard dans ces yeux rouges qui me hantent depuis cette nuit dans le hangar de Kidderpore. D'un même élan, nous nous jetons l'un sur l'autre, nos crânes se percutent et nous nous écroulons par terre. Je bondis sur lui et nous roulons comme deux gamins jouant à la bagarre dans un bac à sable. Nous nous relevons et je parviens à lui décocher un coup de poing dans l'estomac. Ses abdominaux sont comme du béton et ma main me fait mal, mais j'ai l'impression que le choc a un léger effet sur lui, car il chancelle.

Je cherche autour de moi quelque chose pour le frapper lorsque, rugissant, il charge et passe ses bras autour de ma taille. J'essaie de lui bloquer la nuque mais je roule sur le côté et ma tête vient s'écraser contre une pierre tombale. Du sang coule à présent le long de ma joue. Il agrippe ma cravate et tire vers le haut en m'étranglant.

J'entends des cris au loin :

— Kamil ! Kamil !

Biren lève la tête, me jette un regard plein de mépris et lâche la cravate, puis il s'éloigne en clopinant entre les tombes. Je me lève avec peine tandis que Saibal et Anjoli accourent, affolés.

— C'était lui, dis-je en toussant. C'était lui !

Je lève le poing avec fierté. Puis je m'écroule.

L'inspecteur

Calcutta. Juillet. Jeudi.

Debout sur le lit, je tentai désespérément de dénouer le lien autour du cou de Mitra au cas où il serait encore en vie, mais le tissu était si serré contre sa gorge qu'il était impossible de passer mes doigts au-dessous. Puis je croisai son regard vitreux : j'arrivais beaucoup trop tard.

Je descendis et envoyai un message à Hazra. En relevant les yeux de mon téléphone, je remarquai une enveloppe sur le lit. Je sortis de ma poche une paire de gants en latex et l'ouvris.

LE GRAND HÔTEL

Je suis désolé. Je ne peux plus vivre avec ça sur ma conscience. J'ai tué Asif Khan. J'ai vu l'argent dans ses affaires et je n'ai pas pu résister. Je suis allé dans sa chambre en pensant qu'il n'y avait personne et quand j'ai vu qu'il était là, j'ai paniqué et je l'ai frappé avec la statuette. Je suis désolé.

Abhijit Mitra

J'observai le corps avec perplexité. J'éprouvai d'abord un étrange soulagement : ce que je lui avais fait subir dans la salle d'interrogatoire n'était donc pas à l'origine de son geste. Mitra était-il vraiment le coupable ? Ghosh avait-il raison depuis le début ?

Impossible. Je n'y croyais pas une seconde. L'homme que j'avais eu au téléphone une heure plus tôt n'était pas sur le point de se suicider, j'en étais sûr. Que m'avait-il dit, déjà ? Une histoire de dents cassées ? Je m'approchai du corps pendu en me bouchant le nez, montai sur la chaise et, évitant les yeux, examinai sa bouche pour voir s'il avait reçu des coups. Mais je ne remarquai rien d'anormal.

Je fis le tour de la pièce en prenant des photos. Il y avait un bloc-notes et un stylo sur le bureau. Sur la première page, on discernait l'empreinte d'une écriture. Quelqu'un d'autre avait-il rédigé le mot ? Ou contraint Mitra à le faire ? Je l'imaginais devant la page blanche, forcé d'écrire ce qu'on lui dictait. Il faudrait que je vérifie à quoi ressemblait son écriture. Ou bien est-ce que je me trompais, refusant d'accepter la réalité que j'avais sous les yeux ?

En état de choc, je sentis mes jambes se dérober. Je m'assis par terre en attendant de retrouver mes forces. Les caméras de surveillance. Avec un peu de chance, elles avaient enregistré quelque chose. En espérant que l'hôtel ait remplacé le disque dur que j'avais saisi.

Alors que je me relevais, la porte de la chambre s'ouvrit en grand et Hazra accourut, suivi des agents de l'équipe scientifique.

— C'est le gérant de l'hôtel ! s'écria-t-il.

— Oui, répondis-je. Détachez le corps. Je veux que la chambre soit passée au peigne fin. Il me faut une reconstitution la plus précise possible de ce qui s'est passé dans cette pièce. Postez un agent à l'entrée de la chambre.

— Oui, chef.

— Oh, et demandez aux légistes d'examiner soigneusement ses dents.

— Ses dents, chef?

Hazra me regarda d'un air interdit, comme si je venais de proposer que l'on mange Mitra pour le dîner.

— Oui, ses dents. Qu'ils regardent s'il y en a de cassées. C'est ce que Mitra a dit au téléphone : il a parlé de dents cassées.

Je jetai un dernier coup d'œil à ce spectacle macabre et sortis de la chambre.

À l'accueil de l'hôtel, je montrai mon badge à l'adjoint de Mitra mais ne lui révélai pas ce que je venais de découvrir dans la chambre. Il fallait d'abord que j'établisse les faits. Qui était impliqué ? Je ne savais plus à qui je pouvais faire confiance.

— Vous avez remplacé votre disque dur depuis la dernière fois ? demandai-je.

— Oui, monsieur, pourquoi ?

— Il me faut les vidéos de surveillance de ce matin. Enquête policière.

L'adjoint me regarda d'un air interrogateur.

— Il n'y a que M. Mitra qui ait accès aux…

— TOUT DE SUITE !

Je cognai du poing sur le comptoir : pas de temps à perdre en politesses.

— Oui, bien sûr. Nous utilisons le disque de secours.

Il me conduisit à la petite pièce où se trouvait l'ordinateur et s'éclipsa.

Je déverrouillai l'écran en tapant le même code secret

que la dernière fois : « motdepasse ». Visiblement, les efforts de l'hôtel en matière de sécurité n'avaient pas évolué depuis le dernier meurtre. Je consultai en accéléré plusieurs vidéos, sans savoir exactement ce que je cherchais. Puis ma main se figea sur la souris et j'écarquillai les yeux. À peine une heure plus tôt, les trois hommes qui m'avaient attaqué faisaient leur entrée dans le hall de l'hôtel : le vapoteur bodybuildé et ses deux acolytes. Je sentis mon pouls monter en flèche. Voilà la preuve qui me manquait. Mitra avait bien été assassiné. Sur les ordres de Jaideep Sanyal.

Les trois hommes réapparaissaient ensuite dans l'ascenseur, puis regagnaient la sortie. Quelques minutes plus tard, on me voyait rentrer à mon tour dans l'hôtel. Avec mon téléphone, je filmai les extraits en m'assurant de bien cadrer pour avoir la date et l'heure. Puis je débranchai le disque dur, l'emportai et regagnai la chambre 455 devant laquelle Hazra était posté.

— Ils sont en train de recueillir les indices ?

— Oui, chef.

— Bon. Voilà le disque dur avec les vidéos de surveillance de l'hôtel : amenez-le directement à Ashutosh. Remplissez bien tous les formulaires nécessaires et mettez le disque dur en lieu sûr dans un coffre fermé à clef : personne ne doit y avoir accès. Surtout, vous ne le descendez pas au *malkhana*, compris ?

— Compris, chef.

Hazra s'éloigna à grands pas avec le disque dur et je rentrai dans la chambre. Le corps avait été détaché et reposait par terre. L'agent de la police scientifique qui le photographiait leva les yeux vers moi.

— Ça a tout l'air d'un suicide, sous-inspecteur. Une

affaire classée. Il s'est pendu avec sa propre cravate au ventilateur.

C'était tout sauf une affaire classée, c'était un tissu de mensonges. Plus ça allait, plus j'avais l'impression d'être pris au piège dans un nœud de vipères.

— Mettez-moi sous scellé tout ce que vous trouverez dans la chambre, ordonnai-je en pointant du doigt le bloc-notes et le stylo sur le bureau. Je veux un relevé de toutes les empreintes. Vous avez vérifié ses dents ?

— Oui, rien d'anormal.

Mon téléphone se mit à sonner. C'était Ghosh.

— Oui, chef?

— Rahman ? J'ai réfléchi à propos de Sanyal. Venez me voir.

— Je suis au Grand Hôtel, chef. Nous avons découvert le cadavre du gérant, Mitra. Pendu au ventilateur d'une des chambres.

— Mon Dieu, fit-il après un long blanc. Le gérant ?

— Oui, chef.

— C'est un suicide ?

— Nous avons retrouvé une lettre, mais…

— Je le savais ! s'exclama-t-il avec satisfaction. Cette canaille ! Il a tué Asif Khan et…

— Il s'agit d'une mise en scène, chef. Les hommes qui m'ont attaqué se trouvaient à l'hôtel à ce moment-là. Ils apparaissent sur les vidéos de surveillance.

Nouveau blanc.

— Je vois. Venez à mon bureau, vite.

Trente minutes plus tard, j'étais au commissariat de Lalbazar, et montrais à Ghosh les vidéos de l'hôtel sur mon téléphone.

— C'est la preuve que Jaideep est impliqué, chef. Hier soir ils m'ont passé à tabac pour que je cesse d'enquêter sur lui, et aujourd'hui ils ont tué Mitra pour faire croire à sa culpabilité dans le meurtre d'Asif Khan.

Le commissaire adjoint contempla les images. Puis il se tourna vers moi :

— Vous avez la lettre de Mitra ?

— Oui chef, dis-je en lui montrant la photo que j'en avais prise. Mais ils ont forcé Mitra à l'écrire. Jaideep…

— Écoutez-moi bien, Rahman, fit-il d'une voix grave et solennelle. Ce que je m'apprête à vous dire, je ne le répéterai pas. Cette enquête n'implique pas Sanyal. Cette lettre prouve que le coupable est le gérant de l'hôtel. L'enquête est close. Cessez avec Sanyal. Est-ce que c'est clair ?

Je restai bouche bée. N'avait-il pas saisi ce que je venais de lui expliquer ?

— Mais chef, les hommes…

Ghosh se leva et contourna son bureau. Nous nous trouvions maintenant nez à nez.

— EST-CE QUE C'EST CLAIR ? me hurla-t-il au visage en m'éclaboussant de postillons.

— Oui, chef. C'est très clair.

Il retourna à son bureau, ouvrit un dossier et en feuilleta le contenu tandis que je m'essuyais le visage avec la manche de ma chemise.

— J'organise une conférence de presse demain pour annoncer que l'enquête est bouclée. Vous serez présent, dit-il sans lever les yeux de son dossier. Souvenez-vous, Rahman, dans la police, on ne joue pas solo. On forme une grande équipe.

Mieux vaut jouer solo que dans une équipe de salauds,

avais-je envie de lui répondre. Au lieu de quoi je lui adressai un salut tremblant. Je sortis le cœur battant comme un marteau-piqueur, la vue trouble. Que venait-il de se passer ? J'essayai de reprendre mes esprits, de reconstituer le fil de la discussion. Pourquoi le commissaire adjoint avait-il si brusquement rejeté mon hypothèse, malgré tous les éléments que je lui avais présentés ?

Tout à coup, je faillis perdre l'équilibre. Les points venaient de se connecter dans ma tête. Je fermai les yeux, furieux de ma propre bêtise. Comment n'avais-je pas compris plus tôt ? Quel abruti je faisais ! Ghosh avait tout manigancé depuis le début ! S'il n'avait exprimé aucune surprise lorsque je lui avais annoncé que Jaideep était le meurtrier c'est qu'il le savait déjà !

Je dus faire un gros effort pour réfréner mon envie de hurler et de donner des coups de poing dans le mur. Retournant à mon bureau, je sortis mon calepin et me mis à reconstituer la chronologie des événements. Jaideep avait tué Asif à 1 h 45 puis, pris de panique, il avait prévenu son père. Le Premier ministre ou un de ses hommes de main avait appelé Ghosh et lui avait demandé de régler le problème. Celui-ci avait attendu que le meurtre soit signalé au numéro d'urgence du poste de contrôle, puis il m'avait choisi pour mener l'enquête. J'avais naïvement cru à une promotion, mais tout ce que voulait Ghosh, c'était un pigeon sans expérience, qui ferait ce qu'on lui dirait de faire pour couvrir Jaideep. J'avais été promu pigeon-en-chef. Mon boulot consistait à mettre le meurtre sur le dos de Mitra. Je devais docilement exécuter les ordres du commissaire adjoint, qui lui-même exécutait ceux du Premier ministre. Quant au disque dur, c'était sûrement

Ghosh qui l'avait fait disparaître. Cette enquête était une imposture depuis le début !

J'étais pieds et poings liés. Et cette fichue conférence de presse qu'on m'imposait. À quoi cela rimait-il ? Je me sentais en partie responsable de la mort de Mitra et l'idée de mentir devant des dizaines de journalistes me rendait malade.

Cette affaire me dépassait complètement. Il n'y avait qu'une personne qui pourrait comprendre et peut-être m'aider. J'appelai Abba. Il saurait quoi faire.

Je lui racontai toute l'histoire.

Lorsque j'eus terminé, il y eut un long silence à l'autre bout du fil.

— Une enquête compliquée on dirait, finit-il par dire. Mais l'affaire est bouclée maintenant, non ?

J'étais sans voix. N'avait-il pas écouté ce que je venais de lui dire ? Je me tus pendant dix bonnes secondes.

— Kamil ?

— Oui bien sûr, Abba. L'affaire est bouclée, tout est parfaitement normal. Un vieil homme comme Mitra peut sans difficulté avoir le dessus sur quelqu'un de sportif et musclé comme Asif Khan et le tuer. Et c'est clairement une coïncidence si les types qui m'ont attaqué se trouvaient justement dans l'hôtel au moment précis où Mitra est mort. Et Mitra s'est donc pendu avec sa propre cravate, qu'il a réussi à attacher tout seul au ventilateur du plafond dans le noir complet. Impressionnant.

Abba marmonna quelque chose d'inaudible.

— Bravo, tu as résolu ta première grosse enquête, ajouta-t-il.

— Mais Abba, réveille-toi !

J'étais en colère. J'avais besoin de mon père, de ses conseils et de son impartialité.

— Quelqu'un a donné rendez-vous à Mitra à l'hôtel, repris-je. Ces trois hommes sont arrivés, ils l'ont forcé à écrire cette lettre ou l'ont écrite à sa place avant de le tuer. Ils travaillent pour Jaideep Sanyal ! Mitra devenait gênant. Jaideep lui avait ordonné d'effacer les fichiers vidéo, mais il pouvait encore parler. Et tout à coup, il disparaît. Que dois-je faire ? Abba, s'il te plaît, j'ai besoin d'aide !

Mais Abba ne dit rien.

— Tu ne pourrais pas appeler Ghosh, lui dire qu'il y a erreur sur le coupable ? Le persuader d'arrêter le véritable meurtrier ? … Abba, tu m'entends ?

— Oui, Kamil, je t'entends, dit mon père d'une voix lasse. Je suis désolé que tu aies à subir ça. J'imagine à quel point l'expérience que tu traverses est horrible. Mais qu'est-ce que je peux te dire ? Ce genre d'incidents arrive quand des gens riches et puissants sont impliqués. Tu as raison, j'en suis sûr. Mais que puis-je faire ? Je suis à la retraite maintenant, je ne peux pas interférer. Et tu n'as aucune preuve matérielle contre Jaideep. *Thik achhé*, écoute, tu veux mon avis ? Le voilà. Va à la conférence de presse, fais ce qu'on te demande, classe l'affaire aux yeux de la presse. Après ça, toi et moi, nous irons voir Ghosh pour mettre la main sur les hommes de la vidéo. Je ne laisserai pas les voyous qui ont attaqué mon fils et menacé ma future belle-fille s'en tirer comme ça. Je te le promets. D'accord, Kamil ?

Je restai interloqué. Pour la première fois de ma vie, mon père m'apparaissait comme un lâche. Nous ne nous étions jamais très bien entendus, mais j'avais toujours eu de l'admiration pour lui. Maintenant, je le trouvais faible. Plus faible encore que moi. Je raccrochai. Je ne pouvais plus lui faire confiance. J'étais totalement seul.

En plus du commissaire adjoint, d'autres haut gradés avaient fait le déplacement pour la conférence de presse : le vice-commissaire, le commissaire auxiliaire, le commissaire spécial et le très vénérable commissaire en chef de la police de Calcutta, le successeur d'Abba. Mon supérieur direct, l'inspecteur en chef, et son supérieur direct, l'attaché au commissaire, étaient aussi de la partie. La hiérarchie des forces de l'ordre avait beau m'être familière, c'était la première fois que j'avais une représentation visuelle aussi claire de la ridicule position satellitaire que j'occupais dans cette galaxie. J'étais même un satellite de satellite. Je me glissai en bout de file, espérant ne pas me faire remarquer par la cinquantaine de journalistes qui remplissait la salle de presse.

Mon téléphone bipa. Je le mis en mode silencieux et lus le message. C'était Hazra : *Les empreintes du verre à whisky correspondent à celles des billets et des préservatifs, chef!!! Mais ce ne sont pas celles de Mitra ! À qui sont-elles ?*

Les voilà enfin, mes preuves concrètes : c'était bien Jaideep. Il avait tué Asif Khan. Mais au lieu de me remplir de joie, la nouvelle ne fit qu'accroître mon désespoir. Qu'est-ce que je pouvais faire au milieu de tous ces haut gradés ? Arracher le micro des mains du commissaire et annoncer que Jaideep Sanyal était le meurtrier ? Sauter du toit du commissariat en criant son nom avant de m'écraser au sol ? Dans un cas comme dans l'autre, les chances qu'il soit traduit en justice étaient exactement égales à zéro.

— Mesdames et messieurs, merci pour votre présence à cette conférence de presse, débuta le commissaire en chef. Je suis heureux de vous annoncer qu'après un remarquable travail d'investigation de la section des homicides sous l'autorité du commissaire adjoint Ghosh, nous avons réussi en un temps record à mettre la main sur l'assassin d'Asif Khan. Le commissaire adjoint va vous livrer les détails de l'enquête.

Ghosh se leva et prit le micro.

— Comme vous le savez, M. Asif Khan a été retrouvé mort dans sa chambre du Grand Hôtel le lundi 10 juillet dernier. Nous avons mis sur pied une équipe de choc dirigée par le sous-inspecteur Kamil Rahman. Grâce à leur courage héroïque et leur travail sans relâche, nos agents ont découvert que le coupable était le gérant de l'hôtel, Abhijit Mitra, un homme lourdement endetté.

Lourdement endetté ? C'était bien la première fois que j'entendais parler de ça ! Voilà qui venait parfaire un peu plus le mensonge.

— Nous savons à présent que M. Mitra est entré dans la suite de M. Khan pour y dérober une grande quantité d'argent liquide. Mais ce dernier l'ayant surpris, M. Mitra lui a asséné des coups mortels. Ayant compris que nos soupçons se portaient sur lui, Mitra s'est suicidé en laissant derrière lui des aveux écrits. Nous avons retrouvé à son domicile une grande partie de l'argent volé : huit *lakhs* de roupies. Le coupable ayant perdu la vie, l'affaire est désormais classée. Et maintenant, je vais répondre à quelques questions.

Une cacophonie s'ensuivit, et les divers commissaires se relayèrent pour répondre aux journalistes. À mon grand soulagement, personne ne me sollicita.

À la sortie de la salle de presse, les journalistes se virent offrir un plat de *biryani* à emporter. Ghosh vint à ma rencontre et me serra la main.

— Excellent travail, Rahman. Je suis certain que vous ferez une belle carrière.

— Merci, chef. Avez-vous encore besoin de moi ou puis-je me retirer ?

— Mais oui, disposez. Allez donc célébrer votre succès.

Il se tourna pour parler au vice-commissaire, ignorant mon salut.

La tête vide, je pris la direction de la cantine du commissariat où je commandai un *lassi* et des *bhajis* d'oignons. J'avalai machinalement les beignets croustillants, les yeux rivés sur mon téléphone. Les dernières révélations concernant Mitra faisaient partout la une des médias. Et au moment où j'aurais voulu disparaître, j'étais devenu le héros du jour.

Ting. Un message de mon père : *Félicitations Kamil.* Je l'effaçai. Je ne souhaitais qu'une chose : me retrouver seul avec Maliha, tirer les rideaux et me couper du reste du monde. Les images des tueurs dans l'hôtel et les empreintes de Jaideep sur la scène du crime ne suffiraient pas à rétablir la vérité. Comme j'avais pu être naïf ! Et toutes ces fois où j'avais défendu la police face aux accusations de corruption de Maliha : de l'aveuglement. Maintenant que je voyais enfin les choses en face, je devais fermer les yeux. Épuisé, je sortis mon téléphone pour appeler Maliha quand il se mit à sonner. L'écran affichait un numéro inconnu.

— Inspecteur ! fit une voix paniquée à l'autre bout du fil. Je suis l'adjoint du gérant du Grand Hôtel. Le beau-frère de M. Mitra vient d'appeler. Il voulait lui parler, il n'était pas au courant de sa mort ! Il a dit que trois hommes venaient de forcer la porte de sa maison et d'enlever sa fille ! Elle travaille à l'hôtel comme femme de chambre.

Que se passait-il encore ? Pourquoi le bodybuilder s'en prenait-il maintenant à la nièce de Mitra ? Y avait-il des éléments qu'elle avait omis de dire quand je l'avais interrogée le premier jour de l'enquête ? Ou bien savait-elle quelque chose sur le « suicide » de son oncle ?

— Il a appelé la police ? demandai-je.

— Oui. Il a dit que ces hommes ont demandé à sa fille ce que M. Mitra lui avait donné. Quand elle a dit qu'elle ne comprenait pas de quoi ils parlaient, ils l'ont emmenée. Que dois-je faire ?

Mais qu'est-ce que Mitra avait pu lui donner ? Mon pouls s'accéléra.

— Je m'en occupe, dis-je. Je sais où ils sont allés.

Je remontai à toute allure dans mon bureau, sortis du coffre mon pistolet de service et embarquai Hazra et quatre autres policiers armés dans la Tata Sumo.

— Aux docks de Kidderpore, avec la sirène ! criai-je au chauffeur.

Trente-cinq interminables minutes plus tard, nous arrivâmes à proximité de l'entrée des docks. Le chauffeur éteignit la sirène et s'arrêta non loin de l'entrepôt. Nous sortîmes discrètement du 4 × 4 et je fis signe aux agents d'armer leurs pistolets. Je positionnai un policier de chaque côté des portes du hangar. À mon signal, nous nous engouffrâmes à l'intérieur en hurlant « Police ! », armes au poing.

Malgré la faible luminosité, je discernai trois silhouettes, fuyant se cacher derrière des palettes de boîtes à thé. La nièce de Mitra était assise à quelques mètres de nous sur une palette à moitié vide, visiblement terrifiée mais pas blessée. Je me précipitai pour la mettre à l'abri derrière une pile de boîtes tandis que mes hommes se faufilaient entre les palettes à la poursuite des *goondas*.

Un coup de feu retentit et j'entendis Hazra s'écrier :

— Ils sont armés, chef !

— Vous n'avez pas le choix ! hurlai-je, accroupi à côté de la nièce de Mitra. Rendez-vous et vous avez une chance d'en réchapper. Sinon, vous êtes morts.

Il n'y eut pour toute réponse qu'une autre détonation. Que faire maintenant ?

Un coup d'œil au-dessus de la pile me permit d'effectuer un rapide repérage des lieux. Les palettes formaient des rangs suffisamment larges pour laisser passer les chariots élévateurs. Quelques rayons de soleil entraient par les portes restées ouvertes. Si c'était le seul accès, avec deux de mes hommes de chaque côté, ils ne pourraient pas sortir. Je fis signe aux autres d'avancer deux par deux vers le fond du hangar. Rasant les murs, ils commençaient à gagner du terrain lorsque d'autres coups de feu retentirent, suivis d'un bruit de verre brisé, et nous fûmes plongés dans l'obscurité.

— Ils ont tiré sur les ampoules ! cria Hazra, grand maître des évidences.

Mon plan tombait à l'eau. La nièce de Mitra tremblait

dans mes bras. Je la fis asseoir et lui chuchotai que je lui promettais de la faire sortir de là saine et sauve.

Je sortis mon arme et m'avançai jusqu'à la première allée, quand tout à coup j'entendis une détonation en provenance de l'entrée, suivie d'un cri.

— Je l'ai attrapé, chef ! lança l'un des policiers posté près des portes. Et toi, hurla-t-il à l'homme qui se tordait au sol, lâche ton arme ou je tire !

L'homme obéit et l'agent le traîna contre le mur pour le menotter à une conduite d'eau.

— Excellent travail ! criai-je. Maintenant, les deux autres, sortez de là ou ce sera pire pour vous !

Pas de réponse. Je repartis vers le fond du hangar en essayant d'amortir le bruit de mes pas sur la sciure de bois qui jonchait le sol, me guidant au mur à tâtons dans la quasi-obscurité. Puis je perçus un léger bruissement à quelques pas de moi et m'immobilisai. J'attrapai une grosse boîte de thé et la lançai dans la direction du bruit, tenant mon arme de l'autre main. Un coup de feu retentit, dégageant une étincelle. Je tirai à mon tour, non sans éprouver un certain plaisir en entendant ma cible hurler. Je tirai une deuxième fois, un peu plus haut. Puis plus rien.

Le silence s'installa, chacun attendant que les autres se manifestent. Soudain, le moteur d'un engin se mit en marche. Je courus vers l'entrée : un chariot élévateur fonçait tout droit vers les portes ouvertes. Nous nous précipitâmes à sa poursuite. Le vapoteur sauta de la cabine et s'élança hors de l'entrepôt, coursé par trois agents et Hazra qui peinait à les suivre.

J'aidai la nièce de Mitra à se relever et demandai au policier resté à la porte de conduire l'homme menotté au 4 × 4. Mais à peine sortions-nous de l'entrepôt que Hazra revenait avec les autres.

— On l'a perdu, chef, éructa-t-il en s'appuyant contre la voiture pour reprendre son souffle. Il y avait une Jeep avec un chauffeur qui l'attendait. J'ai relevé le numéro de la plaque.

— Très bien, Hazra. Vous avez tous bien travaillé. Prenez une torche et allez chercher le dernier homme.

Quelques minutes plus tard, ils réapparurent les mains vides.

— Désolé, chef, il a dû s'échapper.

Tant pis, ce n'était pas le moment de se lamenter. Il y avait du pain sur la planche.

— Au commissariat, dis-je.

De retour au poste, je fis asseoir la nièce de Mitra dans une salle d'interrogatoire et lui offris une tasse de thé et un biscuit.

— Buvez, Edha, dis-je doucement. Nous avons prévenu votre père, il arrive. Racontez-moi exactement ce qui s'est passé.

Elle avala une gorgée.

— C'était mon jour de congé et j'étais à la maison avec papa. Ces trois hommes sont entrés chez nous et ils ont commencé à crier qu'oncle Mitra m'avait donné quelque chose et qu'il fallait que je leur dise où c'était. Je leur ai expliqué que je ne savais pas de quoi ils parlaient, mais ils ont attaché papa et ont continué à me poser encore et encore la même question, et puis ils m'ont emmenée avec eux en me menaçant des pires choses si je ne leur disais pas et…

Elle se mit à sangloter.

Ce n'était pas la peine de continuer, elle ne pourrait

rien m'apprendre de plus. Je la laissai en compagnie d'une collègue et me rendis auprès du *goonda* blessé dans une autre salle. C'était celui qui m'avait à moitié étranglé avec son gros bras pendant que son ami le vapoteur me menaçait. Il était à présent menotté à un pied de la table et saignait de la jambe. Perché sur une chaise, Hazra mangeait un sandwich, comme à son habitude.

— J'ai besoin d'un docteur... marmonna le *goonda*.

— Ah oui, comme moi samedi dernier, quand vous m'avez tabassé ? répliquai-je. Pourquoi vous en prendre à cette fille ? On vous voit très clairement sur les vidéos de surveillance, juste avant la mort de Mitra, donc si vous ne parlez pas, vous serez pendu, dis-je en traînant une chaise de l'autre côté de la table. Parlez.

Au bout d'un moment, voyant qu'il n'y avait plus d'échappatoire, il obéit.

— C'est eux qu'ont tué le patron de l'hôtel, les deux autres. J'ai rien fait, moi. Je suis resté dehors pour faire le guet. Mais le gérant de l'hôtel, il a tué Asif Khan, donc il l'a bien mérité, ajouta-t-il d'un air provocant. Il a dit qu'on pouvait pas le tuer, qu'il avait des informations en lieu sûr qui sortiraient si on le tuait. De quelles informations il parlait, je sais pas.

— Et ensuite ? Pourquoi vous êtes allés chercher la fille ?

— Ils ont tapé le gérant, et il a fini par dire que c'était la fille qui avait les informations. Après, ils l'ont tué.

— Pour qui tu travailles ? hurlai-je.

— Biren.

— Biren, c'est ton chef ? Le type avec la vapoteuse ?

— Oui. Un docteur, s'il vous plaît ! gémit-il en regardant la mare de sang qui se formait sous sa jambe.

— Et Biren, il bosse pour qui ?

— Quelqu'un d'important mais je sais pas qui c'est. Je l'ai jamais vu. Biren est son garde du corps. C'est seulement la semaine dernière qu'il nous a engagés.

Hazra leva la main, prêt à frapper, et l'homme hurla.

— Je vous le jure sur ma tête ! Biren travaille pour des stars, c'est tout ce que je sais ! S'il vous plaît, un docteur !

Inutile d'insister. J'adressai un signe de tête à Hazra.

— Qu'on lui fasse un bandage et qu'on le colle en cellule. Et sous surveillance, je ne veux pas qu'il lui arrive quoi que ce soit.

Je retournai à mon bureau et nettoyai mon arme en repensant à ce qui s'était passé. J'avais enfin accompli quelque chose d'utile dans cette affaire en secourant la nièce de Mitra, avant qu'il ne lui arrive malheur. Mais que lui voulaient-ils ? Elle avait juré que Mitra ne lui avait rien donné. Et j'étais certain qu'elle ne mentait pas.

Je replaçai mon arme dans le coffre et le verrouillai. Et soudain j'eus un déclic. Peut-être qu'Edha ne savait pas que son oncle lui avait laissé quelque chose.

Je venais enfin de comprendre la signification de l'étrange formule de Mitra : « cassé des dents ».

Le serveur

Londres. Octobre. Mardi.

J'ai les nerfs à vif. Pourquoi Jaideep a-t-il lancé Biren à ma poursuite à Londres ? Il semble avoir la mémoire longue, et le bras plus long encore. On dirait qu'il veut ma peau. Est-ce qu'il craint que j'aie gardé des preuves de son implication dans le meurtre d'Asif Khan ?

Il va falloir redoubler de prudence. Je ne peux pas prendre le risque de mettre Anjoli en danger. Je ne me le pardonnerais jamais. Jaideep et Biren ont déjà détruit ma relation avec Maliha. Je ne les laisserai pas recommencer avec les autres personnes chères à mon cœur.

La lettre des services de l'immigration fait-elle aussi partie de ce plan contre moi ? L'affaire Asif Khan est classée… mais peut-être Jaideep est-il aussi impliqué dans le meurtre de Rakesh ? Ce qui du même coup remettrait en cause la culpabilité de Neha ? Je finis par tourner en rond avec toutes ces questions.

Dans la salle d'attente bondée du département des visas et de l'immigration, nous sommes entourés, Anjoli et moi, de gens de toutes les nationalités, avec ou sans enfants. Tous ont cette même expression, un mélange de stress et de lassitude, qui m'est devenue familière. Mon appréhension se loge dans le creux de mon estomac, comme une sensation de faim persistante. Il y a des affiches au mur expliquant en lettres capitales les dangers auxquels on s'expose en restant sur le territoire britannique au-delà de la limite de son visa, d'autres invitant les gens à informer les autorités s'ils ont connaissance de personnes travaillant sans papiers. On nous prévient aussi que les traitements médicaux dispensés aux étrangers dans les hôpitaux ne seront administrés qu'après avoir réglé la totalité des frais. Et que ceux qui emploient des immigrés sans papiers encourent de graves pénalités.

Tout ce que je lis ne fait qu'accroître mon anxiété. Même des gens qui ont vécu toute leur vie dans ce pays doivent aujourd'hui se battre pour ne pas être expulsés. Quel espoir me reste-t-il, moi qui travaille illégalement avec un visa touristique ? Ils vont certainement me renvoyer chez moi, sans même me laisser le temps de repasser prendre mes affaires. Qu'est-ce que je vais dire à Ma et Abba en rentrant à Calcutta ? Et est-ce que j'y serai en sécurité ? Biren ne cherchera-t-il pas à finir le boulot ?

— Regarde, c'est ton nom sur le tableau, dit Anjoli. Salle 17.

Un petit homme poussiéreux nous y attend. La pièce me rappelle mon bureau à Lalbazar. Les fonctionnaires sont visiblement logés à la même enseigne un peu partout à travers le globe. Je me demande l'effet que ça fait de passer huit heures par jour dans ce cube sans fenêtre face à des gens terrorisés dont on a le pouvoir de détruire ou de changer la vie d'un simple trait de stylo-bille.

— Monsieur Rahman, je suis un agent des services

de l'immigration. Vous parlez anglais ? questionne-t-il en levant à peine les yeux de ses papiers, sans se lever pour nous serrer la main.

— Oui, bien sûr, dis-je.

Je prends place face à lui, Anjoli à mes côtés.

— Très bien. Puis-je voir votre passeport, s'il vous plaît ?

Je lui tends mon précieux livret bleu marine en essayant de ne pas trembler. Il en examine chaque page, puis le compare avec un autre document dans le dossier ouvert sur son bureau.

— Vous êtes ici avec un visa touristique et vous êtes arrivé… il y a neuf semaines, c'est bien ça ? demande-t-il, le nez dans ses formulaires.

— C'est exact, je suis venu visiter le pays et voir des amis de mes parents, dis-je en m'efforçant de sourire.

Il lève la tête.

— Vous êtes musulman ?

— Oui. Pas pratiquant, me crois-je obligé de préciser.

— En quoi cela importe-t-il ? demande Anjoli.

— Et vous fréquentez une mosquée ? poursuit-il sans faire attention à elle.

— Non, je ne suis pas pratiquant, comme je vous l'ai dit.

— Et vous êtes allé au Pakistan ?

Je pensais qu'ils voulaient savoir si je travaillais illégalement, mais ces questions commencent à prendre une tout autre tournure.

— Non. Les Indiens n'ont pas le droit de s'y rendre pour une visite touristique.

— Pourquoi posez-vous ces questions ? s'interpose Anjoli. Il est ici en toute légalité et il a le droit de faire ce qu'il veut tant qu'il respecte la date d'expiration de son visa. Et comme vous le voyez, il a encore trois mois.

— Et vous êtes…

L'agent de l'immigration regarde Anjoli en réprimant un sourire à la vue de son tee-shirt : *Harry ne serait rien sans Hermione*.

— Je suis Anjoli Chatterjee, une amie de Kamil. Et je suis citoyenne britannique, rétorque-t-elle.

— Puis-je voir votre pièce d'identité ? demande-t-il poliment.

— Non, vous ne pouvez pas. Nous ne sommes pas dans un pays fasciste. Du moins, pas encore !

— Anjoli, s'il te plaît, dis-je tout bas.

Mais elle ne m'écoute pas.

— Pourquoi cet interrogatoire ? poursuit-elle, pugnace. Il n'a rien fait de mal.

— Des questions ont été soulevées au sujet de son visa et je dois vérifier certains éléments, répond calmement l'agent.

— Soulevées par qui ? demande Anjoli.

— Je ne peux pas vous le dire, malheureusement. Avez-vous travaillé sur le territoire britannique ?

Et voilà. Ils enquêtent bien là-dessus, finalement. Mais qui les a mis au courant ?

— Travailler ? dis-je. Non, bien sûr que non. Je suis officier de police. Où est-ce que je pourrais trouver du travail en tant que policier, ici ?

Je ris. L'agent, non.

— Donc, vous ne travaillez pas comme serveur au… (il consulte ses papiers) au Tandoori Knights à Brick Lane ?

— Non, je me repose, je visite les environs, dis-je

d'un ton qui se veut nonchalant. Mais les amis de mes parents, chez qui je séjourne, habitent effectivement au-dessus du restaurant. C'est peut-être de là que vient la confusion ?

Il hausse les épaules.

— Veuillez m'excuser, je dois aller faire une photocopie de votre passeport. Je reviens dans un instant.

Il referme le dossier, le glisse dans le tiroir de son bureau et sort de la pièce.

Dès que la porte se referme, Anjoli se rue sur le tiroir pour en sortir le fameux dossier.

— Qu'est-ce que tu fabriques, Anjoli ? dis-je horrifié.

— Chut ! fait-elle, ouvrant la chemise et tournant les pages.

— Arrête ! Ils risquent de m'expulser.

Avec son téléphone, elle prend une photo du formulaire que l'agent de l'immigration examinait à l'instant, puis elle fourre le dossier dans le tiroir et se rassied, l'air de rien, au moment où l'agent rouvre la porte.

Il reprend place derrière son bureau, sort la chemise cartonnée et y insère consciencieusement les photocopies qu'il vient de faire.

— Nous allons procéder à quelques vérifications, puis nous reviendrons vers vous. Merci de vous être déplacé, dit-il en me rendant mon passeport.

— Que va-t-il se passer maintenant ? dis-je à Anjoli une fois que nous sommes dans la rue.

— Aucune idée. Mais personne dans le restaurant ne dira que tu travailles ici. T'inquiète, je t'épouserai et tu pourras devenir mon homme au foyer si jamais...

— Attends, montre-moi la photo que tu as prise.

Je zoome et déchiffre le document en le faisant glisser de gauche à droite. Il s'agit de l'impression d'une page web des services de l'immigration britanniques : quelqu'un a rempli un formulaire en ligne déclarant que Kamil Rahman, un musulman, travaille illégalement au restaurant Tandoori Knights de Brick Lane. Déclaration soumise par Arjun Sharma, de PinRak Industries. Je rends son téléphone à Anjoli.

— Arjun ! siffle-t-elle. Le salaud ! Pourquoi a-t-il fait ça ? Tu crois que ça pourrait avoir un rapport avec le meurtre ? Qu'il craint que tu découvres quelque chose ?

— Regarde la date, dis-je. Ça remonte à cinq semaines. Avant que je le rencontre. Avant la mort de Rakesh.

Mais sans me laisser le temps de réfléchir à ce que ça signifie, mon téléphone se met à sonner.

— Ma ? Mais c'est la nuit chez vous ? dis-je.

— Kamil, il faut que tu reviennes, dit Ma d'une voix rauque, et même à des milliers de kilomètres de distance je devine qu'elle a pleuré. Ton père a eu une crise cardiaque.

L’inspecteur

Calcutta. Juillet. Vendredi.

CASSÉ DES DENTS.
CASIER D’EDHA.

Ça m’était venu tout à coup, en refermant le coffre-fort de mon bureau. Ça ne laissait qu’une possibilité.

Au Grand Hôtel, l’adjoint de Mitra me remit une clef et me conduisit aux vestiaires du personnel où se trouvait le casier de la femme de chambre. Je l’ouvris et en fouillai le contenu : un uniforme, du maquillage, des magazines et des échantillons de shampoing de l’hôtel. Et tout au fond, sous un vieil exemplaire de *Stardust*, une enveloppe sur laquelle était écrit mon nom. J’en sortis une lettre visiblement griffonnée à la hâte.

Sous-inspecteur Rahman,

Si vous lisez cette lettre, c’est que je suis mort. Je crains pour ma vie. J’ai reçu un appel l’après-midi du jour où Asif Khan a été tué, me demandant d’effacer les vidéos de surveillance. Ils m’ont promis 8 lakhs si j’acceptais, et si je refusais ils ont dit qu’ils tueraient ma famille. J’ai fait ce qu’ils demandaient et le lendemain matin, ils m’ont remis l’argent. J’ai honte de l’avouer, mais je l'ai pris et je vous ai menti. L'homme qui m'a remis l'argent vient de m'appeler : il veut me voir à l'hôtel demain matin. J'ai peur. Je mets cette lettre dans le casier de ma nièce et si quelque chose devait m'arriver, j'espère que vous la trouverez. Je suis désolé.

A. Mitra.

PS : je joins quelque chose qui vous sera peut-être utile.

Je renversai l'enveloppe : une clef USB me tomba dans la main.

J'avais le cœur serré pour lui. Le pauvre homme s'était retrouvé pris au piège d'une affaire qui ne le concernait pas et qui lui avait coûté la vie. La même chose aurait pu arriver à sa nièce tout aussi innocente. J'enrageais contre Jaideep et les gens de sa catégorie qui commettaient des crimes en toute impunité, et je m'en voulais de ma propre impuissance. Je me jurai de faire tout ce qui était en mon pouvoir pour rendre justice à Mitra, d'une manière ou d'une autre.

De retour au commissariat, j'insérai la clef USB dans mon ordinateur et cliquai sur le premier des deux fichiers. J'écarquillai les yeux : c'étaient Jaideep et Asif riant dans l'ascenseur de l'hôtel. Jaideep portait un sac de gym et il était vêtu du même pantalon et de la même chemise que sur les images du film tourné pendant la fête. L'heure indiquée était 0 h 05, lundi. Je cliquai sur l'autre vidéo : 2 h 43, Jaideep redescendait seul les étages avec à la main le même sac de gym qui semblait plus lourd. Il portait maintenant le jean et la chemise à carreaux d'Asif. L'écran redevenu noir, je repris enfin ma respiration.

Je la tenais, ma preuve irréfutable. Jaideep avait assassiné Asif parce que celui-ci le faisait chanter. Il avait envoyé ses hommes de main menacer Mitra et lui promettre de l'argent s'il faisait disparaître les vidéos. C'était Jaideep qui leur avait ordonné de me passer à tabac et de tuer Mitra. Avec ses empreintes sur les emballages de préservatif et la liasse de billets, j'avais accumulé suffisamment de preuves pour l'incriminer.

Inutile d'en faire part à Ghosh : les pièces à conviction risquaient de mystérieusement finir aux oubliettes. Je ne pouvais compter que sur moi-même. Je savais ce qu'il me restait à faire. Il n'était plus question d'être la marionnette du commissaire adjoint. Je resterais fidèle à mes principes, même si ça devait me coûter cher. Abba serait certainement furieux, mais au moins il saurait que je m'étais battu pour que justice soit faite. Je vengerais Mitra et Asif Khan. Pour enlever une écharde, rien de mieux qu'une autre écharde, aurait dit Ma.

Je pris la direction de l'antenne cybercriminelle.

— Ashutosh, tu as une minute ? C'est pour un truc personnel.

Enlevant son casque, il s'apprêtait à me décocher une remarque sarcastique quand il vit mon air sombre. Il hocha la tête et nous allâmes nous asseoir dans une salle d'interrogatoire. J'hésitai un instant. Est-ce que je ne faisais pas une erreur en le mêlant à ça ? Mais je n'avais pas le choix.

— Écoute, je suis dans de sales draps. J'ai besoin de ton aide.

Je lui racontai tout, en terminant par les vidéos de surveillance et la lettre de Mitra que je lui montrai.

— Putaiiiiiiiin ! C'est complètement dingue ton truc,

Kamil, se contenta-t-il de remarquer une fois que j'eus fini.

— Tu peux le dire. Et donc, voilà : j'aurais besoin d'un site web sur lequel publier tout ce que je sais sur l'affaire. Ensuite j'enverrai aux médias un lien vers le site. Il y en aura bien un qui relaiera l'info. Tu crois que tu pourrais faire ça ?

— T'es complètement taré ou quoi ? C'est la fin de ta carrière. Peut-être même la fin de ta vie !

— Je m'en fiche, répondis-je. Deux personnes sont mortes. Ils ne peuvent pas s'en tirer comme ça. Ne t'inquiète pas, je ne dirai à personne que tu as participé. Tu ne seras pas impliqué.

— C'est pas ça qui m'inquiète, mec. Je me débrouillerai sans problème pour qu'ils ne remontent pas jusqu'à moi. Mais est-ce que tu es certain de ce que tu fais, Kamil ? C'est ultra risqué !

— Oui, j'en suis certain, tranchai-je, faisant fi de mes doutes.

— Tu signes ton arrêt de mort, mon gars, mais OK…

Deux heures plus tard, le site www.asifmurder.in était sur pied. J'y révélai tous les dessous de l'affaire, puis créai une adresse mail anonyme où les journalistes pourraient me contacter pour plus de détails. J'envoyai enfin un lien vers le site aux trois plus grands journaux du pays.

Il ne me restait plus qu'à attendre.

Je passai mon samedi à surveiller les publications des médias, espérant que quelqu'un relaie l'information, mais rien. Il y avait eu quelques visites du site, mais relativement peu. J'essayai de me raisonner. C'était une révélation explosive et les journaux que j'avais contactés avaient une réputation à défendre : ils devaient prendre le temps de vérifier les informations. Mais je commençais à douter. Où s'arrêtait la sphère d'influence de Jaideep ? Les journalistes le contacteraient certainement pour recueillir ses commentaires. Et le Premier ministre chercherait alors à les faire taire. Avais-je une fois de plus mal évalué les choses ?

Puis je vis que @Bollysizzle avait twitté : *Asif a-t-il vraiment été assassiné par un gérant d'hôtel suicidaire ? Notre bourreau des cœurs avait-il un vilain secret à cacher ? Quel est ce riche et bel homme d'affaires qui faisait la fête avec lui ce soir-là ? Bollysizzle a hâte d'en savoir plus ! #Asifdeath*

Le tweet ne comptait encore que trois likes et n'avait pas été retwitté, mais c'était un début. Un peu plus confiant, je demandai à mon chauffeur de passer prendre Maliha à la sortie de son travail. Ma ayant appris que j'avais été agressé, elle avait aussitôt exigé que nous venions manger, persuadée que sa cuisine pouvait tout arranger. Dans la voiture, je racontai à Maliha les derniers rebondissements. À l'exception du site internet.

— C'est fini tout ça, Kamil. Tourne la page, dit-elle simplement.

Exactement le conseil que m'avait donné Abba. Je ruminai dans mon coin pendant le reste du trajet, ma main dans la sienne.

— Quelle horreur, comment ont-ils osé s'en prendre à mon fils ? Quelles ordures ! Mon pauvre Kamil… répétait Ma. Adil, fais quelque chose, traîne ces truands devant la justice et fais-les pendre !

Maliha trouva habilement un moyen de changer de sujet en évoquant les préparatifs du mariage.

Abba me fit signe de le suivre dans son bureau et nous servit un whisky. Le dos droit, la peau tannée tel un banian, il portait comme à son habitude un beau costume-cravate. Ses cheveux gris étaient impeccablement coiffés, sa moustache et sa barbe bien taillées. Je balayai des yeux les nombreuses récompenses et décorations qu'il avait reçues au cours de sa carrière. Il y en avait des dizaines, ainsi que des photos de lui en compagnie de hauts dignitaires. Depuis toujours je me sentais tout petit dans cette pièce. Mais son absence de réaction face à mon appel à l'aide me laissait perplexe. Je voulais lui laisser une dernière chance.

Je lui racontai l'enlèvement de la femme de chambre et comment nous l'avions secourue. Je lui montrai les vidéos laissées par Mitra, et le site internet qu'Ashutosh et moi avions créé. Il écouta silencieusement, le visage grave, tenant son verre des deux mains.

— Je suis navré que tu te trouves dans cette situation, Kamil.

— J'ai besoin de toi, Abba. J'ai vraiment besoin de tes conseils, maintenant.

Il regarda le fond de son verre.

— C'est ma faute, dit-il. J'aurais dû te mettre en garde quand j'ai vu que les choses commençaient à tourner au vinaigre. Tu joues avec le feu, Kamil. C'est un jeu extrêmement dangereux. Il faut supprimer ce site internet.

— Abba, j'ai toutes les preuves en main ! m'écriai-je d'un ton révolté. (Je me sentais soudain, au milieu de cette pièce, comme un adolescent sur le point de piquer une crise.) Tu les as vues de tes propres yeux. Comment est-ce que tu peux me demander d'arrêter ? Tu sais bien que ce n'est pas juste. S'il te plaît ! Tu ne pourrais pas parler au commissaire en chef? On ne peut pas laisser faire ça, Abba !

— Kamil, je sais que tu m'en veux de ne pas t'aider davantage, mais on marche en terrain miné. Ce sont des gens dangereux. Ils t'ont attaqué, ils ont menacé Maliha et ils ont tué le gérant de l'hôtel. Qui sait ce qu'ils sont capables de faire d'autre ? Tu risques de perdre ton travail. Voire pire. Je me préoccupe avant tout de ton bien, Kamil !

— Abba, je suis membre des forces de l'ordre, dis-je de plus en plus indigné. Je suis sous-inspecteur à la section des homicides. Je ne peux pas arrêter. Tu te souviens de ce que tu as dit, le jour de la remise des diplômes ? « Faites en sorte que ceux qui s'en prennent à des innocents soient punis et que leurs victimes obtiennent justice » ? C'étaient des conneries, si je comprends bien !

Sa figure vira au rouge, et il cogna son verre sur la table.

— ÉCOUTE-MOI BIEN, KAMIL ! Ce n'est pas un jeu ! Tu ne comprends donc pas que ta vie et celle de Maliha sont en danger ? Tu veux te faire tuer ? Tu veux qu'il arrive malheur à Maliha ? À ta mère ? Fais disparaître ce site et arrête tout de suite ces bêtises !

J'étais sonné. D'habitude, sa colère s'exprimait de façon calme et mesurée. Il suffisait qu'il fronce un sourcil pour que je sois aussitôt pris d'infinis remords et que je me confonde en excuses. Il ne m'avait jamais crié dessus. Jamais. Je me rendis compte que je tremblais.

Ma et Maliha accoururent.

— Qu'est-ce qui se passe ? Pourquoi ces cris ? Adil, fais attention à ta tension artérielle !

Mon père se détourna.

— *Pah !* Essaie de faire entendre raison à ton idiot de fils, Rehana. Il se met en danger, et Maliha avec. Il a résolu son affaire, il a été félicité, mais il s'entête à poursuivre. Je ne sais plus quoi faire.

— Qu'est-ce que tu as fait, Kamil ? Qu'est-ce qui se passe, Maliha ?

— Je ne sais pas, répondit-elle. Je croyais que c'était terminé, Kamil ?

Retrouvant mon calme, je leur montrai le site internet. Mais je savais déjà que je n'allais pas aimer leur réaction. Maliha blêmit.

— Maliha, il fallait bien que je fasse quelque chose, marmonnai-je.

— Et quand est-ce que tu comptais m'en parler ? Jamais ? fit-elle avec une étincelle de colère dans les yeux. Tu voulais faire quelque chose ? Mais enfin, Kamil, pas ça ! Ton père a raison, c'est de la folie.

Elle fit volte-face et sortit de la pièce. Quelques secondes plus tard, la porte de l'appartement claqua.

Ma et Abba me regardaient, attendant que je dise quelque chose. Venais-je de commettre une terrible erreur ? Abba avait-il raison ? Sans dire un mot, je quittai moi aussi l'appartement et essayai, en vain, de rattraper Maliha.

Le lundi matin, je reçus un message de Ghosh me convoquant dans son bureau.

Il me jeta un regard froid lorsque j'entrai et, sans

m'inviter à m'asseoir, il m'annonça sans plus de cérémonie :

— Vous êtes démis de vos fonctions au sein de la police de Calcutta. Et ce, à compter de maintenant. Remettez-moi votre badge. Vous portez votre arme de service ?

J'étais scié.

— Non. Quoi ?

— Vous êtes révoqué pour manquement à vos devoirs. Avec effet immédiat.

— Mais, chef, je…

— Votre badge.

Je le posai sur son bureau.

— Votre téléphone ?

— Mais ?

— Donnez-moi votre téléphone.

— C'est mon téléphone personnel, chef.

— Vous le récupérerez. Déverrouillez-le et donnez-le-moi.

Hébété, je m'exécutai.

Le commissaire adjoint trouva les fichiers qu'il cherchait et supprima les vidéos de surveillance avant de me rendre mon téléphone.

— Sortez.

Je quittai son bureau dans un état second. Il ne m'était jamais venu à l'esprit que mes supérieurs pourraient aller jusqu'à révoquer le fils du commissaire en chef Adil Rahman. Avaient-ils eu connaissance du site web ? Ashutosh avait-il parlé ? Avaient-ils réussi à retracer l'origine de l'adresse mail ?

J'allai sur le site asifmurder.in sur mon téléphone.

Il avait disparu. Tout comme le tweet de @Bollysizzle.

C'était terminé.

Et maintenant ? Qu'est-ce que j'allais dire à mes parents, à Maliha ? À la sortie du commissariat de Lalbazar, mon regard s'arrêta sur le sceau de la police de Calcutta au fronton du bâtiment, avec en gros caractères sa devise en sanskrit : *Satyameva Jayate*, « la vérité vaincra ». Quelle ironie. Chancelant, je m'appuyai contre le mur.

Mon téléphone bipa. Un message d'un numéro masqué. Avec des photos. Je cliquai dessus.

C'était Maliha. Quittant son appartement. En route pour son travail. Entrant dans le tribunal.

Et un message.

Quand j'en aurai fini avec elle, vous serez morts tous les deux.

Il faisait froid et gris en ce matin d'août où je débarquai de mon vol Jet Airways à l'aéroport de Heathrow.

Des quelques semaines qui venaient de s'écouler, je ne gardais qu'une impression de brouillard. Après avoir été révoqué de la police et couvert de déshonneur, j'étais revenu habiter chez mes parents. Et suite aux nouvelles menaces reçues par SMS, Abba avait fait appel à une agence de sécurité privée chargée d'assurer notre protection vingt-quatre heures sur vingt-quatre. Il avait essayé de faire jouer ses contacts dans la police pour retrouver Biren, mais ça n'avait rien donné. Il n'avait rien dit, mais je devinais que c'était un coup dur pour lui : il avait perdu en influence. Dans mes moments les plus sombres, la culpabilité m'envahissait : Abba avait travaillé dur toute sa vie pour gagner le respect de ses collègues, et en une semaine seulement, son idiot de fils avait tout gâché.

Une fois le coupable désigné, l'intérêt qu'avait suscité l'affaire Asif Khan s'étiola assez vite, la presse et le grand public passant à d'autres scandales. Seul un petit article parut dans le *Telegraph* :

Le policier de l'affaire Khan révoqué

TNN : 31 juillet 2017, 2 h 37 IST

Calcutta : Le sous-inspecteur Kamil Rahman, fils du commissaire de police à la retraite Adil Rahman, a été révoqué de la section des homicides de la police de Calcutta pour corruption. Chargé de l'enquête sur le meurtre d'Asif Khan, Rahman était encore, il y a deux semaines, un des éléments les plus prometteurs des forces de l'ordre de la ville. Il est accusé d'avoir accepté des pots-de-vin de la mafia locale et d'avoir tenté de tuer l'un de ses membres sur les docks de Kidderpore auquel il avait tenté de soutirer plus d'argent. Le commissaire en chef a signé son ordre de révocation il y a deux jours. Une enquête est en cours et d'autres sanctions pourraient être prises.

Ma avait caché le journal à sa sortie, mais Hazra m'en avait gentiment envoyé une photo par SMS. J'étais complètement découragé en le lisant. Je ne retrouverais jamais du travail. Le commissaire adjoint y veillerait.

Ce soir-là au dîner, alors que je peinais à avaler quelques bouchées, Abba s'adressa à moi :

— Kamil, il faut qu'on parle.

— *Hain*, Abba ?

— Il vaudrait mieux que tu quittes Calcutta. J'ai eu mon ami Saibal au téléphone, celui qui vit à Londres. Je crois que tu devrais aller passer quelque temps chez lui et sa femme. Il peut te donner du travail dans son restaurant. Si tu pars, Maliha sera plus en sécurité. Je pense que c'est la meilleure solution.

La première pensée qui me vint était qu'il avait honte de moi et ne supportait plus ma présence. Mais pouvais-je lui en vouloir ? Puis en y réfléchissant, son idée finit par me plaire. Partir serait peut-être le meilleur moyen de tourner la page. Loin de mon passé et de mes échecs.

J'abordai le sujet avec Maliha au Someplace Else pub de Park Street. Notre relation s'était détériorée. Je vivais mal le fait de la savoir occupée pendant que je passais mes journées à regarder de stupides programmes télé sur mon ancien lit d'enfant. Chaque fois qu'on se voyait, j'étais d'une humeur maussade et ne faisais que ressasser mes problèmes. Je me comportais mal et finissais par me détester. Ce voyage à Londres m'offrait peut-être une planche de salut. Cela me redonnait une pointe d'espoir.

— C'est la solution, Maliha, lui dis-je. Un nouveau départ, pour nous deux. Saibal est un bon ami d'Abba. On peut loger chez lui le temps que les choses se décantent. Et puis à notre retour, on pourrait déménager à Mumbai.

— Kamil, je ne peux pas faire ça, dit-elle avec douceur, malgré la fatigue et la tension qui se lisaient sur ses traits. Toute ma vie est ici. Mon travail, mes parents… J'aime Calcutta. Il y a des choses que je veux y accomplir, qui me tiennent à cœur. Encore plus depuis… depuis ce qui est arrivé. Je ne peux pas supporter que des types comme ça s'en tirent aussi facilement.

— Tu veux dire des types comme moi ? dis-je, irrité.

— Bien sûr que non. Qu'est-ce qui te prend ? Je parle de ceux qui t'ont attaqué, de Jaideep et ses *goondas*.

— Et comment faire pour continuer à vivre avec cette menace permanente au-dessus de nos têtes, Maliha ?

— La menace est retombée, Kamil. Ça fait un bon moment que rien n'est arrivé. L'affaire est classée. Qu'est-ce qu'ils gagneraient à nous attaquer maintenant ?

— Je ne sais pas.

Je commandai un autre whisky.

— Tu ne crois pas que tu as assez bu comme ça ?

— C'est seulement mon deuxième. (C'était le quatrième.) Ça va. Écoute, je ne peux pas rester ici. J'ai besoin d'un nouveau départ. Abba a raison. Ces six mois à Londres pourraient me faire le plus grand bien. Il a déjà tout organisé avec Saibal, il n'y a plus qu'à faire nos bagages. Viens, s'il te plaît.

— Oh, donc tu as déjà pris ta décision ? Tu pars ?

Je pris une grande gorgée de whisky.

— Oui.

— Bon, eh bien il n'y a plus rien à ajouter, alors. *Ami Aaschi*.

Elle enleva sa bague de fiançailles, la posa sur la table et s'en alla. Je ne la revis plus.

Je passai les jours suivants à réserver mes billets, à acheter des vêtements et des cadeaux et à dire au revoir aux rares personnes que je voyais encore. Je gardais un très bon souvenir de Saibal et Maya. Nous nous étions vus plusieurs fois par le passé, quand j'étais enfant et j'étais même allé chez eux à Londres quand j'avais dix-neuf ou vingt ans. Je me souvenais de leur fille

Anjoli : dix-sept ans, assez agaçante, un peu godiche et très bavarde, avec un appareil dentaire et de longues tresses. Elle n'avait pas arrêté de me parler de groupes de musique que je ne connaissais pas (« Tu connais pas les Killers ? Ni les White Stripes ? Vous êtes aussi à la ramasse que ça, à Calcutta ? Vous écoutez encore les Spice Girls ou quoi ? Non mais c'est littéralement hallucinant ! »). Je lui avais acheté une boule à neige de la Tour de Londres qui l'avait amusée ; elle pouvait recréer sa propre tempête miniature partout où elle allait.

J'emportai assez peu de bagages. Juste ce qui rentrait dans ma valise à roulettes en dehors des multiples boîtes de gâteaux *sandesh* et d'épices que Ma avait préparées pour Maya.

— Ne t'inquiète pas, je t'enverrai tout ce dont tu auras besoin, m'assura Ma. Je vais t'acheter un gros manteau bien chaud pour l'hiver. Il fait un temps glacial là-bas !

Je passai le contrôle de l'immigration, récupérai mes bagages et me dirigeai vers le hall des arrivées, où je cherchai des yeux Saibal et Maya.

Le serveur

Calcutta. Octobre. Mercredi.

Après quinze heures de vol, Saibal, Anjoli et moi arrivons épuisés à l'aéroport international Netaji Subhash Chandra Bose de Calcutta. Saibal ne voulait pas laisser Maya seule, mais elle n'a rien voulu savoir : il fallait bien que quelqu'un reste pour s'occuper du restaurant. Saibal avait le devoir de se rendre au chevet de son ami malade et ce serait l'occasion pour Anjoli de faire la connaissance de sa famille de Calcutta. Anjoli craignait qu'on en profite pour lui présenter toute une brochette de prétendants mais elle ne pouvait manquer cette opportunité de visiter l'Inde.

Je suis anxieux à l'idée de revoir Abba : on ne s'est pas quittés en bons termes. J'aimerais qu'on reparte sur de bonnes bases, et je suis déterminé à faire les efforts nécessaires. Je redoute aussi que Biren m'ait suivi à la trace et cherche une fois de plus à me faire la peau.

Nous récupérons nos bagages puis nous devons nous frayer un passage à travers la foule et, parmi les dizaines de chauffeurs proposant « voiture climatisée, pas cher », nous choisissons un taxi jaune Ambassador pour nous rendre directement à l'hôpital. Le chauffeur attache solidement la valise de Saibal sur le toit avec des sangles, car tout ne rentre pas dans le coffre. Je ferme les yeux et hume l'odeur familière, chaude et poussiéreuse de Calcutta, au milieu des cris des porteurs offrant leurs services et des incessants coups de klaxon des voitures. Je suis chez moi.

Cette douce allégresse se dissipe au bout de dix minutes d'immersion dans les bouchons et la chaleur moite de la ville (« clim en panne », nous informe sombrement le chauffeur). Après deux interminables heures, le taxi s'immobilise devant l'entrée de l'hôpital où nous attend de pied ferme Ma qui, toutes les dix minutes, nous a envoyé des messages pour savoir où nous en étions. Elle bondit de joie en nous voyant et me prend dans ses bras.

— Ça fait si longtemps, Kamil ! Tu n'appelles jamais, tu n'envoies jamais de mails, il faut que ton père soit mourant pour que tu répondes aux messages !

Elle finit par desserrer son étreinte pour embrasser les autres.

— C'est tellement gentil d'être venus, Adil va être si content de vous voir. Il dort pour le moment, mais il va beaucoup mieux. Il va pouvoir rentrer à la maison aujourd'hui. Quelle frayeur ! Venez lui dire bonjour, il est dans une aile privée de l'hôpital. J'ai une surprise pour toi, Kamil, ajoute-t-elle avec une petite étincelle dans le regard.

Nous faisons rouler nos valises dans les couloirs verts et défraîchis jusqu'à l'aile privée qui a exactement le même aspect crasseux que les autres parties du bâtiment.

Le nom d'Abba figure sur une ardoise blanche accrochée à la porte de sa chambre. Au moment où nous entrons, j'aperçois un visage familier à ses côtés et mon cœur fait un bond dans ma poitrine.

— Je t'avais bien dit que j'avais une surprise ! glousse Ma, ravie de son coup.

— Comment vas-tu, Kamil ? murmure Maliha en me faisant une bise sur la joue.

— Il est devenu maigre comme un clou, il ne mange pas assez, interfère Ma.

— Ça va, oui… et toi, ça va ?

Comment puis-je être aussi intimidé face à une personne dont j'étais si proche ? Pourquoi les mots ont-ils tant de mal à sortir ?

— Je suis venue rendre visite à Adil, et quand j'ai su que tu arrivais, je me suis dit que j'allais t'attendre.

— Euh, merci… Je veux dire… c'est super de te voir. Désolé, je suis dans le coaltar, le vol a été long, dis-je, ne sachant qu'ajouter d'autre.

— Bon, il faut que j'y aille, finit-elle par dire. On aura le temps de se voir avant que tu repartes à Londres ?

— Oui, bien sûr. Je t'enverrai un message, dis-je en remarquant qu'Anjoli examine Maliha qui, elle, déchiffre d'un air perplexe son tee-shirt *Fière d'être tout ce que le Daily Mail déteste*.

Dans son lit, Abba dort, relié à un moniteur qui bipe à intervalles réguliers. Je me penche et dépose un baiser sur son front. Il semble si menu et fragile. Où est passé l'imposant personnage qui a exercé tant d'influence sur mon existence ? Je réalise brusquement qu'il a failli mourir. Je ne peux pas imaginer ma vie sans lui, malgré la distance qui nous sépare.

Saibal s'approche du lit, dit quelques mots à voix basse et pose doucement sa paume sur la joue d'Abba, qui cligne des paupières et ouvre les yeux. Saibal lui prend la main et Anjoli s'avance à son tour.

— Bonjour, oncle Adil, chuchote-t-elle.

— Qui est cette charmante jeune femme ? murmure-t-il en souriant. Tu étais une petite fille avec des nattes la dernière fois que je t'ai vue.

— *Tui bhebechilish tui more jaabi are amader shobaike chere chole jaabi ?* Tu croyais que tu allais nous faire faux bond comme ça, Adil ? Pas si vite, pas si vite, mon ami. *Chalo*, on te ramène à la maison, dit tendrement Saibal.

— Je suis indestructible, tu le sais, Saibal. (Abba sourit et se tourne vers moi.) Ah, Kamil. Tu es venu. Comment vas-tu, mon fils ? demande-t-il, tendant vers moi une main tremblante.

— Ça va, Abba. Je suis content que tu ailles mieux, dis-je en lui prenant la main.

En route pour l'appartement de mes parents, Ma aborde le sujet que tout le monde a préféré éviter jusque-là.

— C'est bien triste pour Rakesh, dit-elle.

— Oui, répond Saibal. Un terrible accident.

— Tu étais là quand c'est arrivé, Kamil ? Pourquoi tu ne nous en as pas parlé ?

Abba ne dit rien. Ce n'est pas le moment d'entrer dans les détails. La discussion s'arrête là. Pour l'instant.

La circulation s'est un peu fluidifiée et nous ne mettons qu'une demi-heure pour arriver. Épuisés après notre vol, Saibal, Anjoli et moi disons à Ma que nous avons besoin de dormir, mais elle insiste pour qu'on s'installe à table et goûte à son curry de poisson. Anjoli semble impressionnée par le grand appartement de mes parents, au décor typiquement bengali.

— Je ne suis à Calcutta que depuis quelques heures mais j'ai déjà appris que tu es un petit peu plus chic que je ne croyais, monsieur Poirot ! fait-elle avant que je regagne ma chambre et m'écroule de fatigue sur mon lit.

Le lendemain matin, encore assommé par le décalage horaire, je trouve Saibal et mes parents en train de boire un thé dans le salon. Anjoli, elle, est déjà partie rendre visite à la famille de sa mère. Je mange docilement mon petit déjeuner en leur compagnie, puis offre à mes parents les cadeaux achetés à l'aéroport de Dubaï : un foulard pour Ma (« C'est magnifique, Kamil ! Tu as si bon goût ! ») et deux boîtes de balles de golf pour Abba (« Merci, mon fils »).

— Alors cette retraite, ça te plaît, Adil ? demande Saibal. Jouer au golf, passer du temps avec Rehana ?

— Il ne s'arrête jamais de travailler, grommelle Ma. Il aime se croire indispensable. Et ses anciens collègues font comme s'il n'avait pas pris sa retraite ! Ils l'appellent tout le temps. En particulier ce Ghosh, là.

Un courant électrique me traverse.

— Tu es toujours en contact avec le commissaire adjoint, Abba ?

— Pas vraiment, dit Abba. Il appelle de temps en temps pour demander de tes nouvelles. Je crois qu'il regrette ce qui s'est passé.

Je ne suis pas sûr qu'il dise la vérité, mais en le voyant assis là, vieux et fatigué, je préfère ne pas épiloguer.

Comme je n'ai rien de prévu pour la journée, je me décide à envoyer un message à Maliha. Elle a une réunion à 10 heures ce matin mais elle est libre avant, alors nous nous donnons rendez-vous au Coffee Day de Park Street.

Sa bise sur la joue me fait un drôle d'effet. Ses cheveux ont poussé depuis mon départ à Londres. Vêtue simplement d'un jean et d'un haut rouge, elle est toujours aussi belle. La blessure familière se rappelle à moi. Il y a tant de choses que j'aimerais lui dire, mais que je me sens incapable d'exprimer.

— Alors, que deviens-tu ? fais-je en prenant une gorgée de café pour tenter de cacher mon émotion.

— Ça va. Et toi ?

— Bien. Comment vont tes parents ?

— Ils vont bien.

Tout le monde va bien. C'est super. À peine entamée, la conversation s'essouffle déjà. Maliha touille son cappuccino, effaçant le parfait motif de plume dessiné dans la mousse.

— Et, est-ce que tu… vois quelqu'un ? dis-je sans avoir vraiment envie de connaître la réponse.

Elle esquive.

— Et toi ?

— Non.

— Anjoli est très belle.

Je ne sais quoi répondre à ça, alors je bois une autre gorgée de café, suivie d'un autre silence.

— Comment ça se passe au travail ? fais-je, frustré par la tournure que prend notre conversation.

— J'ai démissionné. J'ai rejoint un autre cabinet qui s'occupe d'affaires mettant en cause des policiers. On représente des musulmans défavorisés.

— Génial, c'est ce que tu as toujours voulu faire. Si j'étais encore dans la police, tu te battrais contre moi. Non, sans rire, je suis vraiment content pour toi, Maliha.

Je pose timidement ma main sur la sienne. Elle ne la retire pas. Je ne sais plus où j'en suis.

Son visage s'adoucit.

— Comment ça va, Kamil, vraiment ?

— Maliha, dis-je en bredouillant, je suis désolé, je n'étais pas bien quand je suis parti. J'ai été horrible avec toi. J'avais honte, j'étais en colère.

— Je sais, Kamil. Ça n'a pas été facile, ni pour toi ni pour moi. J'aurais simplement aimé qu'on puisse en discuter un peu plus. Après ton départ de la police, tu es rentré dans ta coquille et je n'arrivais plus à te parler.

— Oui, tu as raison. Je suis désolé. Abba pensait qu'il valait mieux que je parte à Londres.

Nous nous regardons en nous tenant la main.

— Je n'ai toujours pas tourné la page, dis-je d'une voix hésitante.

— Tourné la page de quoi ? demande-t-elle avec douceur.

Toutes les rancœurs que je garde au plus profond de moi depuis des semaines ressurgissent.

— Je fais comme si tout ça était derrière moi. Mais quand je vois cette ordure de Jaideep dans la presse… Invité à des fêtes. Partout sur Instagram. Comme si de rien n'était. Comme s'il n'avait tué personne. Dans ces moments-là, tout me revient.

Elle me regarde, les yeux brillants.

— Kamil, je sais que c'est dur. Mais ça va finir par passer. Forcément. Laisse le temps faire son œuvre.

— Je sais. C'est juste que revenir ici fait tout remonter. Et tu me manques, Maliha.

— Oui, toi aussi. (Elle retire ses mains et s'appuie contre le dossier de sa chaise.) On restera toujours amis, j'espère. Mais puisque tu m'as posé la question, oui, j'ai rencontré quelqu'un d'autre.

Mon cœur s'arrête un instant de battre.

— Oh, qui ?

— Tu ne le connais pas. Il est avocat dans le même cabinet que moi. C'est quelqu'un de bien.

Elle essaie de décrypter ma réaction, et je ne veux surtout pas qu'elle se sente coupable ou qu'elle ait pitié de moi. Alors, je souris.

— Tant mieux. Je suis heureux que les choses se passent bien pour toi. Tu le mérites.

— Vraiment ? fait-elle, et son visage s'éclaire. J'avais un peu peur de te le dire.

— Oui, vraiment, Maliha ! Je suis heureux pour toi. Et je le pense.

Nous restons un moment sans rien dire. Paisiblement.

— Combien de temps restes-tu encore ? demande-t-elle.

— Pas longtemps, le temps qu'Abba aille mieux.

— Je suis sûre que ça va aller. Mais ne remue pas tout ça, Kamil. Ça appartient au passé.

Je hoche la tête.

— Bon, il va falloir que je parte à ma réunion, dit-elle. Je suis heureuse de t'avoir vu. (Elle se lève, puis s'immobilise.) Tu sais quel jour on est, aujourd'hui ?

Je regarde ma montre.

— Oui, le 19 octobre… oh…

Des larmes perlent au coin de ses yeux.

Je me lève et la prends dans mes bras.

— Je suis désolé.

— C'est la vie. Ça aurait été une belle journée pour un mariage, non ?

— Oui, c'est sûr, dis-je, la voix rauque.

Un baiser sur ma joue et elle tourne les talons. Je la regarde s'éloigner de sa démarche rapide et familière. Je ressens un étrange mélange de tristesse et de quiétude. Le sentiment d'avoir à la fois perdu, résolu et gagné quelque chose. Je vois maintenant très clairement ce qu'il me reste à faire. C'est à Calcutta que je me sens chez moi, c'est ici que j'ai envie de vivre. Je vais commencer par pardonner à Abba. Je vais me comporter en adulte. M'excuser, tout arranger entre nous. Si Maliha a réussi à prendre un nouveau départ, moi aussi je peux le faire.

Lorsque j'arrive à la maison, Ma et Abba sont en train de regarder un feuilleton indien sur le Mahabharata. Saibal est parti rejoindre Anjoli. C'est le moment idéal. Sentant en moi un regain d'optimisme, je m'apprête à leur dire ce que j'ai sur le cœur, mais Ma me coupe dans mon élan, insistant pour m'apporter quelque chose à boire.

— Alors, comment ça se passe à Londres, Kamil ? Saibal s'occupe bien de toi ? demande mon père.

— Oui, Abba.

Il hoche la tête et retombe dans son mutisme habituel.

Ma revient avec une carafe de *nimbu pani*, me tend un verre et propose à Abba de goûter à sa citronnade.

— Je vais plutôt prendre un verre de Black Label, dit-il.

— Non mais ça va pas ? À 11 heures du matin ? Il ne

faut pas se remettre à boire si vite quand on sort d'une crise cardiaque. De toute façon, la bouteille est vide. Tu ne te souviens pas que vous l'avez finie avec Rakesh, quand il est venu le mois dernier et que vous avez eu cette dispute ?

Abba rougit.

— Ah oui, marmonne-t-il.

Je mets quelques secondes à percuter. Puis instantanément, mes bonnes résolutions partent en fumée. Le souffle coupé, je regarde Abba. Je vide mon verre et le repose le plus calmement possible sur la table.

— Je peux te dire deux mots, Abba ? Dans ton bureau ? dis-je avec difficulté.

— Je suis fatigué, Kamil. Plus tard.

— C'est important, ça ne prendra pas longtemps.

— Parle avec ton fils, Adil. Tu ne l'as pas vu depuis si longtemps, l'encourage Ma.

Il me suit à contrecœur dans le bureau et prend place dans son fauteuil en cuir. Je m'assieds sur le repose-pied face à lui.

— Alors comme ça, Rakesh Sharma t'a rendu visite le mois dernier ? dis-je en plissant les yeux. Ici, dans cet appartement ? Et vous avez trinqué ensemble ? Au téléphone, tu m'as dit que ça faisait un an que tu ne l'avais pas vu. Pourquoi m'as-tu menti ? Qu'est-ce qui s'est passé ? Pourquoi vous êtes-vous disputés ?

Il met un moment à répondre.

— C'est terrible ce qui lui est arrivé. Tu étais là le soir de sa mort, n'est-ce pas ? demande-t-il, éludant ma question.

— Oui, j'étais là. Tu le connaissais bien ?

— Je le connaissais.

— Vous étiez amis ?

— Oui, répond-il au bout d'un moment. Je le précédai d'un an à l'université. On ne se voyait pas souvent. Mais quand je suis devenu commissaire, il a repris contact avec moi.

— Comment se fait-il que je ne l'aie jamais rencontré ?

— Tu ne vivais déjà plus ici.

Ses réponses évasives commencent à m'énerver. Il faut que je procède comme avec un suspect, que j'oublie qu'il s'agit de mon père. Je hausse le ton :

— Qu'est-ce qui se passe, Abba ? Inutile de me cacher la vérité. Je n'arrêterai les questions que quand tu m'auras tout dit. Donc s'il te plaît, cessons de perdre du temps, dis-moi la vérité.

— D'accord, finit-il par répondre. Mais d'abord, apporte-moi un verre d'eau. Je dois prendre mes médicaments.

Je me lève en essayant de maîtriser mon agacement. C'est bien Abba : il faut toujours qu'il garde le contrôle de la situation.

En revenant de la cuisine, je pose le verre sur la table mais reste debout, histoire de rendre ma présence un tant soit peu plus imposante.

— Qu'est-ce que tu…

Il m'interrompt d'une main, sort avec application deux comprimés d'une boîte (« pour ma tension »), puis en prend un troisième dans une autre (« pour le cholestérol »). Il les avale avec deux gorgées d'eau, met les boîtes de côté et me regarde.

— Alors, qu'est-ce que tu veux savoir, Kamil ?

J'avale ma salive, en essayant de rester calme.

— Quelle était ta relation avec Rakesh Sharma ?

— Ah oui, dit-il en hochant la tête. Rakesh, Saibal et moi, nous étions copains à l'université. Et quand je suis devenu commissaire de police… Eh bien, Rakesh m'a rendu certains services.

— Comment ça, des services ?

J'ai une soudaine sensation de malaise.

— Disons qu'il avait pas mal de relations, et que c'était intéressant pour moi d'être au courant de ses tractations avec certains politiciens de Calcutta. En échange, je lui donnais des informations qui pouvaient lui être utiles pour son entreprise. Et puis ce matin-là, il m'a appelé…

— Quel matin ? Pour te dire quoi ?

Abba ferme les yeux et boit une gorgée d'eau.

— Le matin du meurtre d'Asif Khan. Rakesh m'a téléphoné pour me dire que quelqu'un de célèbre venait d'être assassiné. Il m'a conseillé d'appeler Ghosh pour qu'il te confie l'enquête. C'est ce que j'ai fait. Je connais bien Ghosh, donc il a accepté.

Je titube et m'écroule sur une chaise, comme si un camion venait de me percuter de plein fouet. C'est Abba qui a demandé qu'on me confie l'enquête ? Tout en prétendant ne rien savoir quand je suis venu lui demander conseil, il était de mèche avec cette pourriture de Ghosh ? Et Rakesh, qu'est-ce qu'il avait à voir avec le meurtre d'Asif Khan ?

— Rakesh t'a dit qu'Asif Khan était mort quand il a appelé ?

— Oui, répond de mauvaise grâce Abba.

— Et tu n'as pas pensé qu'il y avait quelque chose d'un tout petit peu louche là-dedans ?

— Mais si, bien sûr. J'ai pensé que lui ou son fils devait être impliqué, admet-il.

Je suis sous le choc. Abba. Abba a couvert un meurtre. Je n'en crois pas mes oreilles.

— Et tu t'es dit que ce serait une bonne idée de mêler ton propre fils à ça ?

Il détourne les yeux sans répondre.

— Voilà pourquoi Ghosh était au courant du meurtre avant même que l'appel de Mitra n'arrive au poste de contrôle. C'est toi qui l'en as averti ! Et c'est pour ça qu'il voulait qu'on lui transfère tous les signalements d'homicides. Pour pouvoir aussitôt me confier l'enquête !

Abba hoche la tête.

— Mais quel est le rapport entre Rakesh et Asif Khan ? Ce n'est pas Jaideep qui a tué Asif ?

— Rakesh n'a pas mentionné le nom de Jaideep Sanyal quand il m'a téléphoné. Ce n'est que lorsque tu as fait part à Ghosh de tes soupçons que j'ai appris qu'il était impliqué.

— Je vois. Quand je lui ai parlé de Jaideep, Ghosh a commencé à s'inquiéter et il t'a appelé pour te demander conseil.

— Oui. C'est là que j'ai réalisé que nous avions un énorme problème. Rakesh ne cherchait pas à se couvrir, mais à couvrir Jaideep pour protéger le Premier ministre. Ce qui signifiait qu'en poursuivant cette piste, tu te mettais en danger.

— Et c'est donc toi qui as demandé à Ghosh de stopper les investigations ?

Je connaissais déjà la réponse, mais je voulais l'entendre de sa bouche.

— Kamil, je ne pouvais pas faire autrement. La situation était hors de contrôle. Après toutes ces années, je sais comment ça fonctionne, quand même ! *Ami khali tomar bhalor jonyo chinta kori*. Je voulais te protéger. Tu étais trop près du but, Kamil. Tu es un excellent policier. Mais ça aurait très mal fini pour toi, si tu avais continué.

— Pourquoi Rakesh aidait-il Jaideep ?

— Écoute-moi. Rakesh était un homme d'affaires dangereux qui connaissait des gens très puissants. Il était en cheville avec tous les politiciens du Bengale-Occidental. C'est grâce à ses relations étroites avec le Premier ministre et Jaideep que PinRak a obtenu l'énorme contrat du métro. Rakesh a même placé des capitaux dans le fonds d'investissement de Jaideep pour se rapprocher de son père.

Je ferme les yeux.

— JSRS Investments… Mais bien sûr ! Les initiales RS n'étaient pas pour le père de Jaideep mais pour Rakesh Sharma ! Après avoir tué Asif, Jaideep a paniqué et demandé à Rakesh, le copain de son père, de l'aider à se sortir de là. Rakesh a appelé son vieil ami le commissaire de police Adil Rahman, pour qu'il mette son propre fils sur l'enquête : parce qu'il n'a pas d'expérience et qu'il fera ce qu'on lui dit de faire. Manque de bol, je découvre que Jaideep est le meurtrier. Les voyous qui m'ont attaqué ne travaillaient pas pour Jaideep mais pour Rakesh, c'est ça ? C'est lui qui tirait les ficelles depuis le début !

Abba me regarde avec inquiétude, puis hoche la tête.

— Quand tu t'es fait agresser, j'étais hors de moi et j'ai appelé Rakesh, mais il n'a rien voulu entendre. Il était furieux que tu aies démasqué le coupable.

— Quand j'ai découvert la vérité, Rakesh s'est donc arrangé pour faire porter le chapeau à Mitra et que l'affaire soit classée. Puis j'ai mis en ligne les vidéos incriminant Jaideep, et...

— Et ils t'ont révoqué. Ça m'a brisé le cœur, Kamil. Tu n'avais rien fait de mal. Tu n'as fait que mettre en pratique ce que moi-même je t'ai enseigné. C'est injuste. Je garderai ça sur ma conscience le restant de mes jours, dit Abba d'une voix chancelante.

Je reste de marbre et poursuis, assemblant les dernières pièces du puzzle :

— C'est là que le père de Jaideep, furieux que son fils soit publiquement incriminé, a annulé le contrat du métro, entraînant la faillite de PinRak ! C'est pour ça que Rakesh et Arjun ont dit que j'étais responsable : parce que si je l'avais fermée et que j'avais joué le rôle qu'on attendait de moi, l'affaire aurait été classée et tout se serait bien passé pour eux. Je saisis enfin. Comment ai-je pu être aussi aveugle ! C'est pour ça qu'ils voulaient me faire la peau à Londres.

— Quoi ? s'émeut Abba, interloqué. Qu'est-ce qui s'est passé à Londres ?

— Le *goonda*, Biren, il a essayé de me pousser sous un train. Il travaillait pour Rakesh... je comprends mieux maintenant. Rakesh et Arjun me tenaient responsable de la faillite de PinRak, et Arjun a voulu se venger.

Abba me regarde avec consternation.

— Kamil, je jure sur la tête de ta mère que je ne savais pas. Quand PinRak a fait faillite, Rakesh m'a accablé de reproches. Pour n'avoir pas su te contrôler. J'ai pourtant essayé. Quand les choses se sont aggravées, je n'avais qu'une idée en tête, te protéger. C'est pour ça que j'ai demandé à Ghosh de faire disparaître le site internet. C'était trop dangereux pour toi. Je te l'avais dit.

Je ne suis même plus surpris de ce que j'entends. Ses trahisons s'accumulent, les unes après les autres.

— J'avais des preuves tangibles de la culpabilité de Jaideep. Si tu avais dit quelque chose à ce moment-là, les gens t'auraient écouté ! Pourquoi tu ne m'as pas soutenu, bordel de merde ? finis-je par laisser échapper.

— J'essayais de te protéger, espèce d'idiot, pourquoi est-ce que tu refuses de le comprendre ?

C'est bien le problème. Je ne comprends pas.

— Pourquoi, Abba ? Pourquoi tenais-tu à ce point à rendre service à Rakesh ?

— Je lui étais redevable, répond Abba, résigné. Regarde autour de toi, Kamil. Nous avons une vie confortable. Tu ne t'es jamais demandé comment on pouvait vivre ainsi avec un simple salaire de policier? Les vacances en Angleterre, à Dubaï? Et pour toi les meilleures écoles, les meilleures universités ? Il ne t'est jamais venu à l'esprit que parfois, il fallait que je rende des services ? Pour que toi et ta mère, vous puissiez avoir tout ce que vous vouliez, tout ce dont vous aviez besoin ? Comment penses-tu qu'on puisse se payer un appartement comme le nôtre en travaillant dans la police ? Rakesh était très… généreux. Nous lui devons beaucoup. Toi aussi, tu lui dois beaucoup. Alors, quand il m'a demandé de l'aide, est-ce que je pouvais refuser ? Après la faillite de son entreprise, il est venu dîner à la maison et on est allés dans mon bureau. Il a fini par me hurler dessus, me dire que je n'étais qu'un ingrat…

Abba se recroqueville dans son fauteuil tandis que

je prends cette nouvelle bombe en pleine figure. Mon père, dont j'ai toujours admiré la droiture, a accepté des cadeaux comme un vulgaire flic corrompu pendant des années. Je regarde toutes ses médailles, toutes ses décorations et j'éclate de rire. C'est tellement incroyable. Et ridicule. Abba qui accepte des pots-de-vin… Abba !

— Je suis fatigué maintenant, dit-il d'une voix vacillante. Laisse-moi me reposer, Kamil.

J'ai une dernière question.

— Ma était au courant ?

— Non, répond-il fermement. Elle ne savait rien. Quand Rakesh est venu ce soir-là, elle n'a pas compris pourquoi il était si furieux contre moi. Elle a mis ça sur le compte de l'alcool. Je t'en prie, ne lui dis pas. Fais au moins ça pour moi… Kamil, ajoute-t-il d'une voix plus faible, une dernière chose. Toute ta vie, tu as voulu me ressembler. J'étais fier de toi, mon fils, quand tu as refusé de te soumettre. Oui, je trouvais que c'était de la folie et j'avais peur pour toi, mais j'étais fier. Continue à faire ce que tu penses être juste.

Il se lève et pour la première fois de sa vie, il veut me serrer dans ses bras mais je m'éloigne. Il est trop tard.

Je le regarde dans les yeux.

— J'ai toujours pensé que tu étais comme l'imam de la mosquée Nakhoda, Abba. Que tu avais la même force morale. Je sais maintenant que derrière cette apparente rectitude se cachait un vulgaire maquereau de Sonagachi.

Je lis la stupéfaction sur son visage avant de quitter la pièce et je m'écroule sur mon lit, tremblant. Le commissaire en chef Adil Rahman, corrompu ! À la botte de Rakesh. Et de Dieu sait qui d'autre. Mais il a raison :

quelque part tout au fond de moi, je devais le savoir. J'ai eu une vie confortable, luxueuse même. Et j'ai fait le choix de ne pas me poser de questions. Un souvenir me revient soudain en mémoire : ce rêve de la chèvre égorgée, qui m'avait tant perturbé. Comme Ibrahim qui était prêt à sacrifier son fils Ismaël sur l'ordre d'Allah, Abba avait… Je n'en peux plus. J'avale deux somnifères avec un verre de whisky et, en dépit des pensées qui me bouleversent, je sombre dans le sommeil.

Je me réveille six heures plus tard, étrangement reposé, avec un sentiment encore plus étrange de liberté. Aussi choquantes que soient ces révélations, cela signifie aussi une chose : je n'ai plus besoin de chercher à être à la hauteur de mon père. Et c'est un véritable soulagement.

Dans le salon, une fois de plus en train de boire du thé avec mes parents, je retrouve Saibal et Anjoli (*Tous les chemins mènent à Calcutta*, affirme son tee-shirt du jour). Abba évite soigneusement mon regard.

— Kamil, tu es enfin debout, se réjouit Ma. Tu n'as pas déjeuné, tu dois être affamé, mon pauvre chéri ! On ne voulait pas te réveiller. Qu'est-ce qui te ferait plaisir ?

Après les révélations de tout à l'heure, je ne me sens pas capable d'affronter un repas en famille.

— Ma, dis-je, ça ne t'embête pas si j'emmène Anjoli dîner dehors ? Elle ne me croit pas quand je lui dis que les *kathi rolls* de chez Nizam sont les meilleurs du monde.

— Mon fils ne reste que quelques jours et il ne veut même pas goûter le *khana* de sa mère, grommelle Ma.

Je me sens aussitôt coupable, mais je me domine.

— Désolé, Ma, tu sais bien que j'adore ta cuisine, mais j'ai promis à Anjoli de lui faire découvrir la ville.

Je prends Ma dans mes bras et la serre de toutes mes forces.

— Ne la rends pas malade, marmonne-t-elle, un peu rassérénée.

— J'ai un estomac à toute épreuve, Rehana, dit Anjoli. Il faut bien, avec la nourriture que Baba sert dans son restaurant, glousse-t-elle en faisant un clin d'œil à son père.

Elle lui fait une bise et nous nous mettons en route.

— Ne rentrez pas trop tard, nous lance Ma.

J'aimerais pouvoir raconter à Anjoli ce qui s'est passé avec Abba, mais impossible avec le chauffeur qui pourrait nous entendre. Lorsqu'il nous dépose à New Market, je me tourne vers elle :

— Anjoli, il faut que je te dise quelque ch…

— Oh mon Dieu, cet endroit est incroyable ! s'écrie-t-elle.

Autour de nous, une foule de gens sortis faire leurs achats du soir ; des rickshaws tirés par des hommes en sueur, les muscles saillants ; des centaines de stands où l'on trouve de tout, jouets, montres, saris, ustensiles de cuisine. Les vendeurs ambulants, repérant chez Anjoli une étrangère, l'assaillent de toutes parts pour lui proposer leurs parfums, leurs lunettes et leurs sacs de contrefaçon. Et soudain j'ai l'impression de redécouvrir New Market à travers ses yeux à elle, comme si je m'y rendais pour la première fois, émerveillé par ses étals de nourriture et les innombrables sortes de *chaats*, ces en-cas plus appétissants les uns que les autres, agrémentés de yaourt et de tamarin ; l'orange vif des *jalebis* frits en spirale et les teintes multicolores du granité parfumé au sirop, sans compter l'infinie variété de brochettes de viande. J'observe Anjoli, enivrée par les parfums, les bruits et l'abondance de nourriture, et son enchantement me fait un instant oublier tous mes tracas.

Nous arrivons chez Nizam, où l'enseigne proclame fièrement : *Inventeur du kathi kabab roll, sans bœuf.* Derrière les portes ouvragées, c'est un intérieur de café très quelconque, avec des tables en plastique imitation marbre et de simples chaises en bois. Les spots du plafond projettent une lumière fluorescente qui tue dans l'œuf toute ambiance romantique.

— Eh ben, quel endroit magique, monsieur Rahman. Tu sais traiter les femmes comme des princesses.

Un serveur en pantalon noir et tee-shirt nous indique une table couverte d'une nappe poisseuse en plastique bleu.

— Oui, je sais, mais attends de goûter. Laisse-moi commander, et puis je te raconterai ce que je viens d'apprendre, dis-je.

Le serveur pose deux menus de la taille d'une encyclopédie devant nous.

— *Sigree kababs*, *guldasta rolls*, commence à lire Anjoli. Jamais entendu parler de la moitié de ces trucs, moi qui croyais m'y connaître un peu en cuisine. OK, tu commandes.

— *Ei ! Duto mutton Kathi roll ebam dui nimbu pani*, dis-je au serveur. Écoute Anjoli, je…

Mais elle se lève et s'approche du comptoir derrière lequel le cuisinier prépare nos brochettes roulées. Il lui décoche un sourire d'un blanc étincelant et elle l'observe, ravie. Avec la dextérité d'un danseur de ballet, il frit les *paratha* feuilletées sur une grande poêle huilée jusqu'à ce qu'elles soient bien dorées, il casse un œuf dessus et fait habilement tourner la galette pour que le jaune et le blanc se mélangent et que l'œuf soit parfaitement cuit. Il attrape une brochette rôtie sur les braises chaudes, dépose un à un les morceaux de chèvre sur la galette et les couvre d'une épaisse sauce aromatique. Il ajoute des rondelles d'oignon, de tomate et de piment, roule la galette sur elle-même, l'enveloppe dans un papier et la tend à Anjoli avec un grand sourire.

— Waouh, chaud, chaud ! fait Anjoli en revenant s'asseoir avec la galette brûlante qu'elle fait passer d'une main à l'autre. Quel artiste !

Le serveur m'apporte la mienne avec deux verres de citronnade sucrée-salée.

Prenant exemple sur moi, Anjoli défait un coin du papier et souffle sur la galette avant de l'entamer. Elle ferme les yeux de bonheur. Je mords dans la mienne, qui est exactement comme dans mon souvenir : chaude et épicée, le goût fumé et légèrement acide de la viande se mariant parfaitement avec la pâte feuilletée et croustillante de la *paratha*, l'onctuosité de l'œuf et la saveur piquante et fraîche des oignons, des tomates et des piments crus.

— Littéralement à tomber ! fait-elle la bouche pleine. D'accord, je retire ce que j'ai dit tout à l'heure : tu sais en mettre plein la vue, monsieur Rahman.

— C'est une institution à Calcutta et j'avais envie de partager ça avec toi, dis-je, ravi.

— Alors, de quoi voulais-tu me parler ? Ça concerne Maliha ? demande-t-elle en buvant une gorgée de *nimbu pani*. Ta mère a dit que vous vous étiez vus.

— Non, ce n'est pas ça. Mais elle va bien. Je suis parti assez précipitamment en août dernier, et je voulais m'assurer qu'il n'y avait pas de rancœur entre nous.

— Et comment ça s'est passé ?

— Bien. On reste en bons termes.

— Tant mieux. Alors, qu'est-ce qui te préoccupe ?

Mon visage se raidit.

— Le meurtre d'Asif Khan. C'est encore plus compliqué que je ne pensais. Et mon père n'est pas l'honnête homme que je croyais. J'ai appris que lui et Rakesh étaient derrière tout ce qui s'est passé à Calcutta. Ce qui explique pourquoi Arjun m'a dénoncé auprès des services de l'immigration. Mais tu sais quoi ? Au moins, je n'ai plus à être un fils parfait. Parce que contrairement à ce que je croyais, Abba est loin d'être un père parfait.

— Rakesh était derrière le meurtre ? Et ton père ? demande-t-elle, impatiente d'en savoir plus.

Au milieu du brouhaha nocturne de New Market et du parfum chaud et épicé des brochettes grillées sur la braise, je lui fais le récit de tout ce que j'ai découvert aujourd'hui.

Le serveur

Londres. Octobre. Dimanche.

— Quel voyage ! soupire Anjoli dans le taxi qui nous ramène de Heathrow trois jours plus tard. Et cette famille, c'est quelque chose, Baba ! « Anjoli, comme tu as grandi ! », « Il y a un garçon dans mon immeuble, tellement gentil, il serait parfait pour toi ! » Ils sont attachants mais un poil étouffants, à la longue.

— Ne dis pas « cette famille », c'est ta famille, Anjoli, marmonne Saibal en regardant par la fenêtre du taxi.

Pour moi aussi, ces deux derniers jours ont été compliqués. Il fallait garder le sourire devant Ma tout en évitant Abba. Ma se doute sûrement de quelque chose, mais elle n'a rien dit. À sa grande déception, j'ai passé le plus clair de mon temps à l'extérieur, montrant à Anjoli mes coins préférés : les librairies poussiéreuses et les cafés de College Street où j'allais parler politique avec mes copains d'université ; la résidence de Tagore à Jorasanko, nostalgie d'une époque depuis longtemps révolue ; les magasins où on achetait des cadeaux pour la fête de l'Aïd à Rajabazar, remplis de corans dorés, de gilets multicolores, de narguilés, sans oublier les montagnes de dattes et de grenades ; le Tollygunge Club et ses serveurs habillés de blanc, petite tranche d'Angleterre coloniale au beau milieu de la ville ; et le paisible lac de Rabindra Sarovar (au pied du gratte-ciel de Sabina Khan). J'étais content de servir de guide à Anjoli, mais après les révélations d'Abba, je me sentais de plus en plus étranger dans ces lieux pourtant si familiers, comme si j'avais perdu mes repères. Les repas en famille étaient tendus, et j'étais soulagé au moment des adieux.

Pendant tout le vol de retour j'ai ressassé ma conversation avec Abba. Sa probité, qui m'a servi de boussole toute ma vie, n'était finalement qu'un mirage. C'est un peu comme se retrouver dans la nuit noire, sans plus une seule étoile en vue malgré l'absence de nuages. J'ai perdu tous mes repères.

— Ooh ! J'ai un entretien demain ! s'exclame soudain Anjoli devant l'écran de son téléphone.

Saibal se retourne sur son siège.

— Un entretien avec qui, Anjoli ? demande-t-il.

— Une entreprise qui cherche des psychologues pour des études de marché. C'est super ! Il faudrait que je passe chez le coiffeur.

— Bravo ! dis-je en essayant de mettre un peu d'enthousiasme dans ma voix.

— Ne me félicite pas encore, c'est juste un entretien. Mais tu peux m'emmener déjeuner et m'aider à le préparer.

Lorsque nous arrivons à la maison (je me sens peut-être plus chez moi maintenant au Tandoori Knights que chez mes parents), Saibal raconte notre voyage à Maya et lui offre le sari en soie choisi par sa sœur (« Quand est-ce que Ma a jamais porté un sari comme ça ? » fait Anjoli d'un air incrédule lorsque Saibal sort fièrement le paquet de sa valise). Une fois nos bagages défaits, Anjoli et moi allons au Tuck-In café du coin de la rue commander deux sandwichs au bacon.

— Alors, qu'est-ce qui te tracasse tant ? demande Anjoli, plongeant son regard dans le mien.

— Rien, dis-je.

— Arrête. Pendant tout le voyage du retour, tu as fait ta tête « oh, ma vie est trop horrible ». Crache le morceau.

— C'est juste que… Je ne cesse de me dire que si je l'avais fermée et que j'avais lâché l'affaire, deux personnes seraient encore en vie. C'est parce que je me suis entêté que Mitra a été tué, puis que PinRak a fait faillite, et que Rakesh est mort.

— Quelle ironie, reprend-elle avec un petit sourire. Il y a quelques semaines, tu m'expliquais qu'enquêter était beaucoup plus ennuyeux qu'on ne croyait, que le coupable était toujours le suspect le plus évident… Et dans cette affaire, c'est tout le contraire qui s'est passé, chaque énigme cachait une autre énigme et pourtant, tu as réussi à en venir à bout. Tu devrais en être fier, Sherlock. Peut-être que je devrais t'acheter une pipe et une casquette en tweed pour Noël.

Tout à coup, une idée me vient et je retire ma main de la sienne.

— Il faudrait que je mette Arjun au pied du mur. Que je lui demande des comptes pour m'avoir dénoncé auprès de l'immigration et avoir engagé Biren pour me tuer.

— Mais qu'est-ce que ça changerait ? Même s'il reconnaissait les faits, ce dont je doute, tu ne pourrais pas en parler à la police, tu n'as pas de preuves.

— Ça me permettrait de passer à autre chose. J'en ai marre d'être un pigeon. Si j'arrive à le mettre face à ses responsabilités, je crois que je retrouverai un peu d'estime de moi-même. Et il faudrait que Pinky soit présente. J'aimerais bien savoir si elle était au courant de tous les agissements de Rakesh. Tu crois que tu pourrais les inviter à dîner ce soir ? En disant que c'est en rapport avec la vente du restaurant, quelque chose comme ça ?

Anjoli semble trouver de l'intérêt à mon idée, tout compte fait.

— Et si on leur disait qu'on va tout balancer aux médias ? Toutes les magouilles de Rakesh ? Ça fait une histoire croustillante. Ça pourrait même jouer en faveur de Neha ! La police pourrait décider de rouvrir l'enquête.

D'après mon expérience, c'est peu probable. En revanche, la mort de Rakesh pourrait me donner une nouvelle occasion de faire éclater au grand jour la vérité sur le meurtre de Calcutta.

— On peut essayer. La faillite de PinRak est encore toute fraîche, il y a sûrement des journalistes que ça intéressera. Et en Angleterre, Jaideep ne pourra pas intervenir pour étouffer l'affaire.

— Alors allons-y. Je leur envoie un message, dit-elle en balayant quelques miettes sur la jolie petite tête de renard qui orne son tee-shirt anti-chasse à courre (*Go fox yourselves*).

Arjun et Pinky ayant déjà des engagements pour le dîner, Anjoli les invite à prendre le thé. Elle dit que c'est même mieux, car le restaurant sera vide à cette heure-là. Le moment venu, nous nous installons à une table, Pinky, Arjun et Maya d'un côté, Saibal, Anjoli et moi de l'autre. Saibal et Maya n'étaient pas emballés par cette visite, mais Anjoli est parvenue à les convaincre, comme d'habitude.

Sourire figé, le regard fixe, Arjun écoute Saibal raconter combien Calcutta a changé. Je sens la colère monter en moi. D'abord le père, puis le fils ont essayé de me détruire. Ils ont peut-être remporté des batailles, mais on verra bien qui gagnera la guerre.

Saibal ayant interrompu son récit de voyage pour aller chercher des *pakoras* à la cuisine, Anjoli en profite pour entrer dans le vif du sujet.

— Comment ça se passe au bureau ? demande-t-elle à Arjun.

— Comme tu peux l'imaginer, dit-il en sirotant son whisky. On passe nos journées avec les avocats et les comptables. C'est un bordel encore plus énorme qu'on ne croyait.

Anjoli hoche la tête d'un air compréhensif.

— Ça fait plaisir de te voir, Anjoli, articule Pinky, la bouche pleine de *bhajis* d'oignons. Tu disais que tu voulais parler du restaurant dans ton message. Je suis désolée, mais Arjun me dit qu'on ne peut rien faire pour le sauver.

— Oui, mais avant d'en parler, Kamil a un certain nombre de choses à vous dire. Ça concerne la faillite de PinRak, précise Anjoli qui met en branle sa technique d'interrogatoire préférée, « les pieds dans le plat ».

— Comment ça ? fait Arjun, levant brusquement les yeux de son samossa.

— Oui, dis-je, et j'ai bien peur que ce ne soit pas facile à entendre.

Je leur expose les faits pas à pas : les manigances de Rakesh pour couvrir le meurtre d'Asif, l'assassinat de Mitra et les révélations sur le site internet, qui ont précipité la faillite de PinRak. Mais je minimise le rôle d'Abba (inutile de révéler à Saibal que son plus vieil ami est corrompu).

Un long silence s'ensuit. Saibal et Maya semblent sonnés, Pinky est au bord des larmes. Anjoli essaie de lui prendre la main mais elle a un brusque mouvement de recul.

— Rakesh a fait ça ? murmure Saibal. Je n'arrive pas à le croire.

— C'est choquant, Saibal-da, dis-je. Mais c'est la vérité.

Pinky pleure à présent, et Maya passe le bras autour de ses épaules. Je comprends sa peine, je suis bien placé pour savoir ce que ça fait de découvrir qu'un membre de votre famille n'est pas celui que vous pensiez.

Elle finit par se ressaisir, s'essuie les joues et se tourne vers son fils.

— Est-ce que c'est vrai Arjun ? demande-t-elle d'un ton tranchant. Dis-moi la vérité.

Il reste muet, incapable de la regarder en face.

— Ton père a-t-il fait tout ce que dit Kamil ? Réponds-moi !

— Il était obligé, Ma ! gémit Arjun. Il n'avait pas le choix. Quand Jaideep Sanyal te demande de l'aider, tu l'aides ! Si tu as le malheur de te le mettre à dos… eh ben, tu as vu ce que ça donne.

Son visage se gonfle de fureur, il tourne la tête vers moi et agite son index sous mon nez.

— Et tout ça, c'est à cause de LUI ! Sans lui, je

serais devenu P-DG de PinRak ! Mais à cause de ce flic à deux roupies, je n'ai plus RIEN ! Et voilà qu'en plus il débarque chez papa ! Qu'il vient nous narguer, le jour de son anniversaire ! Il fallait que je l'empêche de continuer à nous pourrir la vie.

Il se tait et nous le fixons tous, suffoqués.

— Qu'est-ce que tu as fait, Arjun ? demande tout bas Pinky.

— Il a dénoncé Kamil aux services de l'immigration pour le faire expulser et qu'on lui règle son compte là-bas, à Calcutta.

— Arjun ne ferait jamais une chose pareille !

Anjoli montre à Pinky la photo du formulaire de signalement envoyé à l'immigration.

— Eh bien oui, dit Arjun. Il ne mérite pas d'être en Angleterre. On l'a fait révoquer de la police de Calcutta, mais ça ne lui a pas suffi, il a fallu qu'il se ramène jusqu'ici. Papa m'a demandé de le faire expulser, et je m'en suis occupé. Je n'arrive pas à croire le temps qu'il leur a fallu pour réagir, avec tous les discours qu'ils tiennent sur l'immigration illégale !

— Kamil commençait à trop se rapprocher de la vérité, n'est-ce pas ? tente Anjoli. Du fait que tu as tué ton père ?

— Anjoli ! s'exclame Maya.

Arjun passe de la colère à l'incompréhension.

— Qu'est-ce que tu racontes ? Je n'ai pas tué papa ! C'est Neha qui l'a tué ! Et de toute façon, j'ai contacté les services de l'immigration plusieurs semaines avant sa mort.

Il ne ment pas. Anjoli a posé sa question au bon moment : il aurait réagi différemment s'il avait été le meurtrier. Comme sa mère, Arjun n'est pas doué pour cacher ses émotions.

— Enfin, de quoi parles-tu, Anjoli ? demande Pinky, visiblement perdue.

À l'évidence, elle non plus n'est pas coupable du meurtre. Mais Anjoli n'abandonne pas si facilement.

— Quand Neha est partie chercher oncle Rakesh, tu es descendu à la piscine, tu l'as tué et tu as mis la bague de Neha dans la main de ton père. Admets-le.

Arjun éclate de rire.

— C'est quoi ce délire, Anjoli ? Tu crois que ça va t'aider à sauver ton amie ? Ne sois pas ridicule, je n'ai pas tué papa ! Je l'aimais. Et comment je me serais procuré la bague de Neha ? Je suis resté tout le temps avec maman. À moins que tu ne prétendes qu'on s'y soit mis à deux pour l'assassiner ?

Anjoli fait la moue et réduit un naan en miettes.

— Arjun n'a rien à voir avec la mort de son père, dit fermement Pinky. Il était avec moi quand Neha est partie chercher Rakesh. Je le jure sur la tête de mon unique enfant, dit-elle en posant sa paume sur la tête de son fils qui aussitôt se dégage avec irritation. Écoute, Anjoli, je sais que Neha est ton amie, et que tu ne veux pas qu'elle aille en prison, mais c'est bien elle la coupable.

— Tu n'as peut-être pas tué ton père, Arjun, mais tu as essayé de me faire disparaître, dis-je calmement. Tu as chargé ton homme de main de me pousser sous un train.

— Oui, renchérit Anjoli sans perdre une seconde. Kamil l'a vu à la gare de Watford.

Arjun reste muet.

— Il n'a rien fait de la sorte ! s'exclame Pinky. N'est-ce pas, Arjun ? Quel homme de main ?

— Biren, dis-je.

— Biren ? répète Pinky, perplexe. Notre chauffeur ?

Leur chauffeur ! Voilà qui explique sa présence à Londres.

— Quand Arjun a vu que l'immigration ne réagissait pas, il a chargé Biren de le pousser sous un train. Sauf que je l'ai retenu juste à temps, dit Anjoli qui défie Arjun du regard.

— Je… n'ai pas… balbutie-t-il, tête baissée.

Cette fois, il est évident qu'il ment.

— Et quand Kamil a été attaqué après la cérémonie, reprend Anjoli, c'était l'œuvre de ton chauffeur, là aussi.

Stupéfaite, Pinky regarde son fils.

— C'est vrai que Biren avait des bleus et les vêtements tout froissés quand il nous a ramenés à la maison ce jour-là ! Il a dit que quelqu'un l'avait agressé pendant qu'on était au crématorium. Je ne suis entourée que de brutes, ma parole !

Elle se tourne vers moi.

— Rien ne t'arrivera, Kamil. Je te le promets. Je ne sais pas ce qui est passé par la tête d'Arjun, ça doit être le choc de la mort de son père. Je suis désolée. Je vais m'occuper de lui.

— Tante Pinky, il faut que tu saches que nous allons informer la presse des malversations de Rakesh et de tout ce qui s'est passé à Calcutta, déclare Anjoli. Pour que Kamil puisse laver son honneur. On ne peut pas laisser cette affaire ruiner sa réputation et sa carrière à vie. C'est injuste. Et si c'est Neha qui a tué Rakesh, eh bien, le monde saura au moins quel monstre il était. Ça l'aidera peut-être lors de son procès.

Arjun et Pinky se regardent, consternés.

— Je peux comprendre, *beti*, dit Pinky avec prudence. Mais as-tu des preuves ? Les journalistes ne publieront rien s'ils ne peuvent pas vérifier les informations.

— Tout sera sur internet, en libre accès, dit Anjoli. Vous pouvez me faire un procès, si vous voulez. Je ferai tout ce que je peux pour aider Neha.

Tandis qu'Anjoli leur pose son ultimatum, je réalise qu'elle a tort. On ne peut pas faire ça. Si le scandale éclate au grand jour, alors l'implication d'Abba aussi. Et malgré mon mépris pour ce qu'il a fait, je ne peux pas laisser les journaux le traîner dans la boue. Je ne peux pas faire ça à Ma.

— Attendez, dis-je. J'ai peut-être une autre solution.

Tout le monde tourne la tête vers moi.

— Nous ne dirons rien à personne si vous rachetez le restaurant à l'administration judiciaire et que vous en faites don à Saibal-da. Je suis sûr qu'on vous en proposera un prix raisonnable.

— Quoi ? s'écrie Arjun.

— Qu'est-ce que tu dis, Kamil ? fait simultanément Saibal.

— Écoutez, Saibal-da et Maya-di sont en train de perdre ce qu'ils ont passé des décennies à bâtir à cause des manigances de Rakesh. Ils vont se retrouver privés de leur restaurant et de leur appartement. Que vont-ils devenir ? Où vont-ils habiter ? Ce que je vous demande, c'est de réparer ce que Rakesh a fait en leur rendant leur restaurant et leur maison. Après ça, on pourra tirer un trait sur cette histoire. Je ne dirai rien à personne, et Anjoli non plus. Faites ce geste pour vos amis, rendez-leur justice.

Anjoli s'apprête à reprendre la parole mais elle s'interrompt en voyant Pinky considérer mon idée.

— Laissez-moi en discuter avec Arjun.

Ils s'extraient de la banquette et sortent dans la rue. Je les suis des yeux : ils s'arrêtent devant une BMW bleu foncé immatriculée ARJ88N. Biren en sort, vapoteuse à la main, prêt à leur ouvrir la portière, et je me retiens de me lever pour lui mettre mon poing dans la figure. Mais Arjun lui fait signe de remonter et continue à parler avec sa mère.

— Tu es sûr, Kamil ? s'inquiète Anjoli. Si on révélait tout sur internet, ta réputation serait blanchie, tu pourrais retourner à Calcutta la tête haute et peut-être réintégrer la police. Ce que tu proposes, c'est gentil, mais…

— Je suis d'accord avec elle, Kamil, dit Saibal-da. Et puis comme dit Anjoli, ça pourrait aussi aider Neha à se défendre. Je ne peux pas accepter. Rakesh était mon ami, mais il est responsable de tout ce qui s'est passé et Neha est comme ma seconde fille, il faut qu'on la sorte de là.

— Je ne sais pas si ça peut vraiment aider Neha, dis-je. Elle refuse d'admettre son geste, ce qui ne joue pas en sa faveur. Peut-être que si elle disait que Rakesh était violent…

— Elle ne mentirait pas, assure Anjoli.

— Acceptez la proposition, dis-je avec fermeté. Saibal-da, tu as été un meilleur père pour moi que le mien, à bien des égards. Ne t'inquiète pas pour moi.

— Ne dis pas ça, Kamil, murmure Saibal. Adil est quelqu'un de bien.

Maya me regarde, visiblement émue.

— Tu es sûr, Kamil ? C'est ce que tu souhaites vraiment ?

— Oui, Maya-di. Ça fait longtemps que je n'ai pas été aussi sûr de moi.

— Merci, mon fils, fait-elle en hochant la tête.

Lorsque Pinky et Arjun reviennent, j'essaie de deviner à l'expression de leurs visages si mon bluff a fonctionné.

— Bon, nous avons discuté, annonce Pinky. Arjun va voir avec l'administrateur judiciaire comment s'y prendre pour que Saibal récupère le restaurant. Je ne peux pas vous promettre que ça va marcher, mais nous allons faire le maximum. Il faut qu'on y aille, maintenant.

Je laisse échapper un léger soupir de soulagement. J'ai gagné.

— Attendez, j'ai une dernière requête, dis-je. Et cette fois-ci, ça me concerne.

— Quoi donc ? fait Pinky.

— Votre chauffeur, Biren. Je suppose qu'il a un visa de travail ? Mettez fin à son contrat et renvoyez-le à Calcutta. Je m'occuperai de lui là-bas. Non seulement il a essayé de me tuer, mais il a assassiné un homme et kidnappé une femme. Il faut qu'il paie pour ses crimes.

Arjun blêmit de rage.

— T'es qui pour donner des ordres ? On n'est pas…

— Tais-toi, Arjun ! rétorque sa mère. Nous le renverrons là-bas dans le courant de la semaine, Kamil. Je te transmettrai personnellement les informations confirmant qu'il est bien rentré.

Arjun me lance un regard assassin. Je m'en fiche. J'appellerai Abba et lui dirai qu'il peut commencer à se racheter en faisant arrêter Biren dès son atterrissage à Calcutta.

— Merci, dis-je.

— Allez Arjun, on y va, ordonne Pinky.

Une fois qu'ils sont partis, Maya se couvre le visage des mains.

— Eh *maa* ! pleure-t-elle. Merci, Kamil. Ça signifie tellement pour nous. Merci.

— Merci Kamil, tu es génial ! s'exclame Anjoli. Je regrette seulement que nous n'ayons pas réussi à disculper Neha.

— Et moi qu'Arjun s'en tire aussi facilement.

— T'inquiète, dit Anjoli. Tante Pinky va lui pourrir la vie.

Maya se lève et me serre dans ses bras.

J'ai enfin le sentiment d'avoir fait quelque chose de bien, d'avoir aidé les gens qui m'ont accueilli à bras ouverts même si, dans un coin de ma tête, une petite voix me demande si je ne viendrais pas de me laisser soudoyer par les Sharma.

Après un dîner au Tandoori Knights, Saibal, Anjoli et moi remontons à l'appartement. Un peu éméché, Saibal me donne une grande accolade.

— Je vais faire de toi mon associé, Kamil ! dit-il. Tu ne seras plus serveur. Tu seras mon associé. Enfin, disons… à vingt pour cent, d'accord ? Je vais te dégoter un visa vindaloo, tu vas voir !

Il grimpe les escaliers menant à sa chambre et je reste seul dans le salon avec Anjoli.

— Eh ben, quelle journée ! dis-je en me laissant tomber sur le canapé à ses côtés.

Je bois une gorgée du vin qu'elle nous a servi.

— Tu commences ta journée simple serveur et tu la termines en associé à vingt pour cent ! s'esclaffe-t-elle. Impressionnante ascension professionnelle, monsieur Rahman.

— Il faut avouer que c'est pas mal. Malheureusement, je vais quand même devoir quitter le pays dans quelques semaines, avant l'expiration de mon visa. Si je n'ai pas été expulsé entre-temps. Au fait, c'est quoi un visa vindaloo ?

— Un visa pour les cuisiniers indiens : leurs démarches sont facilitées. Les Anglais ne peuvent pas vivre sans nos currys.

Les battements de mon cœur s'accélèrent.

— Mais je ne suis pas sûre que ça s'applique à un ex-policier, ajoute-t-elle.

Je regarde son visage coloré par l'alcool et suis pris d'une furieuse envie de la serrer contre moi. D'un geste hésitant, je pose une main sur son bras. Elle appuie sa tête contre mon épaule et nous restons un moment comme ça. Le temps s'arrête. Je sens le poids de sa tête, ses cheveux qui chatouillent mon visage. Elle a les yeux clos et j'écoute sa respiration, légère.

Elle ouvre les yeux, voit que je l'observe et sourit.

— Je suis crevée, dit-elle en bâillant. Je vais me coucher. Bonne nuit, Sherlock.

Elle m'embrasse sur la joue et s'éclipse, me laissant seul avec mon verre de vin, et un papillon d'espoir qui bat des ailes dans ma poitrine.

Le serveur

Londres. Octobre. Lundi.

Le lendemain matin, face au miroir de la salle de bains, je repense à cette histoire de visa vindaloo en me rasant. Il faut que je me renseigne. Je caresse mes joues lisses et m'apprête à éteindre le rasoir quand, d'un geste rapide, je le passe au-dessus de ma bouche. En quelques secondes, la moustache que j'arbore depuis une dizaine d'années se transforme en une pluie de poils dans le lavabo. Je souris à ce visage à la fois étrange et familier dans le miroir. J'espère qu'Anjoli approuvera.

— Ah, Kamil, dit Saibal lorsque j'entre dans la cuisine. Viens prendre un café, assieds-toi. *Arre tomake onyo rokom dekhacche ?* Il a quelque chose de changé, tu ne trouves pas, Maya ?

J'effleure instinctivement le dessus de ma bouche.

— Oh, mais tu t'es rasé ! dit Maya. Tu es très beau, Kamil.

— *Accha Accha. Bhālo dekhacche*. Ça te va très bien, renchérit Saibal.

— Merci. J'avais envie de changer un peu, dis-je en me servant une tasse de café. Anjoli est partie ?

— Elle est à son entretien, dit Saibal. J'emmène Maya se promener aujourd'hui… C'est à son tour de prendre du repos. Le restaurant peut bien fonctionner sans nous. Le lundi, c'est calme.

— Bonne idée, dis-je. Vous allez où ?

— À Southend.

— Au bord de la mer ? Il ne fait pas très chaud.

— C'est pas grave, on prend nos manteaux et un parapluie.

Maya a l'air toujours aussi fatiguée ce matin.

— Tu n'as pas bien dormi, Maya-di ? La discussion d'hier ne t'a pas soulagée ?

— Si, ça va. J'ai seulement besoin de me détendre un peu après tout ce stress. Merci encore, Kamil.

— De rien, Maya-di. C'est la moindre des choses après ce que vous avez fait pour moi. Je regrette que vous ayez dû découvrir les agissements de Rakesh aussi brutalement.

— Oui, dit Saibal. C'est choquant d'apprendre qu'un ami de si longue date n'était pas celui qu'on croyait… *Accha*, mon associé, pas de jour de repos pour toi ! Aujourd'hui, tu peux m'aider à faire les comptes. Il faut que je réunisse toutes les factures au nom du restaurant et que je les mette en ordre pour mon comptable. L'ordinateur est dans le bureau. Tu sais te servir d'Excel ?

— Bien sûr. Où sont les factures ?

— Commence par celles qui sont dans la boîte en carton sur le bureau. Je récupérerai les autres au restaurant demain, ajoute-t-il.

Après leur départ, je termine mon petit déjeuner et fais la vaisselle. Mais avant de me mettre au travail j'ai une dernière chose à régler. Je prends mon téléphone et appelle Abba. Après un début de conversation glacial, je lui parle de mon intention de faire arrêter Biren à son arrivée à Calcutta.

— Il y aura au moins une personne qui rendra des comptes à la justice dans cette histoire. Tu peux t'en charger, Abba ? Si tu ne le fais pas pour moi, fais-le au moins pour ta propre conscience.

— Oui, répond-il d'une voix presque inaudible. Je m'en occupe.

Je raccroche sans le remercier.

Satisfait, je me rends dans le bureau de Saibal où je trouve la boîte en carton. À l'intérieur, une montagne de factures et de reçus mélangés à des relevés de compte et des talons de chèques remplis de manière très aléatoire, tantôt sans date, tantôt sans montant ou destinataire. Aaargh ! Il y en a des centaines.

Les premières factures que j'examine me donnent une idée de ce qui m'attend : des tickets du supermarché Cash & Carry, du boucher et du fournisseur de poisson surgelé, des reçus pour les salaires des employés payés en liquide, des tickets de caisse en tous genres. J'ouvre l'antique ordinateur portable qui met des siècles à s'allumer, puis crée une feuille de calcul Excel dans laquelle je commence à entrer les données. Je ne sais pas exactement comment Saibal veut que je procède, mais de toute façon, je me dis qu'une méthode de classement vaut mieux que pas de méthode du tout.

— OK, dis-je tout haut en piochant un premier papier dans la boîte. C'est parti pour la journée.

3 janvier, Supermarché Cash & Carry, 339,75 £, Mastercard.

4 mars, British Gas, 140,80 £, Mastercard.

Saibal m'avait pourtant dit que les factures de gaz et d'électricité étaient prélevées directement sur leur compte. Mais visiblement non. Je passe à la ligne suivante.

3 octobre, Boucherie Akbar, 460 £, carte Visa Barclays.

Je range les factures traitées dans de grandes enveloppes que j'ai trouvées dans une bannette. Un travail répétitif mais étrangement thérapeutique. N'avoir à penser à rien de compliqué, c'est tellement reposant après les bouleversements de ces dernières semaines. À chaque nouvelle ligne remplie dans le tableau Excel, je me sens plus léger. Pour la première fois depuis longtemps, je contrôle la situation.

Au bout d'une heure et demie, je commence à saturer. J'ouvre le compte Spotify d'Anjoli sur mon téléphone : comment s'appelle le groupe qu'elle adorait autrefois ? Ah oui, les Killers. Je mets la chanson *Mr Brightside*. Mais au bout d'une petite minute (décidément non, ce n'est pas pour moi) je passe à Kanye West. Plongeant béatement dans le bling sombre et voluptueux de ses *Flashing Lights*, je reprends mon travail.

Devant une facture au nom de la bijouterie Gehna à Dubaï, j'hésite. Elle est datée d'il y a un mois : sans doute les bijoux que Saibal a achetés à Maya pour la fête des Sharma. Est-ce que ça doit figurer dans le tableau Excel ? Ou est-ce plutôt une dépense personnelle ?

Dans le doute, je la mets de côté et continue à pianoter au rythme saccadé de la musique. Puis je m'arrête.

Un détail m'interpelle. Je reprends la facture de la bijouterie.

Gehna Jewellers, Dubaï
Pendentif papillon en or jaune 18 carats avec chaîne : 900 AED
Bracelet alphabet « M » : 200 AED
Bague en saphir bleu : 2 000 AED

Je relis.

Bague en saphir bleu : 2 000 AED

Bordel de merde.

Qu'est-ce que c'est que cette histoire ?

Je reste un instant prostré puis, presque en transe, j'entre dans la chambre de Saibal et Maya. J'ouvre les tiroirs de la coiffeuse de Maya et tombe sur une boîte à bijoux. Rien ne correspond aux descriptions de la facture. Je continue mes recherches, sentant mon cœur cogner contre ma poitrine.

Attends. Attends. Qu'est-ce que tu es en train de faire, là ?

Mon regard s'arrête sur la petite commode dans le coin de la pièce. J'ouvre le premier tiroir : les sous-vêtements de Maya. Je fouille à tâtons, gêné, puis passe au deuxième : les slips et chaussettes de Saibal. Je le renverse sur le lit puis remets tout dans le tiroir : pas de bijoux.

En face du lit se trouve une petite armoire à quatre portes. À l'intérieur, les barres ploient sous le poids des cintres. Derrière la dernière porte, je remarque une housse verte qui dépasse un peu. Je la pose sur le lit et défais la fermeture éclair. C'est le plus beau costume de Saibal, celui qu'il portait à la fête et aux funérailles de Rakesh. Je fouille dans les poches latérales. Rien. Je tâte la poche intérieure : je sens quelque chose de rembourré. J'en sors une petite pochette satinée sur laquelle est brodée une inscription dorée.

Gehna Jewellers

J'en vide le contenu dans ma main et m'approche de la fenêtre. Là, brillant dans ma paume, le pendentif en or et diamants que Maya portait à la fête, un bracelet en or avec un M serti de minuscules diamants. Pas de bague en saphir.

Je range le tout dans l'armoire et vais m'asseoir dans ma chambre pour réfléchir.

Qu'a dit Arjun quand nous sommes revenus après la découverte du corps de Rakesh ? Les mots exacts remontent soudain à ma conscience. Enfin.

Je me précipite dans la rue, prends un taxi pour Bishops Avenue, et demande au chauffeur de m'attendre devant la maison. Le majordome ouvre la porte, je lui passe sous le nez et descends les escaliers quatre à quatre vers le sous-sol. Il me poursuit en vociférant mais je lui cloue le bec en criant que je suis de la police.

L'endroit est sens dessus dessous. La piscine a été vidée, les murs débarrassés de toutes leurs décorations, les chaises et tables poussées dans un coin. La police scientifique a laissé des traces de son passage un peu partout. Après un instant de surprise devant ce spectacle, je m'avance vers le bord de la piscine et sors mon smartphone. Je fais le tour du bassin en vérifiant mon écran tous les deux mètres, ignorant le majordome sur mes talons. Je remonte les escaliers en gardant un œil sur l'écran, remercie le majordome et repars en taxi.

De retour à Brick Lane, j'attrape un stylo et un bloc de Post-it dans le bureau. Tant pis pour la pile de factures, ça attendra. Je retourne dans ma chambre, m'assieds sur mon lit et note étape par étape les détails de ma nouvelle hypothèse. Je dispose les Post-it sur le lit, les change de place, en déchire certains jusqu'à ce que le résultat me satisfasse. Contre les motifs aztèques du couvre-lit, une ligne jaune danse devant mes yeux : le voilà enfin, mon tableau d'ensemble.

Et maintenant ? Qu'est-ce que je vais faire ? *Et merde. MERDE !*

J'appelle l'avocat de Neha sans lui faire part de ce que j'ai découvert. Il confirme ma première intuition.

Le soleil dessine des rectangles de lumière sur le tapis sombre, comme des vitraux. C'est une belle journée. Il faut que je sorte prendre l'air.

J'empile soigneusement les Post-it avant de les glisser dans la poche arrière de mon jean et de retourner dans le bureau de Saibal. Là, je relis encore une fois la facture du bijoutier, la mets dans mon autre poche et sors.

D'un pas vif, je traverse les rues bondées de Brick Lane en direction de la Tamise. Lorsque j'atteins la Tour de Londres, dorée sous le soleil, je me mets à courir. Sans m'arrêter, je trottine le long du fleuve pendant près d'une heure, puis remonte vers le nord de la ville jusqu'au cimetière de Tower Hamlets où je stoppe enfin, les mains sur les genoux, haletant. Là, je m'assieds à côté d'une tombe pour réfléchir.

Il faut que je le dise à Saibal et Maya. Impossible de faire autrement. Mais Anjoli ?

Il est un peu plus de 14 heures. Je parcours les allées du cimetière, longeant les pierres tombales sans vraiment les voir.

Tous ces morts. Qui se souvient d'eux ? Leurs vies, leurs amours, balayées. À quoi bon ? Et si je ne disais rien ? On pourrait reprendre le cours de nos vies comme avant. Personne n'a besoin de savoir. À qui cela porterait-il tort ?

Neha. C'est à elle que ça porte tort. Mais la vérité ne risque-t-elle pas de nous éloigner, Anjoli et moi ? Enfin, je ne sais pas s'il y a vraiment un « Anjoli et moi ». Il ne s'est rien passé, hier soir. C'était juste un instant fugace. Mais le meurtre de Rakesh ? Je ne peux quand même pas fermer les yeux dessus ? Quel genre de policier ça ferait de moi ? Mon devoir, c'est d'œuvrer pour la justice, pas de couvrir des crimes. Sinon ça voudrait dire que je suis aussi véreux que Ghosh… ou Abba.

Je traverse les parcs de Mile End et Stepney Green, direction Whitechapel Road. Non loin devant scintillent les gratte-ciel de la City, mais autour de moi, ce ne sont que des magasins aux stores baissés, couverts de graffiti. Deux mondes radicalement différents, à moins d'un kilomètre de distance.

Mon téléphone émet un bip : un message d'Anjoli.

J'ai été embauchée !!!! Toi ça va ? Le boulot d'associé te plaît ? Je suis avec des copains de la fac. Je reviens dans l'après-midi... pour fêter mon nouveau boulot ! Xxx.

Je commence à taper une réponse, quand retentit l'écho de l'*adhan*; petit à petit, la mélodie sinueuse m'envahit. C'est l'heure de la prière, et les fidèles affluent à la mosquée de l'Est londonien. Sans réfléchir, je les suis et entre par la porte des hommes. Aussitôt je me sens chez moi. C'est pourtant la première fois que je viens et cela fait des années que je n'ai pas mis les pieds dans une mosquée.

Le bâtiment est vaste et plus moderne que la mosquée de Nakhoda où j'allais autrefois avec mes parents. Je n'ai rien pour me couvrir la tête mais j'enlève mes chaussures, passe sans m'arrêter devant la pancarte qui m'invite à aider la maison d'Allah à rembourser ses dettes, mais obéis à celle qui me demande d'éteindre mon téléphone portable, car si *Dieu s'adresse à toi, ce ne sera probablement pas par téléphone*. Je descends les marches vers l'espace des ablutions et je me lave les pieds, les bras et le visage. Une fois purifié, j'entre dans la salle des prières, où les fidèles bavardent en attendant l'imam. Puis celui-ci prend la parole, et tout le monde se tait.

— Vous êtes comme le flot d'une rivière. Aujourd'hui vous n'êtes plus exactement le même qu'hier, et demain vous ne serez plus exactement le même qu'aujourd'hui, commence-t-il.

Happé par ses paroles, j'ai le sentiment qu'elles me sont destinées.

Une fois son sermon terminé, nous nous installons pour prier les uns derrière les autres. Je prie moi aussi, sans savoir précisément ce que je souhaite. Y voir plus clair peut-être, obtenir une sorte de révélation. Sentir la présence divine. L'imam récite le Coran et sa voix me transperce, elle réveille des souvenirs et des sentiments profondément enfouis, parvient à ranimer ce que je croyais détruit. Lorsque la prière est terminée, je reprends le chemin de la maison, l'esprit plus serein. L'impression d'avoir perdu mes repères depuis les aveux d'Abba semble se dissiper, et bien qu'encore plongé dans le brouillard, un chemin se dessine à l'horizon. Ce n'est peut-être pas une nouvelle étoile du Berger, mais au moins une boussole qui saura me guider jusqu'à elle.

Il est 16 heures lorsque j'arrive, et tout le monde est déjà là. Anjoli qui vient de rentrer pose ses affaires dans la cuisine. Au dos de son tee-shirt, je lis : *Si vous trouvez que ça vaut le détour, attendez de voir l'autre côté.* Elle se retourne, sourit et dépose un baiser sur ma joue.

— Waouh ! Qu'est-ce qui s'est passé ? s'exclame-t-elle.

— Hein ? fais-je, perdu dans mes pensées.

— Comment ça, « hein » ? T'as changé de look.

Saibal me sourit et Maya me propose du thé. Je me passe la main sur le visage : j'avais oublié que je m'étais rasé.

— Oui, j'avais envie de changer un peu. Anjoli, je peux te parler un instant ?

Intriguée, elle me suit jusqu'à ma chambre.

— Qu'est-ce qu'il y a, monsieur Poirot sans moustache ? J'aime bien, au fait. Tu n'as plus l'air d'un méchant dans un film de Boll…

— J'ai trouvé quelque chose en triant les factures de ton père, dis-je sans attendre.

— Quoi ?

Je sors de ma poche la facture du bijoutier et la lui tends.

— Oh ! Des bijoux ! C'est pour moi ? Chouette ! Un pendentif en or. Un bracelet. Une b…

Son sourire s'évanouit et son regard s'emplit d'effroi. Elle lâche le morceau de papier, comme s'il venait de prendre feu.

— Qu'est-ce que… qu'est-ce que ça veut dire ? demande-t-elle d'une voix tremblante.

— Il faut qu'on leur pose la question, dis-je, incapable de croiser son regard. Je crois que j'ai compris, mais je ne sais pas quoi faire.

Elle ramasse la facture et redescend les escaliers d'un pas décidé.

— Baba ? Tu peux me dire ce que c'est ? fait-elle en tendant le papier à son père.

Saibal prend la facture et pâlit.

— C'est rien, Anjoli. Rien du tout. J'ai acheté des bijoux à ta mère, c'est tout. Pourquoi tu me poses cette question ? C'est Kamil qui t'a montré ça ? (Il me regarde.) Ne t'inquiète pas, Kamil, je n'ai pas payé avec le compte du restaurant, si c'est ce qui te tracasse, associé ! dit-il en appuyant sur le mot.

— Montre-moi la bague, Ma, reprend calmement Anjoli.

— Je… Je l'ai perdue, murmure Maya.

— Eh oui, s'interpose Saibal. Quelle tête en l'air. Mais c'est pas grave, ce n'était pas si cher. *Chalo*. Allez, il faut qu'on aille se changer.

— Je suis retourné à Bishops Avenue, dis-je.

— *Ki ? Keno ?* Pourquoi ?

— Pour vérifier quelque chose.

— Qu'est-ce que tu voulais vérifier, Kamil ? demande Anjoli qui semble sur le point de se trouver mal.

— Eh bien, ça faisait un moment qu'un détail me tracassait. Arjun a mentionné plusieurs fois le fait que Neha et lui étaient « remontés » pour téléphoner à la police après avoir découvert le corps de Rakesh. Mais pourquoi ne pas appeler d'en bas ? Pourquoi remonter ? Peut-être ne pouvaient-ils pas faire autrement : parce qu'il n'y avait pas de réseau par exemple. Alors, je suis allé vérifier sur place. Et j'avais raison. Il n'y a aucun réseau au sous-sol.

— Et alors ?

— Et alors, ça signifie que Rakesh n'a pas pu envoyer ses messages depuis le sous-sol. Or ton père et Arjun en ont tous les deux reçu un. J'ai donc commencé à me poser des questions. Et si Rakesh n'avait pas envoyé les messages d'en bas, mais depuis un autre endroit de la maison ? Ou depuis le jardin ? Ça signifierait qu'après être descendu à la piscine avec Taania, Rakesh serait remonté pour envoyer ses deux messages, assez espacés dans le temps, avant de redescendre. Ça semble assez peu plausible. Et il ne serait sûrement pas allé dans le jardin sous la pluie. Mais alors, comment les messages ont-ils pu mystérieusement…

— Tais-toi ! Arrête ! crie Anjoli.

Je ne l'écoute pas.

— Le téléphone ne se trouvait peut-être pas entre les mains de Rakesh quand ils ont été envoyés. Et si tel est le cas, alors toute la chronologie des événements est à revoir. Les messages ont pu être envoyés après la mort de Rakesh, par la personne qui l'a tué. Et donc, le nombre de suspects potentiels augmente, au-delà de ceux qui ont découvert le corps, c'est-à-dire la famille immédiate.

Tous les trois me fixent en silence.

— Je suis allé marcher un long moment, et j'ai fini par comprendre. Dis-moi si je me trompe, Saibal-da. Voilà ce qui s'est passé. Sur la terrasse, tu as essayé de dissuader Rakesh de vendre le restaurant, mais il n'a rien voulu savoir. Sa décision était prise. C'est là que Maya-di est intervenue.

Je poursuis ma démonstration en présentant mes hypothèses comme des faits établis, à la manière des grands détectives.

— Je vous ai vus tous les deux à 1 heure du matin. Puis Anjoli est venue me rejoindre dans la cuisine. À 1 h 15, Rakesh a annoncé qu'il raccompagnait Taania. Saibal-da et Maya-di, vous êtes alors sortis du salon vous aussi, pensant pouvoir en profiter pour parler à Rakesh. Vous voyez, quand Arjun et Neha ont dit que vous étiez partis chercher Anjoli, j'ai pensé qu'il s'agissait du moment où vous êtes venus dans la cuisine. Mais non. Parce que pendant votre absence, Arjun et Pinky ont eu tout le temps de raconter à Neha l'histoire de la faillite de l'entreprise. Or il ne s'est écoulé que cinq petites minutes entre le moment où vous êtes venus nous chercher dans la cuisine et celui où nous sommes tous les quatre retournés au salon dire au revoir. C'est beaucoup trop court. J'en ai donc conclu que vous aviez dû quitter le salon à 1 h 15 et non à 2 heures. Là, vous avez vu Rakesh emmener Taania au sous-sol. Vous avez attendu qu'elle remonte, vingt-cinq minutes plus tard. C'est votre présence qu'elle a cru percevoir dans la salle à manger. Maya-di s'est alors précipitée en bas pour supplier Rakesh de ne pas vendre le restaurant. Mais Rakesh était saoul, et elle n'a pas réussi à lui faire entendre raison.

— Il était tellement en colère qu'on t'ait amené, Kamil, murmure Maya. Il te tenait pour responsable de tout ce qui lui était arrivé, c'est pour ça qu'il était si décidé à vendre le restaurant. Et il venait de coucher avec Taania, c'était évident. Il était en train de se rhabiller quand je suis arrivée.

Je regarde Maya droit dans les yeux.

— Est-ce que je me trompe si je dis qu'à ce moment-là, la bouteille de whisky et le téléphone de Rakesh se trouvaient sur une table, à portée de main ? Tu as perdu ton sang-froid, Maya-di. Tu as attrapé la bouteille par le goulot et tu lui as donné un coup sur la tête. La bouteille s'est brisée et elle est tombée dans la piscine. Rakesh a trébuché en arrière, il a essayé de se retenir à toi et ce faisant, il t'a arraché ta bague. Puis il s'est cogné le crâne contre le rebord de la piscine avant de tomber dans l'eau. C'est bien ça ?

Maya me regarde d'un air interdit et acquiesce.

— Je ne sais pas ce qui m'a pris. Je l'ai d'abord supplié de ne pas vendre, mais pour toute réponse il m'a ri au nez. Il a dit que ça faisait des années et des années qu'il aidait Saibal et que maintenant, Saibal devait prendre ses responsabilités et se débrouiller seul. Après tout ce qu'on a enduré, il a eu le culot de me dire ça ? Il se moquait ouvertement de nous, alors je me suis mise en colère et je l'ai…

— Tu l'as frappé. Mais tu as pensé à effacer tes empreintes du goulot de la bouteille avant de la jeter à l'eau. J'ai été bête. J'aurais dû me souvenir que Neha avait elle aussi tenu le goulot en ouvrant cette même bouteille pour Rakesh dans la cuisine. Ses empreintes auraient donc dû s'y trouver. Mais non. J'ai appelé son avocat pour vérifier. La police a simplement pensé qu'elle avait essuyé le goulot. Pourquoi se serait-elle donné la peine d'essuyer le goulot si elle avait touché le reste de la bouteille ? Ensuite, Maya-di, tu as pris le téléphone de Rakesh et tu es vite remontée… Pourquoi as-tu emporté le téléphone ?

— Je ne sais pas. Dans la panique, je me suis dit qu'on croirait peut-être à un cambriolage. La bague était trop grande pour moi, je n'ai même pas senti qu'elle lui était restée dans la main…

— En tout cas, tu es remontée trouver Saibal-da qui t'attendait dans la salle à manger et tu lui as raconté ce qui venait de se passer. Tous les deux, vous avez mis au point un plan. Vous avez deviné le code du téléphone : ce n'était pas difficile, moi aussi je l'ai trouvé. Vous avez écrit les brouillons des deux messages. Puis vous êtes venus nous chercher dans la cuisine. Au moment de dire au revoir à Neha, tu as envoyé le premier message à Arjun, Saibal-da. Je me souviens que tu avais ton manteau sur le bras : c'était pour cacher le téléphone, n'est-ce pas ?

Saibal n'ose pas lever les yeux mais il hoche la tête. Anjoli le dévisage, livide.

— On est montés dans la voiture, moi devant, Anjoli et Maya à l'arrière. Là encore, j'ai été bête. C'était Maya-di qui sentait le whisky, pas toi, Saibal-da. Quand elle a frappé Rakesh avec la bouteille, du whisky a dû gicler sur sa robe. Mais j'ai aussitôt pensé que c'était toi et me suis inquiété pour ta conduite. Quand tu m'as dit de mettre le GPS sur ton téléphone, j'ai trouvé ça un peu bizarre. En fait, tu avais besoin d'un témoin pour la suite. Pendant qu'Anjoli dormait à l'arrière, Maya-di, tu as envoyé le deuxième message avec le téléphone de Rakesh. Il est arrivé, je l'ai lu. L'air de rien, Saibal-da, tu m'as dit de répondre. Je suppose que le téléphone de Rakesh était en mode silencieux, donc on n'a rien entendu. L'alibi était parfaitement établi. La police penserait que les messages avaient été envoyés de la maison. Sauf que le téléphone n'y était plus.

— C'était stupide, dit Saibal. Quand Maya m'a dit ce qu'elle avait fait, j'ai paniqué. Je devais trouver quelque chose pour la protéger. Je me suis dit que si on pouvait faire croire à la police qu'il était encore en vie après notre départ, ils concluraient peut-être à une mort accidentelle… Je n'avais pas imaginé que Neha pourrait être arrêtée.

— Je comprends, Saibal-da. Tu étais dans une situation impossible, dis-je. Je ne sais pas ce que vous comptiez faire ensuite, mais c'est alors que, coup de bol, Neha appelle. Quand on est arrivés, Maya-di est sortie de la voiture et elle t'a discrètement rendu le téléphone avant de prendre le volant pour ramener Anjoli à la maison. Tu as essuyé les empreintes sur le téléphone, Saibal-da, et tu l'as glissé dans la poche de Rakesh lorsque tu t'es accroupi auprès de lui. Jusque-là, tout fonctionnait très bien. Sauf que Neha a été arrêtée. Et tu m'as demandé de l'aider parce que tu te sentais coupable. Du moins, je l'espère.

Saibal et Maya hochent la tête.

— Quand ils l'ont arrêtée, dit Maya, c'est comme si le monde s'écroulait autour de nous. Anjoli, crois-moi, je voulais tout dire à la police, mais ton père m'en a dissuadée. Saibal, je n'aurais jamais dû t'écouter.

— Mais on n'avait pas le choix, bredouille Saibal.

— Vous avez eu de la chance. Comme un idiot, j'ai laissé mes empreintes sur le téléphone de Rakesh, sinon la police aurait réalisé que l'écran avait été soigneusement essuyé.

Silence.

Anjoli regarde sa mère droit dans les yeux.

— Ma, je sais que tu ne voulais pas que ça se passe comme ça. Et moi, j'étais occupée à jouer les détectives avec Kamil pendant que toi, tu... devais affronter ça. Et pas une seconde je n'ai soupçonné ce que tu traversais.

Maya soupire, elle redresse la tête et caresse la joue de sa fille.

— Tu ne pouvais pas savoir, ma chérie. Ces deux dernières semaines ont été les pires de ma vie.

— C'était un accident ! gémit Saibal.

— Ce n'était pas un accident. Je l'ai fait. J'ai tué Rakesh. Et maintenant, il faut que je me rende.

— Ma !

— Maya !

— Je n'en peux plus. Je suis soulagée que tu aies découvert la vérité, Kamil. Je n'arrive plus à dormir, à penser. J'ai commis un acte horrible. Je dois être punie pour ce que j'ai fait.

Anjoli serre sa mère dans ses bras, mais difficile de savoir laquelle des deux console l'autre.

— S'il te plaît, ne dis pas ça, Ma. C'était un accident. Rakesh était un monstre. On n'est pas obligés de leur dire. Hein, Kamil ? On n'est pas obligés ? implore Anjoli.

— Qu'est-ce que tu veux que je fasse, Anjoli ? Tout ça est arrivé à cause de l'affaire Asif Khan. À cause de moi. J'ai passé la journée à retourner l'histoire dans tous les sens. J'aurais préféré ne pas tomber sur cette facture. Rakesh était une ordure et il n'a pas volé ce qui lui est arrivé. Mais Neha va aller en prison si on ne fait rien. Et elle ne mérite pas ça.

Saibal essaie de m'interrompre, mais je continue.

— Qu'est-ce que tu as dit ce matin ? Que c'était « choquant d'apprendre qu'un ami de si longue date n'était pas celui qu'on croyait » ? Quelle ironie, Saibal-da. Tu connais Neha depuis des années. Elle est venue chez vous un nombre incalculable de fois. Tu la considères comme une seconde fille. Elle te fait confiance. Je sais que tu es terrifié à l'idée que Maya-di aille en prison. Moi aussi. Mais je sais aussi que tu es quelqu'un d'honnête et que tu ne voudrais pas qu'une innocente soit condamnée à sa place.

— Je l'ai tué. Ce n'était pas un accident, répète Maya. Je suis désolée, Anjoli. C'est la meilleure solution. Demain, j'appelle la police. J'aurais dû tout avouer ce soir-là. Maintenant je suis trop fatiguée. Je vais me coucher.

— Non, Ma, ne fais pas ça ! Dis-lui que c'est une mauvaise idée, Kamil ! Dis-lui, plaide Anjoli en me secouant comme une poupée de chiffon.

— Je ne te laisserai pas faire ça, Maya, dit Saibal d'une voix ferme. C'est ma faute si on a autant de dettes, pas la tienne. Écoute-moi. Tu as raison, Kamil, Neha ne doit pas aller en prison. Elle est innocente. Mais je ne supporterais pas non plus que Maya soit emprisonnée. J'ai pris ma décision. Je vais dire à la police que c'était moi. Que Rakesh et moi, on s'est disputés quand il a dit qu'il voulait vendre le restaurant et que je l'ai tué. Ils ne feront pas la différence. Ça aurait tout aussi bien pu être moi.

— Baba… murmure Anjoli.

Saibal prend Anjoli et Maya dans ses bras.

— Ça va aller, mes chéries. Ça va aller. C'est ma faute. Je n'aurais pas dû emprunter l'argent d'un ami. Kamil, tu es d'accord avec cette solution ?

Je hoche la tête sans savoir quoi faire d'autre. La noblesse de son geste me laisse perplexe. Après tout cc qu'il a fait, Rakesh mérite-t-il vraiment qu'on se sacrifie pour lui ?

Encore floue, une idée commence à germer dans mon esprit. Et si, en fin de compte, personne n'avait à souffrir de la mort de Rakesh ?

— Attendez ! dis-je.

Saibal et Maya se retournent.

— Attendez, j'ai peut-être une solution.

Je vois une lueur d'espoir dans leurs yeux.

— Qu'est-ce que tu as dit à l'instant, Saibal-da ? « Ça aurait tout aussi bien pu être moi. » C'est vrai. Et ça aurait tout aussi bien pu être Taania. Ou même quelqu'un d'autre encore. Peut-être qu'il nous suffit de donner à la police un autre suspect crédible en dehors de Neha.

— Mais qui ? interroge Anjoli. Ils ont éliminé tous les autres.

— Oui, c'est vrai. Mais ils ne savaient pas qu'il n'y avait pas de réseau au sous-sol. Ce qui élargit la liste des suspects. Parce que si ce n'est pas Rakesh qui a envoyé les messages, qui est-ce ? Neha ne pouvait pas : elle était dans le salon quand Arjun a reçu le sien. Ils suivront le même raisonnement que moi et…

— Et ça les conduira directement jusqu'à Ma ! m'interrompt Anjoli. Qu'est-ce que ça va apporter, Kamil ? On est de retour à la case départ.

— Non. Ils seront obligés de libérer Neha. Et ils vont probablement réexaminer le cas de Taania. Elle aurait pu le faire, elle aussi. Elle aurait pu tuer Rakesh, prendre son téléphone, remonter, envoyer le premier puis le deuxième message, remettre le téléphone dans la poche de Rakesh et prendre la fuite en taxi. Ce n'est pas impossible.

— Mais ça reviendrait à condamner une autre innocente. On ne peut pas faire ça, dit Saibal.

Il a raison, et je ne voudrais pas non plus prendre ce risque. Mais est-ce vraiment si risqué ? Peut-être qu'on peut tenter le coup.

— Elle n'ira pas en prison, il n'y a pas de preuves matérielles contre elle, dis-je fermement. Ça ne repose que sur des hypothèses. Tout bon avocat saura invalider les charges qui pèseraient contre elle si elle était mise en cause. De toute façon, elle est rentrée en Inde. Le parquet n'engagera pas de demande d'extradition sans preuves tangibles.

— Et s'ils se mettaient à enquêter sur Ma et Baba ?

— C'est un risque qu'il faut accepter de prendre. Je ne sais pas s'ils peuvent retracer la localisation du téléphone quand il était dans la voiture, Saibal-da. Je suis presque certain qu'on ne peut pas savoir d'où les messages WhatsApp sont envoyés.

— Mais si Pinky et Arjun signalent que Ma et Baba ont quitté le salon juste après Rakesh, alors…

Je ne sais quoi répondre à ça. Anjoli a raison. La police remarquera comme moi l'écart de temps, ce qui jettera aussitôt le doute sur Maya et Saibal.

— Laissez-moi réfléchir, dis-je.

La mémoire peut jouer des tours. Pinky et Arjun ne gardent probablement pas une idée exacte du moment où les parents d'Anjoli sont sortis du salon. Ils savent surtout qu'à un moment donné, ils sont allés nous chercher dans la cuisine. Est-ce qu'on peut se contenter de ça ? Pinky et Arjun se sont quand même longuement entretenus avec Neha. Il nous faut quelque chose de plus solide.

Une nouvelle idée me vient. Mais puis-je me résoudre à faire une chose pareille ? Ça irait à l'encontre de tout ce en quoi je crois, sans compter que ça ferait de moi le complice d'un crime. En serais-je réduit au rang d'Abba ou de Ghosh ? Mais je n'ai pas vraiment le choix. Je calme ma conscience. Il y a quelque chose de plus important en jeu ici. Il est parfois nécessaire de mentir.

— Voilà ce qu'on va faire, Anjoli, dis-je d'un ton résolu. Si Pinky et Arjun signalent que tes parents sont sortis du salon plus tôt, juste après Rakesh et Taania, on dira que c'était pour venir nous chercher. Que tu les as convaincus de s'asseoir et de prendre un dernier verre avec nous. Et qu'on est restés tous les quatre dans la cuisine pendant une demi-heure environ. On peut leur fournir un alibi.

— Et si la police nous demande pourquoi on ne l'a pas mentionné avant ?

— On répondra qu'on avait tous un peu trop bu et qu'on s'est trompés dans les heures.

Et tout en prononçant ces mots, j'ai la conviction de prendre la bonne décision. Condamner Maya à la prison pour un geste malheureux ne servirait pas la justice. Le devoir que j'ai envers elle surpasse mon devoir envers la loi.

— La police aura besoin de preuves concrètes pour accuser quelqu'un, poursuis-je. Je leur parlerai de l'absence d'empreintes sur le goulot de la bouteille, ce qui joue en faveur de Neha. La bague est trop grande pour Taania, comme pour Maya-di, ce qui est un bon point pour les deux. La seule preuve tangible est la facture de la bague et…

Nos regards se dirigent vers le bout de papier resté dans la main d'Anjoli. Elle lève les yeux vers nous, puis le déchire soigneusement en petits morceaux qu'elle va jeter dans l'évier de la cuisine avant de faire couler l'eau du robinet. Elle se retourne vers nous et s'essuie les mains avec un torchon, l'air victorieux.

— Écoute, Anjoli, dis-je. Je ne sais pas si ça va marcher. Mais ça devrait permettre à Neha de sortir de prison. Ils ne pourront probablement pas prouver qui a fait le coup. Le seul risque, c'est qu'ils parviennent à localiser les messages envoyés depuis le téléphone, ce qui pourrait les orienter sur notre piste. À vous de décider. Maya-di peut avouer et espérer la clémence des juges : dans le pire des cas, elle sera jugée pour homicide involontaire, sans préméditation. Je ne sais pas quelles sont les peines encourues dans ce cas en Angleterre, mais je ne pense pas qu'on puisse espérer moins de cinq à dix ans de prison. D'autant plus que tu ne t'es pas rendue aussitôt après l'arrestation de Neha.

— Non ! s'exclame Anjoli. Il est hors de question

que Ma prenne dix ans de prison pour avoir voulu nous défendre.

— Je me dénoncerai à sa place, dit Saibal. Ta mère n'ira pas en prison, Anjoli.

— Toi non plus, Baba, je ne veux pas que tu y ailles.

— Ou alors, dis-je, on peut suivre le plan que je vous ai proposé. Neha disculpée, on met les policiers sur la piste de quelqu'un d'autre, dont ils ne pourront pas prouver la culpabilité. Et on prie pour qu'ils lâchent l'affaire. On ne peut pas dire que ce soit une solution idéale, Saibal-da, mais je suis d'accord avec Anjoli.

— Tu es sûr qu'ils ne pourront rien faire contre Taania, Kamil ? demande Maya. Je ne pourrais jamais me le pardonner si quelque chose lui arrivait.

— Si jamais elle était mise en cause, il te resterait toujours la possibilité d'avouer, d'expliquer que tu as perdu la tête, que tu as frappé Rakesh et que tu ne pouvais plus vivre avec sa mort sur ta conscience. Ça pourra les inciter à la clémence.

— Oui, dit Saibal. On ne refera pas la même erreur qu'avec Neha. J'aurais dû vous en parler plus tôt, et j'ai honte de ne pas l'avoir fait. Pardonne-moi, Anjoli. Kamil, va parler aux policiers.

Le serveur

Une semaine plus tard. Londres.
Octobre. Lundi.

Un peu terne, ce couteau. Je l'essuie du revers de ma manche avant de le poser, étincelant et parfaitement parallèle à la fourchette, de l'autre côté de la grande assiette blanche. Encore une heure avant l'ouverture du restaurant pour le service du midi. Je jette un œil aux rangées de tables avec leurs nappes impeccables, leurs couverts brillants et les petits vases blancs qui contiennent chacun une rose en tissu. Pour la touche d'élégance, dit Saibal. Cet endroit va me manquer : dans quelques semaines, je repars à Calcutta où je déposerai une demande de « visa vindaloo ». Tout sera-t-il rentré dans l'ordre, d'ici là ?

On frappe à la porte du restaurant. Je lève les yeux, prêt à dire que l'on n'est pas encore ouvert, comme je l'ai fait tant de fois. Mais je m'immobilise. C'est l'inspectrice Campbell. Mon cœur fait un bond. Et si c'était la fin ? Est-elle venue m'arrêter ? Mon plan a-t-il échoué ? Mais elle est seule. Je respire et la laisse entrer.

— Monsieur Rahman, dit-elle en m'adressant un hochement de tête. Est-ce que les Chatterjee sont là ?

— Je vais les chercher. Je vous en prie, asseyez-vous. De l'eau ? Un coca ?

— Non merci.

Je monte à l'appartement. Ils sont tous les trois en train de regarder un jeu télévisé dans le minuscule salon.

— William Shakespeare ! hurle Anjoli à l'instant où j'ouvre la porte.

— Le restaurant est prêt pour le service, Kamil ? Viens donc t'asseoir avec nous.

— Non, désolé, il faut que vous descendiez. L'inspectrice Campbell est là.

Saibal se fige et il éteint aussitôt la télé.

— Qu'est-ce qu'elle veut ? demande Maya d'une voix tremblante.

— Je ne sais pas, Maya-di. Venez. Elle va nous le dire.

Dans le restaurant, Salim Mian a remis à l'inspectrice un menu et un verre d'eau. Il attend à ses côtés comme un dévoué Bouddha, mais elle lui assure qu'elle ne veut rien commander.

— *Thik achhé*, Salim, dit Saibal. Je m'en occupe. Va plutôt vérifier que tout est prêt en cuisine.

Nous nous asseyons autour de la table et attendons anxieusement que Campbell prenne la parole.

— Pardonnez-moi d'arriver comme ça à l'improviste, dit-elle. J'étais dans le quartier et je me suis dit que j'allais passer vous annoncer la nouvelle.

— Ah ? fait Saibal.

— Suite à votre visite au commissariat la semaine dernière, monsieur Rahman – et je dois d'ailleurs vous remercier d'avoir attiré notre attention sur un certain nombre de détails qui nous avaient échappé –, j'ai passé un sacré savon à mon équipe, croyez-moi… Bref, tout ça pour dire que nous avons libéré Mme Sharma. Le procureur ne pense pas que nous ayons suffisamment de preuves pour engager des poursuites. Je sais que vous êtes amis, je voulais donc vous mettre au courant.

Nous retenons tous un immense soupir de soulagement.

— C'est formidable, dis-je calmement. Y a-t-il d'autres suspects ?

— Je suis désolée, mais je ne peux pas vous en dire plus tant que l'affaire n'est pas classée. S'il y a du nouveau, je vous préviendrai. (Elle se lève et me regarde d'un air interrogateur.) Et si jamais vous avez d'autres suggestions à propos de cette enquête, monsieur Rahman, n'hésitez pas. Nous sommes toujours à la recherche d'enquêteurs expérimentés aux parcours diversifiés.

Elle nous salue et s'éloigne.

Je prends une grande inspiration. On dirait qu'elle a fini par me pardonner d'avoir contaminé sa scène de crime. Et puis, si la soif de diversité de la police londonienne peut augmenter mes chances de rester dans le pays sur le long terme, je ne dis pas non.

Anjoli me saute au cou et me plaque un baiser sur la joue.

— Je vais me changer, dit-elle. Je fonce voir Neha. Viens avec moi, Kamil. Je suis sûre qu'elle sera contente de pouvoir te remercier en personne.

Elle se dépêche de remonter à l'appartement et Saibal et Maya me regardent avec un mélange de soulagement et d'inquiétude.

— Ne t'en fais pas, Maya-di. Si la police te soupçonnait, Campbell n'aurait pas eu la même attitude. Respire. Tout va bien se passer.

Maya va devoir vivre avec cette incertitude à présent. Redouter le pire à chaque fois que quelqu'un frappera à la porte. Mais ça sera toujours mieux que d'être en prison, loin de ceux qu'elle aime. Avec un peu de chance, le dossier sera classé dans la catégorie des affaires non élucidées et avec le temps, Saibal, Maya et Anjoli pourront retrouver une vie normale.

J'ai fait la paix avec cette idée. L'idée que Maya ne soit pas punie pour le crime qu'elle a commis, et l'idée que j'aie participé à le couvrir. L'issue légale n'est pas toujours la plus juste, et la plus juste n'est pas toujours légale. Je peux vivre, et je vivrai, avec ma part de complicité dans cette affaire. Comme le recommandait Taania Raazia, on dirait que j'ai tiré mes leçons du monde réel.

Et pourtant… quelque chose en moi reste vacillant. Je sais que certaines nuits, je n'arriverai pas à dormir. Les paroles de Maliha me reviennent : « Tu as des remords parce que tu es quelqu'un de bien. Parce que tu as des principes. » Je ne sais plus si j'ai toujours autant de principes maintenant.

— Tu es un brave garçon, Kamil, me dit Saibal en se levant en même temps que Maya. Et un bon associé. Dès que tu seras rentré en Inde, je te sponsoriserai pour ton visa et tu pourras revenir vivre avec nous.

Il m'ébouriffe les cheveux et s'éloigne.

Le tourbillon quotidien des Bengalis, des musiciens de rue et des amateurs de *biryani* se poursuit dans Brick Lane. Je profite du calme du restaurant encore vide pour penser à mon avenir. Dans quelques instants, les premiers clients arriveront. Après avoir jeté un œil au menu devant la porte, ils choisiront un peu au hasard d'entrer chez nous plutôt que chez nos voisins. Pour eux, nous ne sommes qu'un restaurant parmi d'autres où ils espèrent manger un bon repas. Ils ne savent rien de nos vies : comment le serveur en nœud papillon a vu s'envoler ses rêves de gloire mais a gagné en sagesse ; comment la cheffe qui prépare le *daal* en cuisine a découvert qu'une violence insoupçonnée sommeillait en elle ; comment le patron bonhomme qui encaisse leur addition a failli sacrifier une innocente qu'il considérait comme sa fille pour sauver le reste de sa famille ; ou comment la jeune femme qui les accueille avec son grand sourire et son tee-shirt *Brick Lane était cool avant les hipsters* a appris que ses parents avaient fait des choses dont elle ne les aurait jamais cru capables.

Mais en même temps, nous non plus ne savons rien de nos clients, de leur vie, de leurs amours ou de leurs défaites. Ce ne sont pour nous que des bouches à nourrir et des portefeuilles, que l'on sert avec le sourire et qu'on ne reverra sans doute jamais. Et quand ils se lèvent pour reprendre le cours tortueux de leur existence, celle-ci n'aura que brièvement croisé la nôtre.

J'attrape une serviette de table et, à ma grande surprise, je façonne un parfait casque de chevalier. J'éclate de rire. Je suis enfin un vrai tandoori *knight*. Un chevalier en nœud papillon de polyester. Pas vraiment Lancelot dans son armure étincelante, mais ça me convient. Je place délicatement la serviette à sa place. Les crépitements de l'ail, des oignons et du gingembre en train de frire me parviennent de la cuisine. Je ne mangerai plus la nourriture que mon père a choisie pour moi. Les ingrédients de ma nouvelle vie sont là, devant moi. Je n'ai qu'à décider comment les combiner pour préparer le plat qui me conviendra le mieux. Et il y a une nouvelle recette que j'ai envie d'essayer.

— Kamil, j'ai besoin de toi ! On y va ! me crie Anjoli de la cuisine.

— *Ami Aaschi !*

REMERCIEMENTS

Je voudrais d'abord remercier Harvill Secker, Bloody Scotland et Arvon pour l'immense honneur qu'ils m'ont fait en me décernant le prix BAME de littérature policière, sans lequel ce livre n'aurait pas pu voir le jour. L'idée d'un policier déchu qui arrive de Calcutta pour devenir serveur dans l'East End me trottait dans la tête depuis une dizaine d'années déjà. Il aura fallu attendre que ma femme Angelina découvre l'existence de ce prix et me persuade de tenter ma chance pour que le personnage de Kamil Rahman voie enfin le jour.

Je n'aurais pas non plus réussi à terminer ce manuscrit sans l'excellente équipe des éditions Harvill Secker : Sara Adams, Marigold Atkey, Jade Chandler et Noor Sufi. Avec délicatesse et générosité, elles n'ont eu de cesse de m'aider à parfaire le livre. Je suis admiratif de tout ce qu'elles m'ont appris durant ce processus. Merci aussi à mon agente Laetitia Rutherford de chez Watson Little pour avoir cru en moi et pour ses commentaires judicieux aux moments où j'en avais le plus besoin, et à Anna Redman Aylward pour ses conseils en matière de marketing.

Les détails de l'histoire m'ont été inspirés par de nombreux amis. Nandini Jaidka m'a présenté à l'historien de Calcutta, Anthony Khatchaturian, dont les patientes explications sur les procédures policières à Londres comme à Calcutta m'ont été des plus précieuses. Partho Chakrabarti, que mes pitoyables tentatives en bengali ont bien fait rire, m'a fourni les traductions dont j'avais besoin dans le bengali que l'on parle couramment à Calcutta. Salil Tripathi m'a encouragé à continuer d'écrire. Islam Uddin m'a expliqué le fonctionnement interne d'une mosquée. Ma sœur Nandini Chowdhury m'a fait des suggestions capitales vers la fin du processus. Mon cher cousin Jayanto Choudhury a puisé dans sa longue expérience en tant que directeur général de l'Indian Police Service pour m'éclairer sur les rapports de pouvoir au sein de la police. Et bien entendu, je n'oublie pas mon mentor Abir Mukherjee, dont les généreux conseils ont grandement contribué à enrichir le livre.

Enfin, ma famille : Layla, Eva, Tia et mon épouse Angelina, dont la patience est admirable. Non seulement Angelina m'a soutenu sans relâche, mais elle a lu chacune des phrases que j'ai écrites. Sans ses innombrables suggestions, ce livre n'aurait pas été le même. Merci, Angie, toi qui as toujours été à mes côtés. Pour ça, et pour tout le reste, je te suis infiniment reconnaissant.

PAPIER À BASE DE FIBRES CERTIFIÉES

Le Livre de Poche s'engage pour l'environnement en réduisant l'empreinte carbone de ses livres. Celle de cet exemplaire est de :
400 g éq. CO_2
Rendez-vous sur www.livredepoche-durable.fr

Composition réalisée par Soft Office

Achevé d'imprimer en janvier 2023 en France par
MAURY IMPRIMEUR – 45330 Malesherbes
Dépôt légal 1re publication : février 2023
N° d'impression : 267636
LIBRAIRIE GÉNÉRALE FRANÇAISE
21, rue du Montparnasse – 75298 Paris Cedex 06

39/6872/5